TOMI ADEYEMI

FILHOS DE AFLIÇÃO E ANARQUIA

TRADUÇÃO DE PETÊ RISSATTI

Título Original
CHILDREN OF ANGUISH AND ANARCHY

Copyright © 2024 *by* Tomi Adeyemi Books Inc.

Todos os direitos reservados.

PROIBIDA A VENDA EM PORTUGAL

Direitos para a língua portuguesa reservados
com exclusividade para o Brasil à
EDITORA ROCCO LTDA.
Rua Evaristo da Veiga, 65 – 11º andar
Passeio Corporate – Torre 1
20031-040 – Rio de Janeiro – RJ
Tel.: (21) 3525-2000 – Fax: (21) 3525-2001
rocco@rocco.com.br
www.rocco.com.br

Printed in Brazil / Impresso no Brasil

Preparação de originais
ANNA CLARA GONÇALVES

CIP-BRASIL. CATALOGAÇÃO NA PUBLICAÇÃO
SINDICATO NACIONAL DOS EDITORES DE LIVROS, RJ

A182f

Adeyemi, Tomi
  Filhos de aflição e anarquia / Tomi Adeyemi ; tradução Petê Rissatti. - 1. ed. - Rio de Janeiro : Rocco, 2024.
  (O legado de Orïsha ; 3)

Tradução de: Children of anguish and anarchy
ISBN 978-65-5532-464-8
ISBN 978-65-5595-286-5 (recurso eletrônico)

1. Ficção americana. I. Rissatti, Petê. II. Título. III. Série.

	CDD: 813
24-92269	CDU: 82-3(73)

Meri Gleice Rodrigues de Souza - Bibliotecária - CRB-7/6439

Ao Altíssimo,
Obrigada pelos topos das montanhas, pelos vales e pela incrível jornada entre eles.

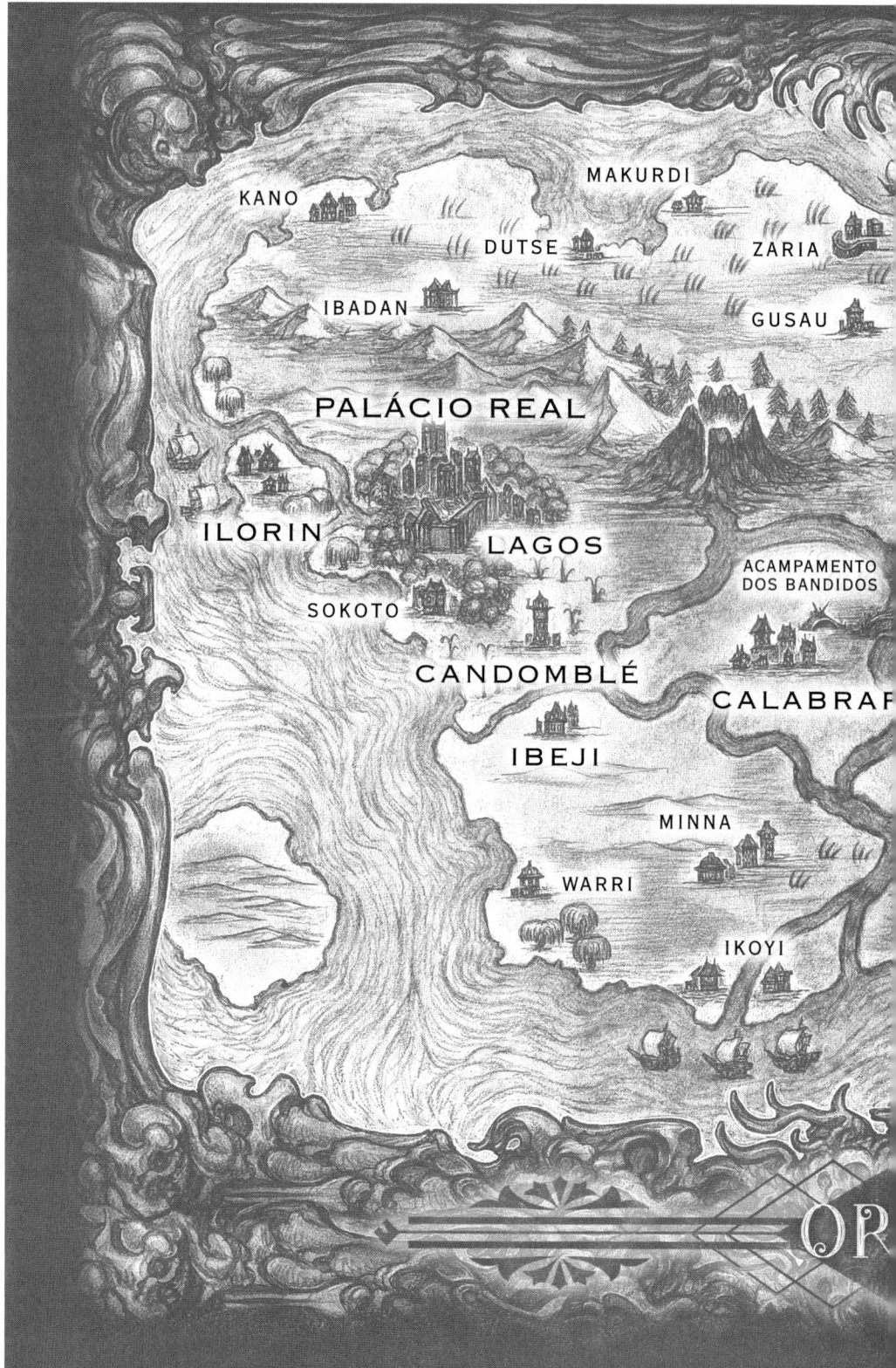

OS CLÃS DOS MAJI

CLÃ DE IKÚ
MAJI DA VIDA E DA MORTE
TÍTULO MAJI: CEIFADOR
DIVINDADE: OYA

CLÃ DE ÈMÍ
MAJI DA MENTE, DO ESPÍRITO E DOS SONHOS
TÍTULO MAJI: CONECTOR
DIVINDADE: ORÍ

CLÃ DE OMI
MAJI DAS ÁGUAS
TÍTULO MAJI: MAREADOR
DIVINDADE: YEMOJA

CLÃ DE INÁ
MAJI DO FOGO
TÍTULO MAJI: QUEIMADOR
DIVINDADE: ṢÀNGÓ

CLÃ DE AFÉFÉ
MAJI DO AR
TÍTULO MAJI: VENTANEIRO
DIVINDADE: AYAÓ

CLÃ DE ÁIYÉ
MAJI DO FERRO E DA TERRA
título maji: TERRAL + SOLDADOR
divindade: ÒGÚN

....

CLÃ DE ÌMỌLẸ
MAJI DA ESCURIDÃO E DA LUZ
título maji: ACENDEDOR
divindade: ÒSÙMÀRÈ

....

CLÃ DE ÌWÒSÀN
MAJI DA SAÚDE E DA DOENÇA
título maji: CURANDEIRO + CÂNCER
divindade: BABALÚAYÉ

....

CLÃ DE ARÍRAN
MAJI DO TEMPO
título maji: VIDENTE
divindade: ỌRÚNMÌLÀ

....

CLÃ DE ẸRANKO
MAJI DOS ANIMAIS
título maji: DOMADOR
divindade: ỌSỌ́ỌSÌ

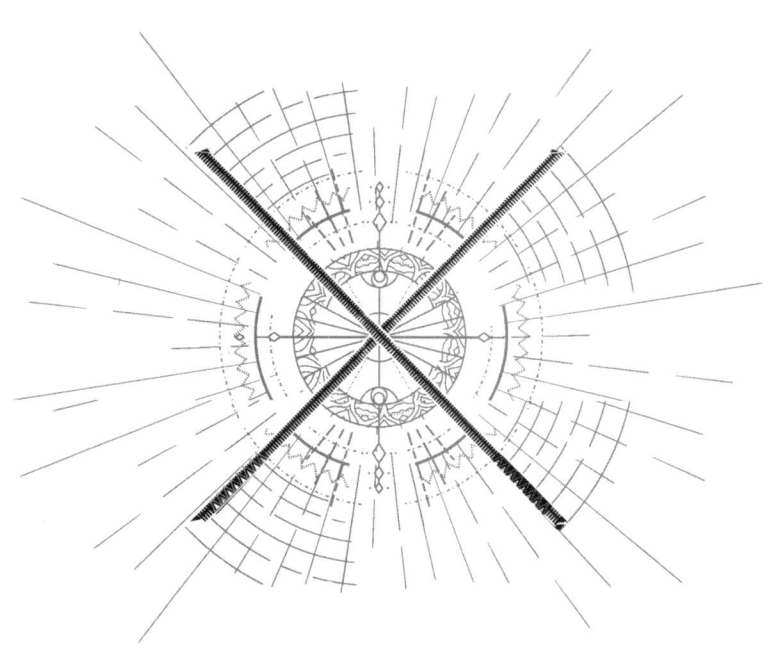

Fico pensando no antes...
    antes de tudo ter começado.
    Antes do pergaminho,
    da pedra
    e da promessa de magia.
    Antes da nossa guerra contra a monarquia
    ter irrompido por todos os povos.
    Penso na tempestade divina que os Iyika *levaram aos portões de Lagos.*
    O jeito que as janelas do palácio se estilhaçaram como chuva cintilante.
    Penso em Mama e Baba,
    no meu irmão, Tzain.
    Penso em Mâzeli e em meus ceifadores,
    em como deveríamos reinar...
    Foi antes de os Caveiras terem nos jogado em seus navios.
    Antes de terem nos tirado tudo o que tínhamos.
    Antes de terem me arrastado para longe daqueles que eu amava,
    me prendido e raspado a minha cabeça.
    Antes de eu ter fitado os olhos dos meus sequestradores
    e só ter conseguido ver as runas de sangue entalhadas em suas máscaras.
    Penso em todos os maji que foram arrancados de suas terras.
    Todos os maji que nunca sentirão
    Orïsha
    de novo.

PARTE I

CAPÍTULO UM

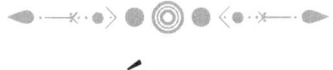

ZÉLIE

Me ajude.

A reza silenciosa fica presa em meus lábios, temendo ser proferida em voz alta, sabendo de alguma forma que, se eu pedir ajuda, o silêncio será a única resposta. O calor paira estático em volta do meu pescoço, o ar se agita com o fedor dos mortos, uma espessa camada de sujeira cobre minha pele inteira. Meus ossos doem dentro mim.

O trovão ressoa como o bater de tambores de couro, arrancando-me da minha tontura enevoada. Sou levada do meu canto escuro até as barras curvas de ferro que formam minha jaula suspensa. As algemas de metal em volta dos meus tornozelos batem quando aperto meu rosto o máximo que consigo entre as barras de ferro. Chuva e gotas de ondas do mar atravessam o fosso acima da minha cela.

Fecho os olhos e inspiro.

Oya...

O nome da minha deusa me preenche, e isso movimenta algo dentro da minha alma. Sua tempestade iminente me convoca como uma canção com a promessa de me fazer transbordar.

Por alguns segundos, a chuva que cai inclinada lava e leva a minha dor embora. Um trovão ressoa ao longe, me transportando de volta a dias melhores. Os ventos sibilantes me carregam até as montanhas cobertas de neve de Ibadan, o vilarejo onde morei antes da Ofensiva. Eu costumava tremer na minha cama ao ouvir o rugido.

Foi Mama quem me ensinou a não temer a chuva.

Você não deve ter medo, meu amor. Mesmo depois de todos esses anos, a lembrança da voz de Mama envolve meu coração. Sinto o calor de seus dedos macios tocando minha bochecha. A cadência suave com a qual ela costumava falar.

Oya não nos visita apenas na morte, sussurrava Mama em meus ouvidos. *Podemos sentir sua presença nas tempestades e nos ventos ligeiros.*

Eu me lembro de como Mama me convenceu a sair da cama, passando por Baba e Tzain, que dormiam profundamente nas redes. Não foi a primeira noite em que fomos até o topo da montanha, mas foi a primeira vez que me levou para enfrentar a tempestade.

Mama pegou minha mão e me conduziu por uma trilha sinuosa. Eu mal conseguia enxergar além do emaranhado que os ventos formavam em meus cabelos brancos. Nossos pés descalços deslizaram pelo caminho de cascalho. Sempre que eu tentava voltar, ela me obrigava a continuar.

Quando chegamos ao pico da montanha, as cabanas da nossa aldeia adormecida pareciam formigueiros, centenas de metros abaixo. Silhuetas irregulares tremeluziam ao nosso redor toda vez que um relâmpago iluminava o céu. Senti que, se estendesse a mão, tocaria as nuvens.

Sinta-a, Zélie.

Meu corpo ainda pequeno estremecia embaixo da chuva torrencial, mas o aguaceiro violento fazia Mama se sentir cada vez mais viva. Ela estendia os braços longos e erguia a cabeça para o caos que reinava acima.

Quando o relâmpago estalava ao seu redor, ela parecia uma deusa.

É isso, pequena Zél. Mama assentiu com a cabeça. Fechei os olhos e ergui as mãos para o céu furioso. *As tempestades de Oya não trazem apenas a chuva. Elas são nosso presságio de sua mudança sagrada.*

Eu me apego à lembrança das palavras de Mama até meus olhos começarem a arder. Sempre que acho que não tenho mais algo a perder, perco tudo.

Já não sei mais quantas vezes conclamei meus deuses na última lua. Quantas vezes o que obtive de resposta foi apenas tristeza. Não aguento mais ter esperança.

Quanto mais espero, mais fundo eu caio.

— Não! Não, por favor!

Gritos agudos irrompem das tábuas acima. Estremeço quando os gritos da garota aumentam. Não sei o que dói mais: o som dos gritos dos maji ou o silêncio assustador que se instala quando eles param.

Sempre houve inimigos a combater. Aqueles que desejavam mal aos maji sempre estiveram por perto. Eu sabia que nossas batalhas talvez nunca terminassem, mas nunca pensei que elas se estenderiam para além das fronteiras de Orïsha.

Já passou quase uma lua cheia completa desde que os Caveiras desembarcaram na costa de Orïsha. Uma lua cheia desde que meus companheiros maji e eu fomos arrancados de nossas casas. Depois que acordamos no navio, separaram os rapazes das garotas.

Foi a última vez que vi meu irmão, Tzain.

No início, tinha as outras mais velhas, membros capturados dos clãs maji ressuscitados. Mas durante a última meia-lua fiquei trancada neste porão sozinha, abandonada para enfrentar a tortura dos Caveiras.

Ainda não sei por que nos capturaram, não sei para onde estamos navegando. Tudo o que sei é que antes dos Caveiras nos raptarem, os maji estavam mais perto da vitória do que jamais estiveram.

Estávamos a poucos momentos de vencer a guerra...

— *Ataquem!*

As tatuagens se acendem na minha pele, cobrindo meu corpo com uma luz sinuosa.

Cascalho e terra flutuam ao redor de nossos pés.

As cascas das árvores ao redor se partem.

A legião dos tîtán avança, todos cintilando em suas armaduras douradas. Quando ergo minha mão, todos ficam paralisados.

Eles estremecem quando cerro o punho...

Quando fecho os olhos, ainda consigo ver a batalha por Lagos passando pela minha cabeça. Quando ressuscitamos a magia em Orïsha, ela não voltou apenas para os maji. O ritual sagrado deu origem aos tîtán, concedendo à rainha Nehanda e aos seus seguidores um poder arrasador.

Antes do nosso ataque final, Mama Agba sacrificou sua vida, permitindo que eu ligasse meu coração aos corações dos outros nove maji mais velhos. Juntos, criamos uma força a que os tîtán não conseguiram resistir. Como uma frente unida, eles deram ordens à terra e elevaram os ventos.

Aquela noite devia ter sido o fim da monarquia. A noite em que os maji se uniram para comandar nosso reino de novo. Depois de séculos de opressão, nossa luta chegava ao fim.

Nossa dor não foi em vão.

Mas agora...

Encaro minhas mãos algemadas. Minha pele negra e nua. As tatuagens que costumavam brilhar desapareceram. Minha cabeleira branca foi arrancada. A magia que lutei tanto para restaurar, morta. Minha Orïsha está mais longe do que nunca.

Não sei como seguir adiante.

Não sei como manter a vontade de viver.

— Oya, por favor... — sussurro as palavras, arriscando o sofrimento de outro clamor não atendido.

Mas o trovão ainda ressoa pelo duto de ventilação. Preciso acreditar que, mesmo tão longe da costa de Orïsha, o trovão significa que Oya finalmente está aqui.

— Por favor.

Penso em todas as vezes que ela me respondeu antes. Os vislumbres que tive de seu espírito de furacão, furioso como as tempestades.

— Por favor, nos liberte desses Caveiras. Por favor, leve seu povo de volta para casa.

— *Bindið hendr honum!* — ressoa um grito.

Meu estômago embrulha com o som áspero e gutural da língua dos Caveiras. Botas pesadas ribombam nas tábuas do piso, e uma chuva de serragem cai sobre meus olhos. A ponta dos meus dedos fica dormente enquanto me preparo para o aperto frio das mãos do Caveira. Meu pescoço queima de ansiedade pela grossa agulha que enfiarão na minha garganta com a majacita venenosa que bombearão no meu sangue. Todas as noites, os Caveiras retornam no mesmo período, injetando veneno no meu corpo para me manter entorpecida.

— Oya, por favor!

Busco a magia que minha deusa uma vez me concedeu — o poder de elevar o ânimo daqueles que passaram. Não aguento mais uma noite com as mãos bestiais dos Caveiras me segurando aqui embaixo. Sinto uma dor tão grande que mal consigo emitir um som.

Houve dias em que exércitos inteiros de reanimados lutaram sob meu comando, dias em que meus soldados-espíritos destruíram meus inimigos como o vento. Se eu conseguisse levantar apenas um, poderia refrear os Caveiras.

Com um reanimado, eu teria uma chance de lutar.

— Por favor! — imploro.

Mas não importa o quanto eu me esforce, nenhum poder surge. Fico olhando para as palmas abertas das minhas mãos. Não senti o toque da minha magia desde que partimos da costa de Orïsha...

A porta de madeira do meu porão se abre com um tremor. Cambaleio até o canto mais distante da minha jaula. O medo fecha minha boca de uma vez. Os Caveiras nos espancam sempre que ouvem nossa língua.

A luz da tocha dança no porão quando o primeiro Caveira entra. As chamas iluminam a mesma máscara que todos usam — esqueletos fundidos em bronze e sangue. Os ossos estraçalhados juntam-se em pedaços irregulares, formando uma caveira grande e manchada.

Os cachos ruivos do Caveira descem em tranças. Cicatrizes rebeldes cobrem seu peito exposto. Manchas de sangue revestem as mãos animalescas e suas calças de lã. Um machado carmesim está pendurado em um cinto de pele de animal.

Apoio-me nas barras da jaula enquanto o Caveira semicerra os olhos para mim, um animal se aproximando. Seu rosnado fica aparente, apesar da máscara de bronze presa na ponte do nariz e enganchada embaixo do queixo.

Em seus olhos, vejo o olhar de todos os inimigos que precisei enfrentar. Todos os oponentes que já cruzaram meu caminho. A maneira como o Caveira me encara agora...

Cerro os punhos.

Os olhos arredondados e brilhantes do rei Saran continham o mesmo ódio.

Faça o pior. Encontro o olhar dele. Não vou me acovardar. Não vou demonstrar medo. Mas mais botas seguem batendo lá em cima. Em vez de abrir minha jaula, o Caveira usa seu molho de chaves de latão para destrancar outra.

— Me solte!

Estendo o pescoço enquanto o som familiar do idioma orïshano desce as escadas. Dois Caveiras entram com um prisioneiro que se debate entre seus braços corpulentos. Uma bolsa de lona cobre a cabeça do rapaz, e sangue fresco se espalha no peito machucado.

Ele se debate enquanto os Caveiras o jogam na segunda jaula. Os homens lutam para algemar os pulsos do prisioneiro. Com um golpe repentino, o rapaz se solta e chuta, acertando o nariz do Caveira com o calcanhar.

— *Náðu hann!* — grita o Caveira ferido.

Observo com admiração enquanto o rapaz trava uma luta valente. Ele encaixa mais um chute no peito do segundo Caveira. Então desfere um soco enlouquecido que acerta em cheio a máscara do outro. Embora impedido de enxergar, ele ataca em todas as direções, investindo por todos os lados para feri-los.

— *Þú lítill skitr!* — grita o terceiro Caveira.

Sua ferocidade faz com que eu me encolha. Ele agarra a mão do rapaz e a prende no batente da porta da jaula. Eu me viro enquanto o Caveira de bronze bate a porta com tudo.

— *Ah!* — O estalo de ossos quebrados ecoa pela cela.

O rapaz se contorce no chão. A dor fantasma passa pelos meus dedos. Eu os seguro quando tremem.

Novas algemas se fecham ao redor dos pulsos do rapaz. Os Caveiras trancam-no na jaula e recuam. Um cadeado estala atrás da porta do porão. Não me atrevo a falar até que o som das botas desapareça.

— Você está bem?

Eu me inclino para a frente, mas não sei o que fazer. O que dizer. Uma série de palavrões sai voando dos lábios do rapaz. Sangue escorre da mão quebrada. Seu peito sobe e desce em um arfar trêmulo. Mas depois de um bom tempo, ele tira a sacola de lona da cabeça.

Não pode ser...

Fico boquiaberta. Meu coração aperta no peito. As paredes úmidas ao meu redor se fecham ainda mais. Minha jaula começa a girar.

— Inan?

A raiva toma conta de mim quando me atrevo a sussurrar o nome.

O rapaz se move, e um fino raio de luar ilumina os olhos âmbar que conheço bem até demais.

CAPÍTULO DOIS

ZÉLIE

Meus deuses.

O sangue lateja nas minhas orelhas. Eu... não sei o que pensar. O que sentir. Uma parte de mim quer enrolar uma corrente no pescoço de Inan, outra parte não consegue acreditar que ele está aqui.

A última vez que vi Inan, estávamos nas adegas do palácio. Os *Iyika* fizeram desmoronar o trono real. Quando o palácio caiu, persegui Inan. Ele era meu alvo final.

Minha intenção era matá-lo.

—Você está viva.

O som familiar da voz dele é como uma corrente me arrastando de volta no tempo. Em um instante, sou lançada de volta à nossa luta.

Logo antes de sermos derrubados pela espessa nuvem branca, inconscientes...

Há noites em que você visita meus sonhos. Noites em que consigo esquecer. Quando acordo, fico louco pensando no que poderia ter acontecido.

Não sei o que vem depois, mas sei que é hora deste reinado acabar. No entanto, se nossos caminhos se cruzarem de novo, não levantarei minha espada.

Estou pronto para minha vida terminar em suas mãos.

Tremo enquanto o encaro, lembrando daquela noite. Inan prometeu dissolver a monarquia. Jurou destruir seu próprio direito ao trono.

Depois de cada promessa quebrada entre nós, não me permiti acreditar em outra mentira. Desde o momento em que nos conhecemos, a coroa era tudo para ele, digna de todo sacrifício. Inan vivia para proteger o trono de Orïsha.

Não importava quem precisasse morrer.

Mas, naquela noite, Inan levou seu plano a cabo. Apesar de tudo estar contra ele, ele pôs fim ao longo reinado de sua família. Quando o enfrentei nas adegas subterrâneas, não lutamos.

Inan compartilhava comigo os segredos da monarquia enquanto eu tirava sua vida.

Encarando-o agora, minha mente dispara. Um ciclo lunar inteiro no mar cobrava seu preço naquele corpo robusto. Nesse longo período embaixo do convés, a pele marrom empalideceu, criando uma tela nítida para os hematomas recentes e desbotados que percorrem suas costas. Seus movimentos são bruscos, quase selvagens. Algo nele parece mais animalesco do que humano.

Mas oceanos inteiros estendem-se entre o nosso passado e o nosso presente. A velha fúria batalha contra o alívio. Sinto-me a divinal cautelosa que era quando nos conhecemos. A picada do veneno do principezinho taciturno. A força de sua espada contra meu bastão. O roçar de seus lábios no meu pescoço.

Vejo o rapaz que me disse que poderíamos construir uma nova Orïsha.

O rapaz que partiu meu coração.

Mas o que isso significa quando estamos presos aqui?

O que significa quando os Caveiras estão se aproximando?

— Seu cabelo — resmunga Inan.

Levo os dedos até o couro cabeludo liso, e minhas bochechas ardem. Faz tanto tempo que estou sozinha.

Ninguém tinha visto o que os Caveiras fizeram.

— Havia um homem... — Minha voz diminui até sumir quando me lembro daquela figura sombria. — Sua máscara era de um prata brilhante.

— O capitão do navio? — pergunta Inan.

Concordo com a cabeça.

— Os outros Caveiras o ouviam. Deve ser — respondo.

Tento continuar, mas as palavras desaparecem, as lembranças atacam como as marés. Lentamente, sou levada de volta à memória de como o Caveira Prateada pairava sobre mim. Sinto o suor que pingava e escorria pela minha pele.

Dois Caveiras me seguraram no chão na primeira noite em que me trancaram aqui. Outro passou uma tesoura quente rente ao meu couro cabeludo. O Caveira Prateada ergueu a coroa de majacita retorcida.

O mundo escureceu quando percebi seu plano.

Eu me debati enquanto o homem colocava o metal venenoso nas minhas têmporas. A liga abrasadora fumegou ao se fundir com a minha pele. Quando desmaiei, lágrimas escorreram pelo meu rosto.

Implorei pelo abraço da morte.

Com a majacita grudada nas minhas têmporas, não sei se conseguirei voltar a acessar meus dons.

— Vou matá-los — Inan quase rosna.

Não há suavidade em seus olhos âmbar. Sua convicção faz minha garganta ficar apertada, pois desperta sentimentos que tentei enterrar bem fundo.

— Sei que machuquei você. — diz, desviando o olhar. — Sei que decepcionei você mais vezes do que consigo contar. Mas preciso que confie em mim.

— Confiar em *você*? — zombei.

— Se nós conseguimos derrubar um reino, temos que ser capazes de afundar um único navio.

Embora tudo dentro de mim queira manter uma distância de Inan, a ameaça dos Caveiras leva embora essa opção. É a primeira vez desde que fui trancada neste porão que tenho um aliado.

Que tenho uma chance de escapar.

Eu busco forças lá no fundo, para além de cada traição, de cada lágrima derramada. Preciso confiar nele.

Pelo menos até sairmos daqui.

— O que vamos fazer? — pergunto.

Inan rasga uma tira de pano de sua calça manchada de terra e amarra a tira na mão sangrando. Sua jaula oscilante range enquanto ele anda pelo pequeno perímetro e testa a resistência das barras de ferro.

— Faz quanto tempo que você está trancada neste porão? — questiona ele.

— Meia-lua.

— Ainda tem sua magia?

Nego com a cabeça.

— Toda noite...

Inan estende a cabeça para os raios do luar que iluminam suas feridas ao longo do pescoço, semelhantes às minhas.

— Já sei sobre a majacita líquida — interrompe Inan. — Se pudéssemos impedir isso de algum jeito... boicotar o estoque deles...

— Não há garantia de que nossa magia retornaria. — Olho para minhas mãos vazias, desejando poder suscitar o àṣẹ que costumava estar em meu sangue. — Nossos poderes vêm da nossa terra. Talvez a gente não consiga restaurá-los a menos que voltemos para casa.

— Então precisamos dominá-los. — Inan agarra as barras de ferro enquanto pensa. — Nos libertar de uma vez. Os outros estão trabalhando em um plano.

— Do que precisam para escapar?

— De uma distração... Uma forma de se aproximar dos Caveiras sem que percebam o que está acontecendo. Mas não podemos pensar nisso agora. Precisamos tirar você deste porão.

O mar se choca com as paredes úmidas, fazendo ranger nossas jaulas suspensas. Inan passa as mãos de cima a baixo nas barras, provavelmente procurando um lugar onde o metal esteja fraco.

— Por que levaram você? — continua ele. — Por que separaram você dos outros?

Paro e penso naquele dia. Grande parte do meu tempo nesta jaula transcorreu como uma névoa. Momentos que passei esperando o ataque dos Caveiras. Horas em agonia depois de injetarem majacita no meu pescoço.

— Eles formaram uma fila com todas nós. Com todas as garotas, um nível acima. — Fecho os olhos até enxergar: o Caveira Prateada preenche a escuridão da minha mente. Ouço o rangido das tábuas do piso embaixo de suas botas à medida que se aproxima. Sinto o calor dos corpos trêmulos das garotas bem próximos ao meu. — O Caveira Prateada nos separou com uma espécie de bússola...

— Como ela era? — pergunta Inan.

Eu me concentro, tentando lembrar exatamente o que vi.

— Cor de bronze. De formato hexagonal. Uma ponta de flecha tripla pintada com sangue...

O terror que tomou conta de mim naquele dia retorna como a chuva. Vejo o grosso ponteiro vermelho da bússola. Ouço o jeito como ele zumbia enquanto girava. Mal conseguia sobreviver, esperando com os outros acorrentados. Não percebi o quanto pioraria ao ser separada deles.

— Ela reagiu aos outros? — continua Inan com suas perguntas.

— Um pouco. — Eu concordo com a cabeça. — Além de mim, pegaram mais três garotas. Uma acendedora de Ibadan. Uma garota da costa de Zaria. Uma curandeira das cabanas de areia de Ibeji.

Penso no rosto redondo da curandeira, na cadência de sua voz, em sua beleza gentil, em sua graça. Lembro-me de como ela juntava água da chuva e nos instruía a cobrir nossas feridas, cuidando de todas nós, apesar da dor que enfrentava.

— Onde estão agora? — insiste Inan.

Uma ruga se forma acima de suas sobrancelhas grossas, e eu olho para o chão enferrujado. As demais jaulas vazias dão significado ao meu silêncio.

— Precisamos tirar você deste navio. — O caminhar de Inan fica mais rápido. Seus olhos percorrem o porão. — Não temos tempo para esperar os outros. Precisamos encontrar outro jeito de escapar.

A maneira como Inan se move faz meu estômago se revirar. Ele está escondendo alguma coisa.

— O que foi? — insisto. — O que você sabe?

Inan para e fita meu olhar.

— Esses homens não estão apenas procurando pelos maji, Zélie. Estão procurando por você.

CAPÍTULO TRÊS

INAN

— Por mim? — sussurra Zélie.

Seu rosto delicado se contorce.

Parece tão fraca, trancada atrás das barras curvas de sua jaula.

Fraca e pequena.

Sangue seco escorre da coroa negra incrustada em suas têmporas. Seus cachos brancos não existem mais. A luz da lua ilumina um círculo de hematomas pretos e roxos em volta de seu pescoço, o que me faz querer enfiar uma lâmina na máscara de cada Caveira.

— Não entendo. — Zélie olha para mim. — Como saberiam quem eu sou?

Mesmo no escuro, enxergo o terror que envolve sua garganta como uma serpente.

Eu mesmo senti nas primeiras noites vazias neste navio.

Achei que a guerra entre os maji e os tîtán havia terminado. A fila de corpos deixada no rastro da minha família. Sedei minha mãe para dissolver o trono de Orïsha. Achei que a maldição provocada por eles estava chegando ao fim.

Quando Zélie e seus maji atacaram, senti alívio e aguardei minha libertação final. Ela pousou as mãos no meu peito, e mechas de cabelo branco flutuaram por seu rosto esculpido. Agradeci aos deuses por ter sido ela, por ter tido uma última chance de ver seu rosto.

Mas um gás espesso subiu enquanto avançava pelo corredor. Zélie não conseguiu ver a parede branca que se aproximava. Um por um, os maji caíram, inconscientes. Mercenários mascarados avançaram sobre aqueles corpos como abutres.

Ficamos todos perdidos na luta. Os Caveiras não hesitaram em atacar. Não havia o que fazer.

Meu povo foi capturado na calada da noite.

"Há sempre inimigos, Inan…"

O fantasma do meu pai se junta a mim na minha jaula, escorrendo como sangue pelas minhas cicatrizes. Passo a mão não machucada contra o lugar onde ele me esfaqueou depois de ver minha magia e saber quem eu realmente era.

O porão úmido começa a desaparecer. A voz do meu pai me leva de volta a tempos antigos. De repente, tenho doze anos, estou cercado de livros velhos, paredes marsala, mapas amarelados. Meu pai toma um gole de sua taça de vinho, observando com atenção enquanto eu movo meu peão de sênet.

"Eles ficam à espreita." Meu pai olhava para o tabuleiro decorado. *"Dentro do seu reino e além dele. No momento em que você mostrar fraqueza será o momento em que atacarão."*

Meu pai moveu sua última peça de sênet para capturar a minha.

"Lembre-se, Inan: um império inteiro pode desmoronar em uma noite."

Imagino o que ele diria agora que inimigos de verdade invadiram nossa costa. Se ainda estivesse vivo, os Caveiras teriam tido alguma chance?

Se eu tivesse sido um rei melhor, poderia ter contido a invasão?

Não há tempo para arrependimentos.

Eu me forço a afastar tais memórias da minha mente. Os Caveiras invadiram no meu governo. Com ou sem coroa, é meu dever proteger o meu povo. Tenho que encontrar uma maneira de derrotá-los e expulsá-los de nossas fronteiras.

— Esses homens vêm de uma terra do Extremo Oriente — explico, relembrando o que vi. O que ouvi. Alguns prisioneiros serviam como marujos no navio. Trabalhar no convés deles foi a única maneira de conhecê-los. — Eles chamam a si mesmos de Tribos de Baldeírik. Navegam sob o comando de um rei, um homem chamado Baldyr. Seja lá quem estejam procurando, estão procurando em nome dele.

Os pés de Zélie vacilam, e ela precisa segurar as barras da jaula para ficar em pé.

— O que foi? — pergunto.

— Uma coisa que um dos mercenários de Roën disse uma vez... — Zélie leva os dedos aos lábios. —Tínhamos voltado a Jimeta, na lua depois que a magia retornou. Harun me encurralou e falou de uma recompensa. Acha que ele estava falando dos Caveiras?

— Provavelmente. Não consigo nem contar quantas vezes a noite em que fomos raptados passou pela minha mente. Foram os mercenários que nos sequestraram do palácio. Se Roën nos traiu...

— Não — Zélie me interrompe. — Ele não faria isso. Não *podia*. Roën largou seus homens. Lutou ao nosso lado! Ele não faria isso comigo. Com os maji...

— Mas a gangue dele faria? — insisto. — As cidades dos maji vem desaparecendo de Orïsha há luas.

Zélie hesita e abaixa a mão.

— Recebemos relatórios durante a guerra, mas os mais velhos e eu pensamos que tinha sido você.

— Minha mãe e eu pensamos que havia sido você.

Um império inteiro pode desmoronar em uma noite.

Os antigos ensinamentos do meu pai atravessam meus pensamentos enquanto a culpa sobe como bile pela minha garganta. Facilitamos muito para os Caveiras. Eles vêm invadindo nossas terras há luas.

Mas se nosso império pode desmoronar em uma noite, o deles também pode. Se escaparmos deste navio, teremos uma chance.

Assim poderemos destruir suas forças em uma luta justa.

— Os Caveiras repetem uma coisa o tempo todo — continuo. — *Stúlkan með blóðið sólarinnar.*

Zélie estremece ao som do idioma do inimigo.

— O que significa? — pergunta ela.

— Uma garota com o sangue do sol.

O olhar prateado de Zélie se distancia. Nunca tinha visto o vazio em seus olhos. O peso de minhas palavras parece atingi-la como pedras. Ela se esforça para não chorar.

— Acha mesmo que sou eu?

Continuo em um tom cuidadoso. Não sei quanto mais ela consegue aguentar.

— Eles precisam de alguém com grande poder... por isso que eu acho...

Zélie começa a arfar, o peito subindo e descendo. Ela arranha a própria pele, como se estivesse lutando para respirar. Pressiono meu corpo contra as barras da minha jaula.

Daria qualquer coisa para arrancar aquele terror dela.

— Há uma maneira de sair deste navio — falo rapidamente. — Três andares acima, no convés, eles têm botes salva-vidas. Se conseguirmos embarcar em apenas um, conseguiremos chegar à terra firme. Levar você de volta a Orïsha. Pensar em um plano!

Embora Zélie lute contra a própria respiração ofegante, ela faz que não com a cabeça, rejeitando minha ideia.

— Os outros — diz, arfando. — Amari. Tzain. Os mais velhos...

— Se conseguirmos tirar você deste navio, encontrarei uma maneira de libertar o resto. Mas esses Caveiras estão atrás de você. É *você* quem devemos proteger.

Zélie abraça o próprio corpo, e eu anseio por envolvê-la em meus braços. Olhar para ela agora me leva a outras lutas, de volta às noites na paisagem de sonho em que eu era dela, e ela era minha.

O abismo cresce em seus olhos prateados. A pouca luz que sinto dentro dela morre. Por muito tempo, as ondas quebram em nosso silêncio. Então, Zélie levanta a cabeça.

— Me diga que vai ficar tudo bem.

Sua voz sussurrada me atinge como uma lança no peito. Penso em minha promessa de protegê-la. De lutar por ela a cada batida do meu coração.

— Vai ficar tudo bem — recito, sem sombra de dúvida. — Custe o que custar. Não importa quem teremos que enfrentar. Vamos tirar você daqui. Vamos levar você de volta para casa.

— Prometa para mim.

Por um instante, não sinto as grades das jaulas entre nós. Não carrego comigo o preço cobrado pelas inúmeras batalhas que travamos. A tensão entre nossos pais da qual nos livramos. O peso do reino destruído que nos separava.

Em um piscar de olhos, estamos juntos — conectados, como naquele primeiro dia no mercado de Lagos. Passo os dedos na mecha branca irregular que apareceu em meus cabelos depois daquele momento, me lembrando do arrepio como um raio que passou pela minha pele. É como se nossos espíritos tivessem se entrelaçado. Meu coração palpita com o vínculo que nenhum de nós jamais foi capaz de quebrar, apesar das feridas e dos erros.

— Eu *prometo* — sussurro.

Estendo minha mão boa e, embora eu não consiga preencher todo o espaço entre nós, Zélie também estende a mão. Sua respiração começa a se tranquilizar.

— Vamos sair dessa — garanto a ela. — Eu só preciso de tempo para...

Botas trovejam lá em cima. Rápido demais para eu me preparar. Com um clique no cadeado, a porta do porão se abre. A luz das tochas inunda o lugar.

O capitão...

O Caveira Prateada entra, diferente de todos os outros Caveiras de bronze do navio. Alto e troncudo, ele se destaca dos demais. Tatuagens grosseiras cobrem os lados raspados da cabeça.

O Caveira Prateada murmura alguma coisa para seus homens enquanto aponta uma tocha para nosso rosto. Acompanhada de desdém, a luz passa pelo meu rosto antes de parar na frente do de Zélie. Sinto um aperto no peito quando o Caveira Prateada levanta um dedo revestido de couro e aponta.

É agora, percebo.

Nosso tempo acabou.

— Não! — Bato nas barras de ferro.

Não sei o que me assusta mais. Se levarem Zélie agora, ela nunca mais voltará. Quanto a Orïsha, o que acontecerá se os Caveiras encontrarem o que procuram?

Zélie se afasta para o fundo da jaula. Eles abrem a porta. Apesar de seus esforços contrários, destrancam as algemas ao redor do pescoço, da cintura e dos tornozelos dela. Dois Caveiras levantam-na, e Zélie se debate nos braços deles.

— Inan! — grita ela.

Um novo conjunto de algemas se fecha em seus pulsos. Enfurecido, invisto contra as grades enquanto eles a arrastam para longe.

Mas a porta do porão se fecha, me mantendo trancado nesta jaula.

CAPÍTULO QUATRO

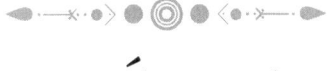

ZÉLIE

Deuses, me ajudem.

Eu congelo por dentro. Os gritos de Inan morrem no porão lá embaixo. O Caveira Prateada grita ordens para seus homens, e nós o seguimos de perto, subindo os degraus de madeira da escada apertada.

As palmas pesadas dos Caveiras se enterram em meus braços. Seus olhos semicerrados cintilam no escuro. Um cheiro de enxofre sobe das bombas amarradas aos cintos de pele de animal. A salmoura cobre a pele clara deles e seus cabelos castanhos.

Para onde ele está me levando?

Os ossos humanos incorporados às máscaras dos Caveiras brilham à luz tremeluzente das tochas. Mesmo sem minha magia, sinto o tormento impregnado nos esqueletos esmagados. Ouço os gritos de seus mortos.

A expectativa para o combate que tinha começado a nascer dentro de mim momentos antes, desaparece. A esperança de escapar me estrangula, me refreando como as correntes que me prendem. Tudo o que Inan compartilhou comigo fica repassando em minha mente.

Se estão atrás de mim, vou morrer hoje à noite.

Estão procurando por uma garota. Eu ouço a voz de Inan. *Uma garota com o sangue do sol.*

Penso na pedra do sol que se estilhaçou em minhas mãos quando eu trouxe a magia de volta. Eu me lembro do poder que correu através do meu corpo, da força que atravessou meu próprio ser, enraizando-se no meu coração. Naquele instante, a criação girou diante dos meus olhos, o nascimento do homem, a origem dos deuses. É esse poder que esses animais estão caçando agora?

Será que ainda tenho algum poder mesmo sem conseguir sentir minha magia?

Tenho que me libertar.

Cerro os punhos. Escapar é minha única esperança. Mas o que posso fazer com as mãos acorrentadas? Como posso lutar se não consigo nem movimentar as pernas?

Conforme passamos por metros de corda e canhões cobertos com lona, procuro uma arma, qualquer coisa que possa usar para fugir. As lascas de madeira quebradas que estão penduradas no alto, os arpões enferrujados nas paredes. Olho para a cintura dos Caveiras e me movo, me perguntando o que seria necessário para roubar uma de suas facas. Algumas adagas pendem nos cintos, mas não são páreo diante dos martelos e machados vermelhos amarrados nas costas de cada Caveira.

Algo nas armas parece vivo...

Quando chegamos ao topo da escada, sou atingida por um fedor familiar. As celas que compartilhei com os outros quando os Caveiras me prenderam em seu navio pendem com o gosto da morte. As chamas iluminam as fileiras de jaulas, revelando ossos quebrados e magros rostos negros. Há quase uma dúzia de garotas por jaula. Elas se encolhem quando os Caveiras se aproximam.

— Zélie?

Ouço o sussurro abafado de Amari antes de enxergar seu corpo definhado. A visão da minha antiga aliada me pega de surpresa: as bochechas encovadas, os olhos fundos. Um kaftan rasgado pende sobre ombros esqueléticos. Os ossos se projetam embaixo da pele acobreada. A sujeira e a terra cobrem os cachos de seu cabelo. Ela está deteriorando de dentro para fora.

Aguenta firme. Falo as palavras sem emitir som. O instinto de proteger domina nossa guerra anterior. Não aguento vê-la presa com as correntes do inimigo. Seu rosto afinado, contorcido de dor.

Em frente a Amari, eu vejo Nâo, a mais velha do clã dos mareadores. Uma das combatentes mais poderosas do nosso grupo e, agora, mal reconheço a figura magricela que me encara.

Cachos brancos curtos salpicam a cabeça que havia sido raspada. Ela olha para mim como se voltasse dos mortos. Nâo estica o braço tatuado por entre as grades da cela quando passamos. O Caveira Prateada reage com rapidez.

— *Farðu!* — O capitão bate nas barras da jaula.

Nâo e as garotas recuam imediatamente, olhando para mim enquanto os Caveiras me carregam para longe.

Mas elas estão vivas. Ainda estamos vivas.

Espero que a informação desperte a esperança. Mas alguns pares de algemas vazias estão caídos entre as fileiras de garotas. Nem todos os maji com quem fui capturada ainda estão a bordo.

Noto as algemas abertas que prendiam Imani, líder dos cânceres. O rosto sardento de sua irmã gêmea, Khani, preenche minha mente. A dor me dilacera por dentro.

Se eu perdesse meu irmão neste navio horroroso, eu morreria.

As chamas dançam sobre o rosto de oito maji acorrentadas a um cadáver, um corpo que ainda não atiraram ao mar. Os olhos redondos da jovem estão arregalados, e uma boneca de pano esfarrapada está em sua mão fechada.

Ela não devia ter nem doze anos.

Como isso pôde acontecer?

A imagem do cadáver da garota me assombra enquanto os Caveiras me arrastam pelo corredor longo e úmido. Meu corpo sofre com a dor que ela deve ter sentido. O mais completo sofrimento que suas últimas horas de vida representaram.

Observo os rostos capturados do meu povo, as lesões purulentas onde as algemas dos Caveiras tocam a pele. As jaulas apertadas ecoam com seus medos não expressos, com a dúvida se algum dia escaparão daquele lugar.

Penso no plano de Inan, em sua insistência de que eu preciso fugir. Apesar daquilo que os Caveiras possam estar procurando, não pode ter a ver apenas comigo. Estamos todos trancados nessas jaulas.

Todos nós precisamos nos libertar.

Força, Zélie.

O calor da determinação arde em meu íntimo. Tento me mover, embora o pânico tome conta de todos os meus membros. Minhas pernas começam a se mexer quando o Caveira Prateada abre a porta para o próximo andar. Subimos outra escada estreita.

Quando chegamos ao corredor seguinte, a visão dos rapazes desperta um novo pensamento: calculo quantos maji estão sentados diante de mim agora, quantos Caveiras tem no convés. Quais chances teremos se a quantidade de maji no navio for maior que a dos Caveiras?

Quantos de nós precisariam se libertar para sobrepujar todos eles?

Sete... dezenove... Minha cabeça se vira de um lado para o outro enquanto tento continuar contando. O ódio corre por minhas veias com cada costela à mostra e rosto encovado por que passo.

Se eu pudesse pegar as chaves...

Olho para o Caveira à minha esquerda; um molho de chaves de latão sacoleja contra seu quadril. O Caveira me empurra, e minha coroa de majacita cutuca minha testa.

Os espinhos enegrecidos pendem logo abaixo de seu queixo...

É isso. Eu me preparo. Tudo o que terei é essa chance. Afasto minha cabeça para trás. Meu corpo estremece com meu ataque iminente.

Mas antes que eu consiga atacar, passamos por outra jaula. Tudo muda quando vejo uma imagem familiar.

Um menino com ombros largos e cabelo preto bem curtinho.

Meu irmão, Tzain.

CAPÍTULO CINCO

ZÉLIE

— Tzain?

Pela primeira vez desde que me prenderam neste navio, um sorriso se abre nos meus lábios. Meus sentidos retornam. A visão do meu irmão fortalece alguma coisa por dentro de mim.

Tzain está sentado no canto de uma das jaulas, o rosto enterrado nas mãos. Quando falo, seu corpo fica rígido. Ele ergue a cabeça, e seus olhos castanho-escuros encontram os meus.

O que precisam para escapar? A pergunta que fiz a Inan no porão passa pela minha cabeça.

Uma distração. Uma forma de se aproximar dos Caveiras sem que percebam o que está acontecendo.

O tempo passa mais devagar enquanto absorvo as palavras de Inan. Posso fazer isso com o meu irmão.

Se é de uma distração de que ele precisa, não vou me conter!

— Ah!

Golpeio o Caveira à minha esquerda com a cabeça. Os espinhos da minha coroa atravessam sua máscara, acertando seu olho direito. O Caveira berra enquanto o sangue quente jorra entre os dedos, manchando meu queixo ao cairmos no chão.

O outro Caveira se aproxima de mim enquanto eu avanço, cambaleando. Com outro rugido, desfiro um chute, e meu calcanhar acerta sua mandíbula.

Ele se choca no assoalho de madeira com um baque forte. O molho de chaves de latão voa pelo corredor.

Ali! Avanço para pegar as chaves, mas o Caveira Prateada me intercepta. O capitão se lança sobre mim, um frenesi enchendo seus olhos castanho-claros.

Antes que o capitão consiga me atingir, um maji chamado Udo avança em minha defesa. Reconheço o soldado habilidoso, embora tivessem raspado toda a sua vistosa barba. Queimaduras de metal cobrem suas mãos grandes. Ele berra atrás de mim quando passo.

Udo arremessa um par de algemas vazias, acertando os pés do Caveira Prateada. O capitão se choca contra as barras de uma das jaulas. Uma pequena adaga em seu cinto se solta e desliza livremente.

Vai ter que servir. Estendo a perna e chuto, lançando a adaga para dentro da cela de Udo. À medida que o navio tomba, os maji ficam furiosos. O longo corredor ecoa com a força da sua fúria.

Mas, em meio ao caos, os maji agarram os Caveiras caídos. Arrancam armas e ferramentas dos cintos. Pedaços de metal enferrujado e facas caídas desaparecem dentro das celas.

Enquanto isso, meus olhos se voltam para o molho de chaves de latão que jaz no fim do corredor. Os Caveiras ainda estão caídos, há uma chance de eu libertar os maji agora mesmo!

Eu me levanto em um salto, diminuindo a distância entre mim e Tzain. Meu irmão se joga contra as grades da cela. Os cinco maji aos quais ele está acorrentado são arrastados por sua força.

Eu salto sobre o Caveira Prateada. Mesmo com a máscara, vejo a raiva que nossa rebelião causa nele. Os dedos do capitão roçam meu tornozelo, mas não diminuo a velocidade. Meu coração começa a palpitar quando pego as chaves.

— Depressa! — grita Tzain.

O navio me joga de um lado para o outro enquanto batalho para voltar à cela dele. Meus músculos ardem pelo esforço, mas corro o mais rápido que consigo.

Quando chego à jaula, Tzain agarra meus ombros. Não sei há quanto tempo não sinto algo além das mãos frias do inimigo. Começo a verter lágrimas enquanto luto para encaixar a primeira chave de latão na fechadura. Como a trava não se move, Tzain segura minhas mãos trêmulas, firmando-as.

— Respira — sussurra ele. — *Respira.*

Com uma expiração profunda, tento ao máximo me acalmar. Deixo a primeira chave de lado e passo para a próxima. Tento a terceira. A quarta. A quinta.

O chão range quando os Caveiras se levantam atrás de mim, e os cabelos da minha nuca se arrepiam.

— Corre! — Tzain tenta me empurrar para longe.

— Não vou abandonar você! — grito de volta.

Encaixo a sexta chave na fechadura. Com um clique, a trava começa a se mover. Giro para puxá-la para fora...

De repente, Tzain me joga no chão. Uma faca destinada ao meu ombro se aloja em seu braço direito. Meu irmão urra e despenca para trás. As chaves de latão são arrancadas de minhas mãos.

O Caveira que feri está em cima de mim, expondo os dentes manchados de sangue. Gotas vermelhas pingam no meu pescoço. Ele remove o martelo da bainha.

— *Nei!* — berra o Caveira Prateada.

Rastejo para longe enquanto o Caveira de bronze se transforma. Seu sangue penetra nas runas retangulares esculpidas no cabo de carvalho de seu martelo. As mesmas que estão gravadas em seu peito.

O Caveira de bronze urra quando a cabeça do martelo cintila em vermelho. O próprio ar ao redor dele tremeluz, as veias saltam por baixo da pele clara, seus músculos inflam com força renovada.

Meus olhos se arregalam quando ele fica tão alto que eclipsa a altura do capitão. O corredor inteiro fica paralisado diante daquela demonstração de força.

Eu não sabia que os Caveiras podiam lutar daquele jeito.

— *Hættu!*

O capitão avança. Ele precisa ir com tudo para enfrentar o Caveira de bronze. Com uma força imensa, consegue empurrar seu guerreiro contra as celas.

O Caveira de bronze amassa as barras de ferro.

Meu coração fica acelerado quando eles trocam palavras acaloradas. O Caveira Prateada aponta para a coroa de majacita na minha cabeça.

— *Hún tilheyrar Baldyri!* — declara ele.

Ele acabou de dizer Baldyr?

O Caveira de bronze devolve o martelo para o estojo, e os efeitos de seu metal-de-sangue desaparecem. Ele cambaleia para trás quando retorna à sua força normal. Embora fosse um homem monstruoso momentos atrás, agora luta para recuperar o fôlego.

O Caveira Prateada me agarra. Arranca a faca do braço do meu irmão e leva a lâmina para perto do meu pescoço. O fio se enterra na minha garganta, forçando-me a ficar imóvel.

— Aguente firme! — grita Tzain enquanto o capitão me faz marchar pelo corredor. — Estou indo! Zélie, estou indo...

Não ouço as palavras que se seguem.

A porta arqueada no final do corredor se abre. Ventos chicoteantes engolem todos os sons. Passamos pelo portal, e o mundo inteiro está girando. Eu me esforço para absorver tudo.

Ondas poderosas quebram contra a lateral do navio. A água do mar faz os cortes abertos na minha cabeça arderem. A lua amarela brilha lá em cima, e sua luz delicada se espalha pelo meu rosto. Respiro fundo com a visão.

O convés...

Um segundo é o tempo que tenho para saborear o ar puro do mar. Levanto a cabeça para o céu aberto. Uma chuva forte se derrama sobre meus olhos. Uma extensão infinita de nuvens gira no alto, formando um cobertor sobre as estrelas cintilantes.

Para onde quer que eu me vire, encontro Caveiras — cheios de força, ameaça e determinação. A tinta mancha suas peles claras. Eles gritam em sua língua embrutecida enquanto navegam a embarcação colossal.

Com mais de cem metros de comprimento, o navio tem sete mastros espalhados pelo convés. Cada vela quadrada ondula com a imagem de um homem formado por nuvens de tempestade, o emblema das Tribos de Baldeírik. Fileiras de canhões montados se alinham nos dois lados do convés, cada um posicionado de forma a estar pronto para os disparos. Placas de ferro reforçam o casco enorme, encimado pela figura de proa de um crânio prateado manchado.

O capitão manda um Caveira de volta pela porta arqueada antes de apontar para a extremidade oposta do navio. Acima do convés, os alojamentos se elevam em três andares. No nível superior, fica uma torre. As paredes dela têm marcas brancas.

Deve ser para lá que estão me levando agora...

Minha garganta seca enquanto sou escoltada. Fico olhando para o lugar onde as outras garotas em meu porão desapareceram para nunca mais voltar. Mas enquanto andamos, avisto os botes salva-vidas dos quais Inan falou. Nossa única saída do navio. Suficientes para as dezenas de Caveiras acima do convés.

Suficientes para as dezenas de maji trancados em suas celas.

Que sejam suficientes. Penso em meu irmão e nos maji, em tudo o que pegaram naquele frenesi. Se conseguiram aquilo de que precisavam, ainda tinham uma chance.

Os maji podem enfim se libertar.

Mas quando o capitão me leva escada acima, deixo de pensar nos outros. Fico cara a cara com uma porta carmesim.

Olho para o céu enquanto me empurram para dentro, rezando para que eu viva para ver a lua amarela de novo.

CAPÍTULO SEIS

TZAIN

— Zélie! — grito. — Zélie.

Eu berro com a voz rouca. Grito por muito tempo depois de levarem minha irmã caçula. Muito depois de ela desaparecer pelo arco da porta.

Por tantas noites, tudo que eu queria era ver o rosto dela. Saber que ela estava bem. Mas agora isso não é suficiente.

Estão levando minha irmã embora, arrastada.

"*Mama! Mama!*"

Fecho os olhos com força. Meu corpo vira chumbo. Aperto as barras da minha jaula enquanto tudo volta em um jorro. A noite que vivi para esquecer.

Levaram Mama desse jeito. Eles a espancaram. Eles a arrastaram pelo pescoço.

Eu estava com medo demais para lutar.

Deixei minha mãe morrer naquela noite.

"*Mama!*"

Algo se rompe dentro de mim com a lembrança dos meus gritos. O mundo inteiro se partiu ao meio naquele dia. Achei que o sol nunca mais nasceria.

Agora, está acontecendo de novo, bem diante dos meus olhos. A única família que me resta está se esvaindo por entre meus dedos.

Tenho que fazer alguma coisa antes que minha irmã morra...

A porta arqueada do nosso porão se escancara. Instintivamente, cada rapaz recua para o fundo da cela. Um Caveira entra de novo no porão de carga com chaves de latão tilintando na mão.

Enquanto ele espreita pelas barras de ferro, o sangue escorre do corte aberto em meu braço. A ferida arde como fogo embaixo da minha pele. O Caveira deve estar vindo atrás de mim.

Uma retaliação por quase me libertar.

Mas, em vez de abrir a porta da minha cela, ele abre outra no corredor. Os maji cambaleiam quando ele estende a mão para pegar Udo, o garoto que usou suas correntes para derrubar o Caveira Prateada.

Lute!, incentivo. O maji tenta escapar, mas as garras do Caveira alcançam sua cabeça.

Um estalo doloroso ecoa pelo corredor quando o Caveira quebra seu pescoço.

Não.

Meu ódio se inflama. Os outros desviam o olhar, mas eu me forço a ver.

As correntes de Udo fazem barulho quando ele despenca no chão.

Outro maji ceifado, perdido nesta guerra.

Todos ficamos em silêncio quando o Caveira vai embora. Ele nem se preocupa em tirar o corpo de Udo do porão. Ficamos com o cadáver fresco dele, um aviso do que acontecerá se tentarmos fugir de novo.

Mas, olhando para o corpo do rapaz, vejo os pés de Mama pendendo no alto. Vejo Zélie sangrando no chão.

Vou salvar você, prometo a mim mesmo.

Não vou mais me permitir fracassar.

Estendo a mão para a parte de trás da minha calça. A bolsa de pele animal que consegui puxar está quente em minhas mãos. Um líquido parecido com alcatrão vaza de um rasgo. A corda que acende seu fusível está partida e esfiapada.

Vou para a frente da cela, estendendo a mão para acenar para os demais avançarem. A ameaça dos Caveiras nos obriga a manter a voz baixa. O navio de madeira range quando nos reunimos.

— Mostrem o que vocês conseguiram pegar — instruo.

Um por um, os maji estendem o que roubaram: pedaços de metal, bolsas de enxofre; um maji na cela de Udo até brande uma adaga. Reunidas na lua anterior, quase todas as jaulas têm uma ferramenta, uma maneira de arrombar nossas correntes e quebrar as fechaduras das portas. Com a distração da Zélie, temos uma chance.

Por fim, temos o suficiente para nos libertar destas celas.

— Escutem — sussurro para os outros. — Temos que atacar. *Agora*. Udo foi apenas o primeiro. Os Caveiras vão voltar para matar todos nós.

— É perigoso demais — fala Taiwo, o maji acorrentado à minha esquerda. Ele aponta para o sangue encharcado no chão de madeira. — Você viu o que aconteceu depois que Zélie atacou aquele Caveira!

Ao pensar na transformação do Caveira, um arrepio percorre minha espinha. Quando o sangue dele alimentou seu martelo carmesim, ele virou outra pessoa.

Foi como se ele tivesse enlouquecido.

— Aquele foi apenas um. — Taiwo faz que não com a cabeça. — Como vamos fazer para pegar todos eles?

— Juntos. — Ouso levantar a voz. Ofereço aos maji uma demonstração de força. — Se os atacarmos de uma vez, podemos derrubá-los. Podemos impedi-los de usar suas armas.

— Devíamos esperar até chegarmos à terra firme — sugere outro maji. — Surpreendê-los quando nos tirarem do navio.

— Mesmo que a gente sobreviva à viagem, quem sabe o quanto será pior quando chegarmos às terras deles? Quantos teremos que atacar? Sei que vocês estão assustados — continuo. — Sei que estamos correndo um risco. Mas precisamos *tentar*. Essa é a nossa melhor chance!

Olho ao redor da minha cela, buscando um aliado. Qualquer um que ajude. Mas ninguém se manifesta.

Todos no porão do navio ficam em silêncio.

— Vamos lá! — Olho para os rostos desesperados além da minha jaula. — Se trabalharmos juntos, sei que conseguiremos sair. Podemos até mesmo tomar o navio!

Do outro lado, Kenyon, meu velho companheiro de agbön, fita meus olhos. Mais velho do clã dos queimadores, está quase irreconhecível sem suas tranças brancas. A sujeira recobre as tatuagens nos dois braços.

— Não podemos morrer nestas jaulas. — Nego com a cabeça. — Os Caveiras acham que nos rendemos, mas eles estão errados. Sei que somos fortes o bastante!

Kenyon levanta-se. Reconheço a chama familiar que se acende naqueles olhos.

— Tzain tem razão. — O queimador olha para o cadáver de Udo. — Vamos lutar ou morrer.

Com a ordem de um mais velho, ao meu lado, o restante dos maji acaba concordando. O porão começa a ressoar com o tilintar dos maji manipulando o que haviam capturado. Meu coração palpita forte enquanto trabalhamos para arrombar as fechaduras.

Pego a bolsa de pele de animal e deixo o alcatrão escorrer pelo cadeado da minha cela. Cubro meu nariz enquanto o cheiro de enxofre sobe. Embora reste apenas um pouco na bolsa, o metal começa a borbulhar e fumegar.

A fumaça se acumula no corredor enquanto os outros usam o que conseguiram do alcatrão corrosivo do inimigo. Quando todas as fechaduras estão enfraquecidas, nos preparamos para atacar. Assim que os Caveiras ouvirem o que estamos fazendo, retornarão.

Será preciso tudo o que temos para escapar antes que eles se reúnam.

— Quando eu contar até três. — Olho para os maji na minha cela. Para os outros no corredor. — Deem tudo o que vocês têm! — exijo. — Não se contenham!

Agarro-me à imagem do rosto de Zélie na minha mente, à sensação dos seus ombros trêmulos nas minhas mãos. Não tenho tempo para temer.

Preciso fugir daqui.

— Um!

Ficarei forte, juro ao espírito dela.

— Dois!

Não vou deixar ninguém machucar você de novo.

—Três.

No momento em que termino a contagem regressiva, todos avançamos. O corredor explode quando arremessamos nossos corpos contra o ferro enfraquecido.

CAPÍTULO SETE

ZÉLIE

No momento em que o Caveira Prateada me empurra para a frente, meus dedos nus deslizam por algo pegajoso e quente. Uma nova poça de sangue envolve meus pés. Sigo a trilha com os olhos voltados para uma jovem encolhida.

Minhas entranhas se reviram com o sangue que mancha sua testa, escorrendo da boca e do nariz redondo. Embora pálida, sua pele está avermelhada. Devem tê-la trazido da costa de Warri.

Não consigo desviar os olhos do buraco que se abre em seu peito. O cheiro de carne queimada paira no ar. A fumaça preta sobe rodopiando, saindo do buraco onde seu coração costumava ficar.

Se este for o meu destino...

Eu dou às costas à garota. Minhas mãos começam a tremer. Sinto minha garganta fechar ao pensar em Tzain.

E se aquela tiver sido a última vez que vi seu rosto?

Ouço algo destrancar e levanto a cabeça. No fundo da sala, uma porta pesada se abre. O Caveira Prateada relaxa seu aperto firme, e todos os Caveiras se curvam. Permaneço como estou, observando.

Seguro a respiração quando um homem que nunca vi entra na sala. Convicto. Lento. Ao contrário dos outros Caveiras, sua máscara não é fundida em prata nem em bronze.

Cintila em ouro.

Baldyr...

O homem que acredito ser o rei deles caminha com um andar imponente. Os Caveiras ficam tensos com a aproximação. O poder reverbera a cada passo. O aposento do capitão parece encolher na presença desse homem.

Em vez de uma capa de pele, Baldyr ostenta a pele inteira de um lobo. O rosnado imortalizado da criatura com presas à mostra paira sobre seus cachos castanhos como um capuz. Sua pele é riscada por runas retangulares. As marcas pretas nítidas viajam do lado esquerdo da cabeça até as linhas duras cortadas em seu abdômen.

— *Rísið upp* — Baldyr dá um comando aos homens, um rosnado baixo por trás de cada palavra.

O Caveira Prateada volta a me segurar, agora apertando meus braços.

Ninguém fala enquanto o rei Baldyr atravessa a sala. Ele desprende a pele e a lança sobre a cama. Meus lábios se abrem quando ele remove a máscara.

Vejo o rosto do inimigo pela primeira vez.

O rei Baldyr é jovem, muito mais jovem do que eu esperava que fosse. Embora comande homens com o dobro de sua idade, não deve ter mais de vinte e três anos.

Observo as maças salientes de seu rosto e o nariz torto. A barba selvagem que cobre sua mandíbula. Seu cabelo castanho ondulado está preso em um coque bagunçado, fios soltos caindo sobre os ombros nus.

Três marcas pretas estão pintadas em seu olho esquerdo, acentuando seu olhar castanho e tempestuoso. Seus olhos escurecem quando pousam em mim.

Estou ansiosa para me libertar.

— *Er þetta sú?* — O rei Baldyr gesticula para mim.

— *Já.* — Caveira Prateada faz que sim com a cabeça.

O rei Baldyr me examina a distância, e o pouco que resta do meu kaftan está colado ao meu corpo. Tremo sob o olhar dele.

Ele se aproxima, e eu fico tensa; seus dedos sujos roçam a coroa de majacita incrustada no meu crânio. Ondas de pontadas agudas percorrem meu couro cabeludo. Cerro os dentes bem apertados para não gritar.

O toque de Baldyr me lembra de onde estou. Do que preciso fazer. Tzain e os outros ainda estão presos no convés inferior. Tenho que encontrar uma maneira de escapar.

Olho para além de Baldyr para examinar os aposentos do Caveira Prateada. Paredes de mármore bloqueiam o impacto da tempestade que está se formando lá fora. Se não fosse pelo jeito como o chão balança embaixo dos nossos pés, eu nem saberia que ainda estávamos no navio.

Uma grande escultura em madeira cobre a parede ao fundo, representando o homem colossal feito das nuvens de uma tempestade furiosa. Uma cama elevada tem um colchão recheado de penas. Quando o rei Baldyr me flagra olhando, encaro o chão.

— *Merle* — diz, parecendo me chamar.

Estremeço quando ele se aproxima e segura meu queixo. Espero um aperto áspero, mas seu toque é suave, quase gentil, enquanto os dedos descansam contra minha pele. Ele vira minha cabeça de um lado para o outro sob a luz da tocha, como se estivesse inspecionando um mamão ao sol.

— Significa "melro" — sussurra ele em orïshano.

Não acredito no que acabo de ouvir.

— Ficou surpresa por eu falar sua língua? — Baldyr solta meu rosto para erguer o metal-de-sangue atado à palma de sua mão.

Ele se abaixa e pressiona a mão no peito da maji morta. O metal carmesim fumega enquanto absorve a essência da maji, permitindo-me ver a tradução em ação.

— Gosto de ouvir seu povo clamar por seus deuses. — Baldyr olha para mim. — Parece que eles nunca vêm.

O frio rasteja pelo meu pescoço como uma aranha quando o rei se afasta, virando-se para o fundo da sala. Uma mesa de madeira está posta com uma deliciosa refeição comida pela metade. O cheiro reconfortante do pão é como um soco no meu estômago vazio. Baldyr vai buscar uma taça de hidromel de bronze, tranquilo, apesar do cadáver no chão.

À minha direita, há uma escrivaninha no canto da sala, cheia de mapas, pergaminhos e diversas ferramentas de leitura. Ao lado dela, vejo uma prateleira repleta de armas desconhecidas, garras de animais, porretes de madeira e sabres curvos. Uma coleção de adagas de cristal capta a luz, brilhando logo acima de um elegante bastão preto.

Meu bastão!

Quase solto um grito. Um pedaço de casa que ainda tenho. Dado a mim por Mama Agba, o bastão ornamentado reluz. Sua extensão preta ainda brilha com os símbolos que minha mentora talhou em sua superfície.

Examino cada marca, os olhos pousando nas lâminas cruzadas da guerra. O estalo familiar da colisão de bastões ecoa em meus ouvidos. Sinto o toque das mãos enrugadas de Mama Agba.

Ensino vocês a serem guerreiras no jardim para que nunca sejam jardineiras na guerra.

As palavras compartilhadas há tantas luas passam pela minha mente e me alcançam na escuridão, viajando através do espírito dela, através do tempo.

Neste mundo, sempre haverá homens que desejam o seu mal. É por isso que treinamos.

Sempre pensei que ela estava falando dos guardas. Da monarquia e do rei Saran. Será que ela sabia quais inimigos invadiriam nossas costas? Como uma vidente talentosa, viu as batalhas que nosso futuro traria?

A visão do meu bastão reacende algo que os Caveiras roubaram quando me arrancaram da minha terra. Algo que pensei ter sido roubado quando me seguraram no chão e rasparam minha cabeça. Já perdi minha magia uma vez, mas, apesar de tudo que estava contra nós, consegui recuperá-la.

Apesar de tudo, encontrei uma nova forma de atacar.

Derrotamos o rei Saran. Quando a rainha Nehanda se opôs a nós, destruímos Lagos. Não vou me acovardar agora.

Não vou me curvar a nenhuma outra coroa.

"*Fique atenta*", ouço Mama Agba sibilar. "*Espere seu momento de atacar.*"

Fixo os olhos no rei Baldyr, absorvendo as instruções.

Este é o homem que está caçando meu povo.

Hoje à noite ele vai morrer.

CAPÍTULO OITO

ZÉLIE

Mas como?

Fecho meus olhos. Tento bloquear tudo da minha mente. Penso em todas as armas à minha disposição. A vantagem de que precisarei para atacar. Para matar.

Quando comecei a treinar com Mama Agba, eu era uma das menores. Meus braços eram fracos. Mal conseguia segurar um bastão. Mas, com o treinamento, consegui encontrar um caminho.

Se eu insistir, sei que poderei lutar hoje.

Baldyr aponta para a maji no chão com um buraco no peito, e dois Caveiras agarram a garota pelos tornozelos. Arrastam o corpo dela pelo chão de mármore sem qualquer consideração. A porta se fecha atrás deles, deixando-me sozinha com Baldyr e o Caveira Prateada.

Algo sombrio esmaga meu coração enquanto olho para o rastro de sangue que fica com a retirada da maji. A dor que ela deve ter sentido.

Como é que o espírito dela vai dormir?

— Quantos do meu povo você lançou ao mar?

A ferocidade na minha voz me deixa firme. Meus músculos começam a zumbir. Penso na maneira como ele nos tratou. Cada alma inocente arrancada de nossas terras.

Um sorriso curioso se espalha pelos lábios de Baldyr. Ele murmura algo em sua língua, e o Caveira Prateada solta uma risadinha. Ele acena com a cabeça em minha direção.

— Finalmente, um de vocês fala.

Observo enquanto Baldyr se acomoda em sua cadeira. Sua tranquilidade aumenta meu medo. Ele pega uma coxa de frango e chupa a carne do osso. O tempo todo mantém seu olhar tempestuoso sobre mim.

Encaro a faca à sua esquerda. O Caveira Prateada ainda segura meus braços com força. Imagino a sensação do cabo de madeira em minhas mãos, a satisfação de cravar a lâmina bem no meio da testa de Baldyr.

— Seu povo parece gostar do mar. — O metal-de-sangue preso à palma da sua mão brilha enquanto continua a falar minha língua. — Em uma de nossas primeiras expedições, todos os cativos escaparam. Em vez de se revoltarem, entraram no mar acorrentados.

Suas palavras me atingiram como estilhaços de vidro. O peso de cada esqueleto me puxa para o fundo do mar.

Todas aquelas pessoas...

Aqueles maji foram levados por minha causa.

— *Veikt fólk* — comenta o Caveira Prateada e, mesmo sem uma runa de tradução, entendo suas palavras.

— Não é *fraqueza* escolher nossas águas em vez de suas correntes.

Minha raiva atrai o rei Baldyr de volta para mim. Chega tão perto que sinto o cheiro de hidromel em seu hálito. Ele roça minha bochecha com a unha manchada de terra, inspecionando-me de novo.

— Tanta raiva — murmura ele. — Mais raiva que medo.

Meus olhos se voltam para o meu bastão. Ele acompanha meu olhar até a parede de armas.

— E uma guerreira. — Baldyr dá um passo para trás. Ele me examina mais uma vez. — *Merle*, acho que você é quem eu estava procurando...

Antes que eu possa golpear, o Caveira Prateada agarra meus pulsos algemados. Ele me segura com força contra seu corpo musculoso. O rei Baldyr vai para a sala dos fundos. Ele retorna com um baú ornamentado, deixando-o em frente à escultura em madeira, na parede do fundo. Uma chave de ouro pende da garganta de Baldyr. Ela cintila à luz das velas quando ele se aproxima.

— Anos atrás, meu povo não era nada. — A voz de Baldyr se obscurece. Um ódio agudo reveste sua língua. — Estávamos desgastados pela batalha. Morrendo de fome. Piores que vermes rastejando para fora da lama. Mas um dia ouvi uma promessa. — Baldyr observa o homem feito de nuvens tempestuosas enquanto tira a chave de ouro do pescoço. — Uma promessa de que meu povo podia ser mais do que os meros mortais que somos. Uma promessa de que poderíamos nos tornar deuses.

Penso no Caveira que matei, na maneira como o martelo alimentou seu sangue. Embora fosse poderoso antes, a liga carmesim amplificou sua força. Todo o seu ser foi transformado.

— Então, é isso que você pensa que é? — desafio Baldyr. — São deuses, por causa das armas que empunham?

— É preciso mais do que uma arma para ser um deus.

Minha pulsação dispara quando o baú se abre. O que quer que esteja dentro dele confere ao rosto do rei um brilho suave. Baldyr recua para revelar um trio de medalhões antigos. Talhado em diferentes formatos, o metal-de-sangue é esculpido em ouro antigo.

— Nosso sangue nos dá força, mas não chega nem perto de fornecer o poder que me foi prometido. Mas seu sangue é diferente. — Baldyr olha para mim. — Seu sangue carrega o poder dos deuses.

Àṣẹ. Arregalo meus olhos quando compreendo o que ele procura. O poder divino dos deuses que corre em nosso sangue. A razão por que os maji conseguem fazer magia.

Baldyr pega um dos medalhões, que brilha na palma de sua mão. Apesar da distância, consigo sentir o zumbido do metal dourado. Meus olhos percorrem a mesma ponta de flecha tripla que vi na bússola do Caveira Prateada.

— A lenda diz que existe alguém da sua espécie que carrega o sangue do sol.

O trovão ressoa do lado de fora dos aposentos do capitão, e minha garganta seca.

Esses homens não estão apenas procurando pelos maji, Zélie. As palavras de Inan retornam. *Estão procurando por você.*

— Se essa pessoa existisse, nunca lutaria por vocês — declaro.

Baldyr se aproxima. A fome escorre de sua forma como suor.

— Não preciso que ela lute. — Seus olhos descem até meu peito. — Preciso do coração dela.

CAPÍTULO NOVE

ZÉLIE

Não!

O momento que eu temia avança sobre mim. Não há para onde correr. O sangue lateja nas minhas orelhas. O pouco tempo que tive para traçar estratégias havia terminado.

Tento escapar, mas o Caveira Prateada me segura com força. Murmura um xingamento em meu ouvido. Baldyr levanta a palma da mão e alinha o medalhão dourado ao meu coração. Enquanto se move, a memória do buraco no peito da maji reacende em minha mente.

O sangue dela ainda cobre meus pés. O fedor da pele carbonizada ainda contamina o ar. Em um instante, entendo como ela morreu. Ela e todos os outros maji que eles testaram.

Não posso deixar esse medalhão me tocar.

Se isso acontecer, não sobreviverei.

Ataque, Zélie! A voz de Mama Agba ressoa em minha cabeça, e eu me forço a agir. Golpeio a virilha do Caveira Prateada com meu cotovelo. Com um grunhido agudo, o capitão tomba.

O balanço do navio faz com que ele perca o equilíbrio. Eu giro e desfiro um chute para trás. Meu calcanhar bate em seu estômago, fazendo com que o Caveira Prateada voe até a porta dos fundos.

Baldyr estica a mão para mim enquanto eu avanço aos tropeços, e eu me jogo no chão manchado de sangue. Vou até a mesa, estendendo a mão para pegar a faca que tinha visto antes. A taça de hidromel de Baldyr cai no chão enquanto meus dedos roçam o cabo de madeira da faca...

— *Nei!* — ruge o rei Baldyr como uma fera selvagem.

Ele agarra as algemas ao redor dos meus pulsos, puxando-me de volta. Meus pés escorregam quando ele me arremessa para a direita. Bato com força nas paredes de mármore.

O impacto faz a coroa de majacita brilhar na minha cabeça. Ela incandesce com ira renovada. Seus espinhos pretos foscos se cravam nas minhas têmporas. Sangue quente pinga em meus olhos e escorre pelo pescoço.

Lute, Zélie.

Apesar de mal conseguir enxergar, estendo a mão para qualquer coisa que esteja à vista. Meus dedos agarram um osso de galinha caído. Quando Baldyr vem atrás de mim, eu golpeio de forma descontrolada, apunhalando o rosto do homem.

Um castiçal de latão tomba para a esquerda. Eu o agarro e bato na cabeça de Baldyr. Golpeio com o castiçal de novo, acertando o queixo do rei.

Mas antes de atacar mais uma vez, o Caveira Prateada me agarra por trás e me lança contra a parede dos fundos. Outro estalo agudo ressoa quando minha cabeça colide com o mármore. Com outro empurrão, o castiçal cai das minhas mãos.

O rei Baldyr arranca o osso de galinha da bochecha e solta uma gargalhada poderosa. O sangue se mistura com a tinta preta em seu rosto, que desce pelo peito, manchando o medalhão dourado que segura nas mãos.

O Caveira Prateada usa as algemas para prender meus braços para trás. Os olhos do rei miram meu peito. O medalhão em sua mão começa a brilhar.

Não há para onde correr enquanto Baldyr crava o medalhão no meu esterno.

— *AH!* — grito.

Uma dor diferente de tudo que já havia experimentado faz tudo ficar abafado. Estremeço no chão enquanto o medalhão se enterra no meu peito como ferro em brasa. Vai tão fundo que seu metal se funde em volta dos meus ossos.

O calor intenso atravessa meu coração, queimando. Fumaça começa a subir em torno de sua borda. Por mais que eu force, não consigo respirar. Meus pulmões queimam de dentro para fora.

— Það er hón! — grita o rei Baldyr.

Minha pele arde até ficar vermelha, quando meu sangue começa a cintilar. Uma luz dourada ofuscante preenche a sala, ricocheteando contra as paredes de mármore, caindo em uma cascata de arcos brilhantes, bloqueando todo o resto.

— *Oya, por favor...* — sussurro a reza.

Rogo para que leve minha alma. Não quero morrer no mar nas mãos desses animais estrangeiros. Tão longe de casa.

Por favor...

Meu corpo, que tremia, para. Meu batimento cardíaco diminui, e eu sinto o gosto amargo do fim.

Um estrondo ensurdecedor de trovão é a última coisa que ouço antes de tudo escurecer.

CAPÍTULO DEZ

TZAIN

— De novo!

Minha ordem atravessa o longo corredor. Todos os rapazes avançam, unidos como um só. As barras de ferro guincham a cada ataque, esforçando-se para conter nossa força combinada.

— Mais uma vez! — grito.

Nossas correntes tilintam nas barras da cela. Parafusos de metal voam da fechadura. A porta da nossa jaula começa a ceder. O ferro enferrujado geme nas dobradiças.

Zélie, estou indo.

Mantenho o rosto da minha irmã na mente a cada avanço. Vejo todas as vezes em que Zélie precisava que eu fosse forte. Cada pessoa que lhe causou mal. Os guardas. O rei Saran. Nehanda e seus tîtán. Até mesmo Inan. Todos os inimigos caem, deixando-me cara a cara com o Caveira Prateada.

Eu nem sempre soube do meu lugar. Sem a magia, eu não sabia como manter minha irmã segura. Mas, neste momento, tudo parece tão claro.

Resgatar Zélie é a única coisa que faz sentido para mim aqui.

— Mais uma vez! — coordeno os rapazes.

O sangue escorre pelos nós dos meus dedos enquanto jogo meu corpo contra o ferro para abrir a fechadura. A porta da jaula começa a ranger. Nossa liberdade começa a parecer real.

— Está funcionando! — digo, incentivando-os, com a adrenalina pulsando em minhas veias.

— Não parem. Estamos quase lá! Só temos que empurrar...

Um relâmpago monstruoso desce do céu, seu brilho entrando pela ventilação. Uma luz branca pura chega até o porão de carga. Ilumina as nuvens rodopiantes da tempestade lá em cima.

— O que foi isso? — sussurra Taiwo.

Um por um, os maji são atraídos pela visão. Embora veja de forma limitada, sinto o poder que se acumula no ar. Alto no céu, um trovão ribomba. Embaixo do navio, a força das águas aumenta.

Uma dor queima meu peito, penetrando fundo em minhas costelas. Meus dedos ficam dormentes quando deslizo a mão sobre o local.

Tem algo de errado...

De alguma forma, sei que Zélie é a causa.

O que eles fizeram? Por um momento, o terror me enjaula. Não sei se ainda há tempo, mas não me permito desistir.

Não posso parar até ver o rosto de Zélie.

— Continuem! — ordeno aos maji.

Todos voltamos ao ataque. Os corredores ecoam com nossos gritos. Os rapazes lutam com determinação renovada.

Os maji sangram nas jaulas, empurrando com tanta força que quase quebram os próprios ossos. Eles lutam com sua fúria. Com sua dor.

Em nome de cada vida que perdemos para os Caveiras.

— Estão vindo! — alerta Kenyon.

Botas pesadas ressoam acima de nós. Agora não há como esconder nossa tentativa de nos libertar.

Os Caveiras estão aqui.

Nosso tempo acabou.

— *Façam com que paguem!* — Minha voz sai rouca. — *Façam com que sintam o que fizeram!*

Com um avanço final, minha jaula se abre de uma vez.

Nós invadimos o corredor quando os Caveiras abrem a porta arqueada.

CAPÍTULO ONZE

TZAIN

— Ataquem! — grita Kenyon.

Mais maji começam a se libertar. A chuva cai em cascata pelos degraus de madeira. Os Caveiras escorregam enquanto a chuva cai pelas escadas.

Tento avançar, mas as algemas ainda me prendem aos maji. Minhas correntes me refreiam, não conseguirei lutar assim.

Tenho que encontrar uma maneira de me libertar dos outros.

Um Caveira avança pelo corredor. Ele morde a própria mão e pega o martelo vermelho. O sangue escorre do machucado alimentando diretamente as runas no cabo esculpido. Quando os mesmos símbolos se riscam no peito do Caveira, o guerreiro se transforma diante dos meus olhos. Seus músculos incham com força renovada. O próprio chão estremece embaixo de seus pés. O pescoço engrossa. Os ossos estalam. Ele solta um rugido gutural enquanto corre para atacar.

Seis maji vão para cima do Caveira ao mesmo tempo, mas ele golpeia com força sobre-humana. Todos os seis são arremessados longe, voando de volta para as celas, com os ossos estraçalhados.

Outro Caveira corre em nossa direção. Ele levanta seu machado brilhante no ar. Sangue escorre de sua mão enquanto seu corpo incha, ficando tão grande que preenche o espaço entre as jaulas.

Eu me abaixo quando o Caveira golpeia na direção do meu pescoço. A força do seu machado quebra as barras de ferro da nossa cela. Ele recua e golpeia de novo. Me jogo no chão quando o machado brilhante passa acima da minha cabeça.

Mas, ali no chão, enxergo minha oportunidade. Uma adaga está pendurada no cinto do Caveira. Com uma puxada poderosa, a adaga voa. Não perco um segundo e corto os tendões do calcanhar do Caveira.

Ele grita enquanto cai, e o machado carmesim vai ao chão. Taiwo tenta agarrar a arma brilhante, mas tocar no metal estranho queima sua pele.

— Ganhem tempo para Tzain! — grita um maji.

Eles seguram o Caveira enquanto eu golpeio. Eu apunhalo repetidas vezes, furando a coxa e o peito do Caveira. Cravo a adaga em sua barriga e puxo, abrindo seu abdômen. O sangue voa pelos ares, atingindo nossa pele escura.

Quando seu corpo fica imóvel, o brilho do machado desaparece, sendo drenado com a força vital do guerreiro. O sangue acumula-se ao meu redor enquanto meus companheiros de cela atacam as bolsas de pele animal dele. Eles usam o alcatrão com cheiro de enxofre para romper nossas correntes.

À medida que se libertam, inundam o corredor, ajudando os outros maji enquanto lutamos para derrubar o restante dos Caveiras. Eu me movimento para ajudá-los, mas algo me atrai.

Eu me viro e vejo o machado no chão.

Um calor agudo faz meus dedos coçarem, desafiando-me a me aproximar. Embora, depois de matar seu dono, Taiwo não tenha sido capaz de empunhar a arma, minhas mãos são atraídas para ela. Uma força magnética que não consigo combater. Olho para o Caveira morto enquanto me curvo.

Assim que agarro o cabo esculpido, uma força silenciosa apaga todo o som.

Blóðseiðr.

Palavras estrangeiras preenchem minha cabeça, o som de homens cantando ressoa em meus ouvidos. Meus olhos ficam brancos. Meu coração palpita no peito. Um novo poder invade meu corpo enquanto meus músculos se expandem.

O sangue do ferimento em meu braço vaza para o cabo. O metal carmesim começa a esquentar.

Levanto a arma acima da cabeça enquanto o machado brilha em vermelho.

— *Argh!*

Eu golpeio. A lâmina atravessa o peito de um Caveira. Outro Caveira vem até mim com seu martelo brilhante. Eu o atinjo primeiro, cortando seu pescoço.

O machado libera a raiva enterrada bem no meu íntimo. O vermelho respinga em todas as direções enquanto luto. Cobre minhas mãos. Meu rosto. Minha língua. Mas não consigo controlar o animal que desperta dentro de mim.

Quanto mais sangue se derrama, mais preciso ver.

— As celas! — Kenyon aponta.

Através da névoa selvagem, vejo os maji que ainda não escaparam. Com um rugido, corto as barras de ferro que os prenderam durante toda uma lua. Corto suas correntes, libertando-os.

Está funcionando.

Fico no centro do corredor, vendo o frenesi aumentar. Com o machado, temos poder suficiente. Com esta arma, os Caveiras têm que se render.

— Vão para o convés! — ruge Kenyon para os maji. — Joguem todos os Caveiras no mar!

Invoco o rosto de Zélie de volta à mente e me dirijo à porta arqueada. Corro para libertar minha irmã.

CAPÍTULO DOZE

ZÉLIE

Chuva.

Chuva caindo. É a primeira coisa que me encontra na escuridão. Seu tamborilar constante ressoa em meus ouvidos, o que tira minha mente do abismo.

Uma luz forte invade meus olhos, preenchendo minha visão de vermelho. Meus músculos estremecem no chão frio de mármore, eu me esforço para erguer as mãos.

Algo quente brilha acima do meu coração. Arde toda vez que respiro. Estico a mão, e meus dedos raspam o ouro.

O medalhão de Baldyr está fundido à minha pele.

Não.

Minha respiração fica ofegante. Não consigo acreditar no que estou sentindo. A ponta tripla da flecha esculpida no medalhão dourado pulsa com luz, sincronizada com meu coração, como um órgão respiratório. Meus dedos tremem quando eu os retraio. A visão faz minha cabeça girar. Algo agudo pulsa através do meu ser, mas não é a magia que conheço.

— *Finalmente.*

Meus ouvidos zumbem quando Baldyr se aproxima de mim, um fervor zeloso aceso em seus olhos. Suas mãos pairam sobre meu corpo. Em poucos momentos, me tornei valiosa demais para ser tocada.

No entanto, Baldyr está falando em sua língua. Como estou conseguindo entender as palavras? A língua estrangeira cresce sem parar dentro da minha cabeça. É como se o medalhão me mudasse por dentro.

— *Desperte* — sussurra Baldyr.

Ele espalha o sangue do seu rosto sobre o medalhão. Em um instante, os aposentos do capitão desaparecem. Meus olhos piscam em vermelho enquanto as lembranças de Baldyr me mantêm refém, me prendendo no passado...

A terra de Baldeírik ganha vida. Corro por suas planícies áridas, ergo o olhar para seus céus escuros. Bandeiras marítimas tremulam no ar, cada uma estampada com o brasão das seis tribos.

Vejo a criança de rosto redondo que Baldyr foi no passado. As paredes forradas de relva e a cabana de palha que formavam sua casa. Ouço os gritos dele enquanto os guerreiros o arrancam dos braços trêmulos de sua mãe. Olho para o líder sem máscara da tribo que o acolhe, contando as cicatrizes que cobrem a pele sardenta do homem.

Meus braços se esforçam embaixo das pedras e dos troncos de árvores que Baldyr levanta. Meus instintos se aguçam à medida que ele luta com cada garoto. Os nós dos meus dedos se ferem quando os punhos dele voam.

Baldyr não para até que outro garoto morra.

O chão treme embaixo das patas poderosas dos ursos com armaduras que ele e seus companheiros de tribo montam para a batalha. Fortalezas com paredes revestidas de madeira caem diante dele em chamas. Martelo contra martelo. Lâmina contra lâmina. Uma ofensiva brutal seguida de outra.

Mas enquanto as seis tribos de Baldeírik lutam, sua nação desmorona. Cadáveres enfileiram-se nas ruas lamacentas. Tochas incendeiam campos de cevada. As pessoas não comem há dias.

No caos, ouço a promessa, o sussurro constante que enche os ouvidos de Baldyr. A afirmação de que ele pode unir seu povo dividido, de que eles podem construir uma nação que nenhum outro reino poderia ofuscar.

A voz guia Baldyr às montanhas rochosas que circundam a terra em forma de coração. O calor lambe seu rosto quando ele fica diante do poço de metal derretido que escorre do centro da montanha. Baldyr segura uma faca de osso na mão. Quando seu sangue pinga no poço, o metal sagrado fica vermelho.

Assim nasce o metal-de-sangue carmesim...

— *Ah!* — Ofego quando Baldyr dá um passo para trás.

Minha mente gira com as lembranças da vida dele, o metal-de-sangue que criou, os primeiros guerreiros que reuniu, a invenção das próprias máscaras dos Caveiras.

— *Melro.* — Baldyr faz que não com a cabeça, e eu vejo o homem que uniu as seis tribos de sua terra. — *Faz anos que procuro por você.*

O rosnado na voz de Baldyr assume uma nova forma. O sorrisinho que ele mantinha antes desapareceu. O sangue ainda escorre de sua bochecha por causa do meu ataque. Quando cai no meu rosto, Baldyr vai até a mesa, pega um pano e o enxuga.

Atrás de Baldyr, o Caveira Prateada está tremendo. Ele não fita mais os meus olhos. É como se tivesse medo de dar um passo em falso. De fazer algo que vá pôr um fim ao seu destino.

— *Tenho que partir.*

Baldyr se levanta.

Ele volta ao baú pesado, no qual restam apenas dois medalhões agora. Baldyr tranca o baú com cuidado e pendura a chave dourada no pescoço. Seu caminhar se enche de um novo propósito.

— *Para onde você vai navegar?* — pergunta o Caveira Prateada.

— *Vamos em busca do outro. A Lua de Sangue está próxima.*

A Lua de Sangue? Penso na lua amarela que brilhava lá em cima, no convés. Nunca tinha ouvido falar nesse evento. Mas do jeito que Baldyr fala, é como se ele tivesse esperado por esta lua durante a vida toda.

— *O que devo fazer com a garota?*

— *Mantenha-a aqui* — ordena ele. — *O medalhão ainda está transformando o sangue dela. Quando o novo poder dela estiver pronto para a colheita, quero que ela seja levada para a fortaleza em Iarlaith.*

— *E os outros?* — pergunta o Caveira Prateada.

— *Deixe-os no porto comercial.*

O rei Baldyr veste sua máscara dourada. A pressão faz mais sangue escorrer de seu rosto. Ele pega a pele de lobo da cama do capitão e olha para mim. Eu me viro enquanto ele cobre minhas costas com a pelagem branca.

— Nos vemos em breve — diz ele em orïshano.

O Caveira Prateada se ajoelha quando Baldyr se prepara para sair. Uma rigidez surge nos olhos castanhos de Baldyr quando olha para seu capitão.

— *Traga-a de volta para mim.*

CAPÍTULO TREZE

ZÉLIE

A porta vermelha estremece atrás do rei Baldyr quando ele sai. Passos com botas seguem sua retirada. Sem Baldyr, fico com o Caveira Prateada. Destituída do que eu era antes.

Preciso lutar para mover meus pés. Meu corpo não parece meu. Eu me atrevo a tocar a pele carbonizada e enegrecida do meu peito. O antigo medalhão que arrancou o coração de tantos do meu povo vibra na ponta dos meus dedos.

O que ele fez comigo?

O som do trovão irrompe nos meus ouvidos. Alguma coisa dentro de mim cresce como marés. Percorre cada membro. Faz o quarto ao meu redor girar.

Quando fecho os olhos, uma nova visão preenche minha mente. Vejo runas retangulares riscadas em minha pele. Mulheres esquálidas usando caveiras de animais com chifres me cercam. Uma lua gigante vermelha queima no céu...

"*Ataque, Zélie.*" Os sussurros de Mama Agba retornam. Sua voz ressoa através da tempestade cada vez maior. Sinto o toque de suas mãos enrugadas pousando sobre as minhas, lembrando que não estou sozinha.

Luto contra a parte de mim que anseia por sucumbir, contra cada respiração que dói.

Pense nos outros, insisto comigo mesma. *Pense em Tzain!*

No fundo da sala, surge o Caveira Prateada. Seus ombros parecem abaixar com o alívio. Ele levanta a máscara e volta para a mesa com outra jarra de hidromel, de onde bebe direto, dando goles generosos.

Atrás dele, eu me forço a levantar, cambaleando. A pele de lobo de Baldyr cai no chão, e o sangue mancha o pelo branco de vermelho.

Agarro a corrente entre minhas algemas, preparando-me para a guerra. *Pelos maji.* Eu me apoio à parede de mármore. *Em nome de cada garota que este medalhão queimou.*

Não vou deixá-lo drenar o sangue do meu povo.

Não vou permitir que os Caveiras escapem impunes do que fizeram.

"Morra!" Eu me lanço para a frente, enrolando a corrente e puxando-a contra a garganta do Caveira Prateada. A jarra de latão cai de sua mão, e o hidromel se derrama pelos nossos pés. Tenho que segurar firme enquanto o homem escorrega.

Eu me apoio em suas costas e puxo. Os cânticos estrangeiros continuam ressoando em meus ouvidos. O antigo medalhão aquece em meu peito. Dói enquanto luto para matar.

O Caveira Prateada solta um grito estrangulado e ataca enquanto recua. A mesa de madeira tomba no chão com o impulso dele. O capitão bate com meu corpo na parede. O gosto acobreado do sangue invade minha boca enquanto luto para aguentar firme.

Ele bate de novo e de novo, e, por fim, meu aperto se afrouxa. Ele arranca as algemas da garganta, e eu despenco no chão.

— *Você não pode ser ferida!* — grita ele em sua língua, mas eu não escuto.

Meus dedos se fecham em torno de um caco de vidro quebrado. As laterais afiadas cortam minha mão.

Com um grito, ataco, fendendo a perna do Caveira Prateada com o vidro, que pragueja enquanto eu o coloco de joelhos. Tento atacar de novo, mas ele me agarra pelo pescoço.

O sangue brilha através de seus dentes. Goteja dos cortes no pescoço. O Caveira Prateada aperta minha garganta enquanto eu ofego, em busca de ar. O vidro cai da minha mão quando me engasgo.

O Caveira Prateada me arremessa na parede de armas. Espadas e facões caem no chão. O rosto de Mama Agba preenche minha visão embaçada enquanto meu bastão rola pelo chão.

"*Vamos lá, Zélie*", incentiva seu espírito. Eu me arrasto pelo mármore manchado de sangue. O Caveira Prateada avança em minha direção, e eu percebo o brilho de uma corrente.

Não sei se tenho forças para lutar com ele de novo.

"*Você está perto, minha filha*", diz Mama Agba. "*Você está quase lá.*"

Meus dedos envolvem as espadas cruzadas talhadas no meu bastão. Aperto o botão que estende suas lâminas serrilhadas.

O Caveira Prateada me pega quando me viro, cravando a lâmina em sua barriga.

Finalmente.

Meus braços tremem. O Caveira Pratada estaca no meio do caminho. As correntes de ferro caem de suas mãos. Sangue escorre por baixo da máscara.

Minhas lâminas serrilhadas se enterram embaixo das costelas dele, acertando-o como a uma hienária. O Caveira Prateada solta um xingamento antes de despencar para trás. Ele leva meu bastão consigo quando cai no chão.

Embora meus ossos pareçam estar prestes a quebrar, eu me forço a ficar de pé. Firmo minhas pernas trêmulas e manco, arrastando-me adiante até ficar em cima do capitão.

Encaro o homem que prendeu meu povo em jaulas. O homem que lançou meu povo ao mar. Observo como ele se esforça para respirar. Como treme.

Como sangra.

— *Ele vai encontrar você* — murmura o Caveira Prateada para mim. — *Não há para onde correr.*

Seguro meu bastão e o puxo para soltá-lo. O Caveira Prateada geme de dor, seu olhar instável me segue enquanto reposiciono a lâmina acima de seu peito.

Suas palavras fazem minhas mãos tremerem, mas não vou permitir que ele impeça minha fuga.

— *Diga olá aos meus deuses.*

Os olhos do Caveira Prateada se arregalam quando falo sua língua. Em seguida, cravo meu bastão em seu coração.

CAPÍTULO CATORZE

AMARI

Eu costumava sonhar com monstros.

Muito antes da Ofensiva.

Os anos em que admirava o meu pai e ainda via um rei radiante.

O homem que afugentava todos os monstros.

Uma noite, sonhei que estava andando por uma floresta. Finalmente havia conseguido ultrapassar as muralhas de Lagos. Árvores verdes exuberantes dançavam ao meu redor. Abelharucos de bigode azul voavam ao lado do meu rosto. Eu me deitava no musgo macio e olhava para o céu aberto. A clareira enchia-se de borboletas brilhantes.

Mas, em seguida, o céu ficava preto. As árvores imponentes se contorciam em sombras hostis. Um bando de hienárias selvagens deslizava para fora do chão. Com guinchos, elas me caçavam.

Eu gritava por socorro enquanto corria pela floresta escura. As hienárias pareciam gargalhar do meu medo. As feras me encurralavam em uma toca e atacavam de uma vez. Suas presas rasgavam minha carne, abafando meus gritos.

Quando acordei, estava coberta de suor. Minhas bochechas estavam úmidas pelas lágrimas que havia derramado. Minhas pernas tremiam quando saí debaixo dos lençóis.

Era como se eu tivesse morrido ali mesmo, naquela cama.

Fui aos aposentos de Inan, mas não consegui encontrá-lo em lugar algum. Tentei subir no colchão da minha mãe, mas ela insistiu para que eu voltasse à minha cama.

Encontrei meu pai sozinho na sala do trono. Ele abriu os braços, e eu me aninhei em suas túnicas.

— *Tem um motivo para existirem muralhas, Amari.* — Ele foi gentil, passando a mão pelo meu cabelo enquanto eu tremia. — *Seria bom de sua parte ficar dentro delas, mesmo em sonhos. Foram construídas para manter todos os monstros afastados.*

— *Até as hienárias?* — perguntei.

— *Especialmente as hienárias.* — Ele quase sorriu, mas havia alguma coisa que o estava afligindo. — *E aqueles que nos desejam mal.*

Sempre pensei que meu pai estava falando de nobres que armavam intrigas. Dos maji que ele parecia odiar tanto. Mas durante todo o tempo que passei trancada neste navio, imaginei o que ele sabia dos monstros além das fronteiras de Orïsha.

Fico me perguntando o que ele sabia dos Caveiras.

Foi minha espada que matou meu pai. Foi meu voto de proteger o povo de Orïsha e derrotar minha mãe que levou ao caos e ao derramamento de sangue. Lutei para que os mais velhos dos maji me aceitassem e traí a confiança deles. Sacrifiquei uma aldeia inteira e, ainda assim, não consegui vencer a nossa guerra.

Quando Mama Agba entregou sua vida para nos ajudar a derrubar a monarquia, ela me disse que eu era mais do que aquele momento. Que eu era mais que todos os meus erros. Se eu tinha sobrevivido, teria sido por algum motivo.

Com a ameaça dos Caveiras, esse motivo é claro.

Um novo monstro existe aqui.

— Está acontecendo alguma coisa — digo, apontando para as tábuas do assoalho acima.

Um clamor avoluma-se sobre a nossa cabeça. O frenesi cresce como a tormenta batendo no casco do navio.

Sinto um aperto no peito quando me aproximo das barras de ferro. Gritos se misturam com os gemidos de metal se partindo.

Tem que ser Zélie, penso comigo mesma. *Ela deve ter encontrado um jeito de lutar.*

Anseio por espiar através das tábuas do assoalho. Ver onde ela está agora. Apesar do nosso passado turbulento, Zélie me disse para aguentar firme.

E se ela tiver um plano para nos tirar daqui?

Se os outros encontraram uma maneira de atacar, pode ser que seja isso. Poderíamos assumir o controle do navio. Acabar com a tortura dos Caveiras de uma vez por todas. Poderíamos finalmente escapar.

Escapar.

Fecho os olhos. Na lua passada, a esperança era tudo o que eu tinha. Ela saciou meu estômago vazio e secou cada lágrima. A ideia de escapar curou todas as feridas que sofri desde que fui trancafiada aqui.

Voltar para casa, para Orïsha, não importa o preço. Para ser sepultada na minha terra.

Não morrer nas mãos desses homens bestiais.

— Preparem-se! — Nâo instrui os outros enquanto vozes se aproximam do lado de fora da nossa porta. — Peguem as armas deles! — Ela sacode as barras de sua jaula. — Arranquem com as unhas a garganta deles! Furem seus olhos!

Nâo reúne a força que tento invocar lá no fundo. Sendo ainda a mais velha dos mareadores, sua voz faz com que os maji se levantem. Meu coração troveja no peito quando estendo a mão para pegar um pedaço de madeira quebrada nas paredes. Levanto aquela lasca com mãos trêmulas enquanto a porta do nosso porão se abre.

Um emaranhado de corpos voa pelos degraus de madeira. Na escuridão, vejo um grupo de maji lutando contra três Caveiras. Com uma guinada, o barco balança ferozmente, e a bagunça de corpos desliza corredor abaixo. Estendo a estaca de madeira quebrada, estremecendo quando ela se crava na garganta de um Caveira.

— Me ajudem! — grita Nâo.

O mais pesado dos três Caveiras cai diante de sua cela. Uma garota enterra os polegares nos olhos dele, e sangue escorre por trás de sua máscara. Outra pega o Caveira pela orelha. Ele grita enquanto ela a arranca.

Preparo-me enquanto os maji despedaçam o Caveira. Arranham seu rosto. Sua pele. Puxam seus cabelos. O homem se debate contra a jaula, e sua máscara cai. Fico paralisada ao ver a barba desgrenhada e os cabelos trançados.

— *Deyið!* — grita o Caveira.

Ele estende a mão para pegar a bolsa de pele animal amarrada ao cinto. O cheiro de alcatrão me atinge como uma bola de canhão. Em um instante, entendo seus planos.

— Recuem! — Eu puxo os maji aos quais estou acorrentada para o canto mais distante da nossa jaula, protegendo seus corpos com o meu. Atrás de mim, o Caveira desata a bomba do cinto. Ele puxa a cordinha que acende sua chama e...

De repente, mãos marrons agarram o rosto do Caveira.

Com um estalo brusco, o pescoço do Caveira se quebra.

Pelos céus?

A bomba rola pelo chão. Sua chama se apaga em uma poça de água da tempestade. Por um momento, meu corpo relaxa. Eu me viro para encontrar nosso salvador.

— Kenyon? — suspira Nâo.

Sangue e sujeira cobrem cada centímetro da pele do queimador. Uma raiva bárbara contorce seu rosto, mas, ao ver sua companheira mais velha, toda a raiva parece sumir.

— *Ó seun, Sàngó.* — A voz de Kenyon falha, e ele se segura no ferro da jaula.

Nâo passa pelas barras e agarra as laterais do rosto do amigo. Lágrimas brotam em seus profundos olhos castanhos.

— Me diga que acabou — sussurra ela.

— Acabou. — Kenyon assente com a cabeça. — Estamos tomando o navio. Tzain está liderando o ataque.

Tzain está vivo? Meu coração quase para de bater. A última vez em que vi Tzain, ele não suportou me ver. *Mas se ele está vivo...*

Fico surpresa com a parte de mim que ousa sonhar.

Se Tzain estiver vivo, então existe uma chance.

Um dia, ele pode me perdoar.

Kenyon chama um grupo de maji adiante no corredor. Eles jogam para ele um molho de chaves. O queimador arromba a cela de Nâo, e ela praticamente pula nos braços dele. Fico impressionada com a maneira como Kenyon beija a testa dela, abraçando a amiga enquanto ela treme.

— Você está segura — sussurra Kenyon.

As palavras provocam um arrepio na minha pele. Depois de tudo o que aguentamos, é bom demais para ser verdade. Metade dos maji neste corredor ainda está acorrentada aos mortos.

Kenyon deixa Nâo no chão e abre suas algemas. Ele passa o molho de chaves adiante pela fila. Observo enquanto Nâo estala o pescoço. A lutadora que conheço ressurge, recompondo-se.

— Onde precisam da gente? — pergunta ela.

— No convés. Os rapazes estão lutando lá.

Com um aceno de cabeça, Nâo parte em disparada. Os maji em sua cela a seguem escada acima.

Quando Kenyon se vira para a minha cela, fico paralisada. Da última vez em que estivemos cara a cara, eu era sua inimiga. Se não fosse por Mama Agba, ele e os outros mais velhos teriam me matado.

Kenyon encara e alguma coisa passa por seu rosto. Eu me preparo para saber como ele vai retaliar. Ele liberta o restante dos maji na minha cela, e nós ficamos a sós.

— Vai — digo, e abaixo a cabeça.

Kenyon agarra as correntes que me prendem, e eu me preparo para o golpe. Não sei o que pensar quando as algemas caem ao meu lado.

— Sério? — Eu olho para ele, esfregando os pulsos machucados.

— Você não é a inimiga. — Kenyon se afasta. — Não neste momento.

As palavras dele me atingem como uma onda. Sinto que é uma chance de me redimir.

— Eu não vou decepcionar você.

Sigo para ir ao convés, mas Kenyon agarra meu braço, me impedindo antes que eu consiga subir as escadas.

— Seu irmão atacou um Caveira esta noite. Eles o trancaram no convés inferior.

Penso no rapaz que lutava e que nossos inimigos levaram antes de nós. O saco de lona amarrado sobre sua cabeça.

— Aquele era Inan? — Meus olhos arregalam-se quando Kenyon deixa o molho de chaves em minha mão.

— Vá atrás dele. — Ele me empurra para a frente. — Antes que seja tarde demais.

Eu saio em disparada, apoiando-me nas paredes escorregadias do navio. Imagino meu irmão trancado lá embaixo, isolado no porão.

— Espere! — Volto-me para Kenyon quando chego perto da escada. Fito o olhar do queimador. — Obrigada.

Kenyon quase sorri.

— Mate cada Caveira no seu caminho.

CAPÍTULO QUINZE

INAN

Eu falhei com ela.

A ideia de Zélie com o Caveira Prateada faz meu sangue gelar. Os lugares aonde talvez a tenham levado. As coisas que devem ter feito.

Quando me trancaram aqui embaixo, pensei que tínhamos uma chance. Com o tempo, eu poderia libertá-la. Levá-la de volta a Orïsha e compensar cada vez que a feri. Cada vez que eu a decepcionei.

Os Caveiras estão atrás do coração dela. Soube disso no momento em que entendi o que diziam. Quaisquer que fossem seus planos, precisavam dela a ponto de invadir outro reino. A ponto de carregar navios com meu povo através dos mares. O que acontecerá quando descobrirem que é ela?

O que Baldyr fará com o restante de Orïsha?

Preciso detê-los. A compreensão instala-se no meu íntimo. *Todos eles. Cada Caveira.* Pela primeira vez em séculos, Orïsha não poderá lutar contra si mesma. Temos que nos unir.

Nosso reino está em guerra.

Fora da embarcação, a tempestade ganha força. O navio inteiro balança com o trovão ensurdecedor que ressoa lá em cima. As reverberações agitam meus ossos. As ondas chocam-se contra a lateral do navio como aríetes. Ondas enormes inundam o porão.

Minha jaula suspensa balança violentamente. As engrenagens gemem acima da minha cabeça, enferrujadas pela maresia. A qualquer momento o gancho se romperá. A força da queda talvez me dê a chance de escapar.

Mas essas algemas...

As algemas com que os Caveiras me prenderam tornam impossível sair. Mesmo quando minha jaula cair, ficarei preso. Se não romper as correntes, não conseguirei chegar ao convés.

Chicoteio com as correntes que me prendem ao chão enferrujado para a frente e para trás. Eu me apoio nas barras de ferro da jaula e puxo. Meus pés se esforçam para conseguir uma posição firme, e eu escorrego, caindo no chão com um baque forte. A dor percorre meu corpo, e eu luto sobre ele para me erguer.

Bato meus pulsos contra as barras de ferro. Várias e várias vezes. Acima de mim, as engrenagens que prendem minha gaiola continuam a ranger. Um dos ganchos se enfraquece. Um parafuso voa longe.

A água continua a encher o porão do navio. Aumenta tanto em volume que quase bate no fundo da minha jaula. Meu tempo está se esgotando. Se não conseguir me soltar dessas correntes, vou me afogar.

Apesar de eu me debater vigorosamente, as algemas em volta do meu pulso não cedem. Puxo as correntes com toda a força que tenho. Puxo, mas o metal corta minha pele.

—Vamos lá!

Tento arrancar meus pulsos dali. O metal antigo queima enquanto corta minha carne. Urro com a agonia que me atravessa. Minha pele começa a se dilacerar, revelando ossos brancos e brilhantes.

A náusea aumenta dentro de mim. O suor escorre sobre a pele. Minha visão começa a ficar embaçada, mas não vejo outra maneira. Eu preciso continuar.

Tenho que fazer o que for preciso para escapar...

— Inan? — Uma voz me chama, e eu paro.

Não acredito nos meus ouvidos.

Quem saberia que devia me procurar aqui?

— Inan, você está aí embaixo? — chama a voz de novo e, desta vez, reconheço a cadência. O coração de quem fala.

— Amari? — grito de volta.

— Estou chegando! — diz ela. — Vou libertar você!

Meu coração palpita enquanto passos descem as escadas. Algo se choca com a porta fechada com cadeado. As chaves começam a tilintar. Com um estalo, a porta se escancara.

Amari...

Minha irmã salta para dentro do porão, quase tropeçando em meio ao seu alvoroço. O alívio mistura-se à raiva quando vejo o que os Caveiras fizeram. Era apenas o rastro da guerreira que eu conhecia.

Os ossos de Amari sobressaem de seu kaftan amassado. Contusões cobrem o pescoço e os pulsos delicados. Camadas grossas de terra envolvem a pele acobreada. A sujeira escorre de seus cachos escuros.

Mas, apesar de sua condição enfraquecida, ela luta, atravessando o porão inundado. Quando chega à minha jaula, nossas mãos se unem. Olho para a irmã que tem as mesmas íris âmbar que eu.

Por um momento, nenhum de nós consegue falar. Os anos que passamos em desacordo parecem se dissipar. Meus olhos ardem ao pensar em nosso pai. Em nossa mãe. Em Orïsha. O trono que o tempo todo ficava em nosso caminho. Penso em todos os momentos em que eu poderia ter sido um irmão melhor.

Todas as vezes em que deveria ter mantido essa garota em segurança.

— Sinto muito — sussurro as palavras, embora eu saiba que não são suficientes. Mas Amari balança a cabeça.

— Não estamos aqui porque queremos.

Minha irmã me abraça, e eu sinto a dedicação que nós compartilhamos. Agora que os Caveiras desembarcaram em nossas costas, não podemos nos dar ao luxo de estar em conflito. Orïsha precisa de nós dois juntos, lutando do mesmo lado.

— Os Caveiras estão atrás de Zélie — explico. — Invadiram nossa costa há luas, planejaram...

— Encontraremos uma maneira de detê-los — garante Amari. — Juntos, eu sei que conseguiremos.

Encontro uma nova convicção em sua voz. Uma razão para acreditar que podemos vencer. Neste momento, estamos unidos.

Do jeito que sempre devíamos ter estado.

— Suas mãos...

Amari faz uma careta para os ossos quebrados e a pele dilacerada. A luta que vinha travando sozinho retorna. Minha jaula continua a ranger.

— Eu vou ficar bem — digo, fazendo que sim com a cabeça. — Só me tire daqui!

Amari remove o molho de chaves do pulso. Ela tenta uma após a outra, até achar uma que sirva. Amari range os dentes a cada vez que encontra resistência. Por fim, o cadeado abre com um clique forte.

Um sorriso espalha-se pelo rosto estreito da minha irmã, mas a testa se enruga quando ela toca as algemas ao redor dos meus pulsos. Ela tenta encontrar a combinação certa, mas as chaves são grandes demais.

— Essas não vão servir...

Eu me preparo para libertar meus pulsos, mas Amari me impede.

— Vou encontrar uma lâmina. — Ela deixa a chave na porta da jaula. — Eu vou tirar você daí! Espere um pouco!

— Tome cuidado! — grito.

Observo, impotente, quando Amari atravessa o porão cheio de água. Mas passos pesados ribombam descendo a escada. Amari fica paralisada quando uma silhueta volumosa preenche o batente da porta.

Um relâmpago ilumina a máscara poderosa do Caveira.

Ele divide seu olhar entre nós dois, com o machado cintilante na mão.

CAPÍTULO DEZESSEIS

ZÉLIE

Não sei quanto tempo fico ali, olhando para o cadáver do Caveira Prateada.

A sala balança enquanto seu sangue se acumula aos meus pés. A máscara horrível dele cai no chão.

Minhas mãos estão firmes como pedras em volta da ponta do meu bastão. A lâmina ainda está cravada no coração da fera. Por fim, solto meu bastão com uma respiração trêmula.

Tudo me atinge de uma vez.

Oya, me ajude.

Minha garganta fica cada vez mais apertada. A sala começa a girar. Minha visão fica turva. É como se o navio inteiro estivesse desabando.

Minhas mãos se erguem para o esterno, e um soluço que lutei tanto para conter se liberta. Sinto que eu vou desmoronar.

A batalha tirou tudo de mim.

Bato no chão de mármore com um baque surdo. Fico ansiosa para tirar de mim o toque do inimigo. Fecho os olhos, tentando forçar para que o ar entre nos pulmões.

O medalhão dourado ainda pulsa em meu peito, um lembrete constante daquilo que me tornei. Uma força estranha se agita pelos meus braços, derramando-se pelas palmas ensanguentadas das minhas mãos.

Eu preciso sair daqui.

Tento lutar contra todo o ruído. Contra cada ferida. Contra cada dor. Meu irmão ainda está preso neste navio.

Os outros maji precisam da minha ajuda para escapar.

Não importa o quanto eu force, não consigo reunir mais forças, minhas pernas não se movem, meus braços apenas tremem. Não sei como vou continuar, mas então eu enxergo.

O primeiro vislumbre de esperança que tive desde que fui acorrentada.

Lar...

Eu me apoio nos cotovelos trêmulos, tentando me concentrar na visão indescritível. Vários pergaminhos se espalham no chão com mesas viradas e armas quebradas, poças de hidromel e de sangue.

Um deles chama minha atenção, me atraindo com suas linhas familiares. Meus dedos manchados de sangue se fecham ao redor do pergaminho amarelado e mal consigo acreditar no que vejo.

Linhas pretas grossas criam as bordas da minha Orïsha, mais traços ilustram a costa oeste, com figuras circulando o porto de Lagos. Meus olhos encontram Ilorin no mapa, e eu suspiro fundo, engasgada.

O rosto de Baba surge em minha mente.

Baba...

Ao pensar em meu pai, a tristeza vaza desse poço interior, minhas lembranças ganham vida com a maré suave que ressoava o tempo todo pela vila flutuante de Ilorin.

Sinto os juncos entrelaçados que formavam nossa ahéré. Ouço como Nailah, minha leonária, roncava. Seguro o mapa perto do coração como se fosse uma boneca. Apesar de tudo que passei dentro de suas fronteiras, ver minha pátria é como ver um pedaço do meu coração.

Eu me levanto com as pernas bambas enquanto uma nova vida se move através da minha forma brutalizada. A visão de Orïsha fortalece minha determinação. Meus pulmões começam a se expandir. Devagar, minha visão retorna ao que era antes. Arranco os trapos esfarrapados que me envolvem e os lanço ao chão ensanguentado.

Não vou aceitar definhar neste navio.

Não vou parar até que meus pés toquem de novo o solo da minha terra natal.

O trovão ressoa detrás da porta, o balanço do navio aumenta a cada segundo que passa. Busco pelo quarto até encontrar o guarda-roupa do Caveira Prateada. Visto uma calça de lã, cortando o tecido que sobra e amarrando-a bem na cintura e no peito.

Encontro dois facões no chão, e minhas mãos se moldam nos cabos de contas. Lembro-me das imagens de Oya que vi quando era novinha, os facões que ela empunhava enquanto cavalgava para a guerra.

"*Fún mi lágbára.*" Rezo para minha deusa de novo. *Conceda-me força.*

A corrente da tempestade vibra embaixo da minha pele. Sinto seu poder nas minhas entranhas.

Arranco meu bastão do Caveira Prateada morto e o amarro nas minhas costas. Procuro nos bolsos do capitão caído e encontro a bússola hexagonal que usou para me separar dos demais. Abro-a e vejo meu reflexo na superfície de vidro. Com a coroa de majacita na cabeça, pareço a princesa da morte.

Prendo a bússola no cinto e fico de frente para a porta carmesim.

A raiva cresce dentro de mim como um vulcão pronto para entrar em erupção quando passo pelo Caveira Prateada.

CAPÍTULO DEZESSETE

ZÉLIE

Sair dos aposentos do Caveira Prateada é como entrar em outro mundo. As grossas paredes de mármore que nos enjaulavam desaparecem. Nada me protege da violência da natureza.

A chuva cai como flechas vindas de cima, relâmpagos brilhantes crepitam através das nuvens, o trovão ruge como uma fera no céu. As explosões estremecem meus ossos.

Mama estava certa. Eu me apoio na porta, admirada com o mar revolto e os ventos fortes. Vejo a maneira como minha mãe erguia a cabeça para o caos no topo da montanha. Vejo a maneira como o relâmpago iluminava o sorriso brilhante contra a pele escura. Olho para cima e abro os braços, lembrando-me daquela noite sagrada. Quando fecho os olhos, ouço o grito de Oya em meio à tempestade.

Eu *sinto* o poder de Oya na tempestade.

O medalhão dourado pulsa em meu peito enquanto abraço o céu torrencial, uma força selvagem percorre meu sangue quando a ponta tripla da flecha gravada na superfície do objeto começa a brilhar.

Procuro a figura corpulenta do rei Baldyr, mas sua caveira dourada não está em lugar algum. Outro navio avança ao longe, quase o triplo do tamanho daquele do Caveira Prateada.

Baldyr.

Um arrepio percorre meu corpo enquanto observo suas flâmulas douradas tremulando ao vento. O que será necessário para capturá-lo?

Como posso destruí-lo junto com seu povo antes da Lua de Sangue?

Mas quando percebo o movimento dos corpos abaixo, não tenho tempo para parar e pensar. Caveiras saem de seus alojamentos aos bandos, e um sino pesado começa a tocar.

Do outro lado do navio, um raio ilumina silhuetas em combate. Os maji lutam no convés, assumindo o controle da embarcação. Meu povo luta com barras de ferro quebradas e adagas roubadas, subjugando os Caveiras antes que possam ativar suas armas.

Meu coração dispara quando vejo Nâo liderando um grupo de garotas. Elas empurram dois Caveiras para fora do navio. Kenyon lidera outros para derrubar mais um deles. São os punhos que usam para manter o inimigo caído.

— *Acordem o capitão!* — grita um Caveira dos níveis abaixo.

O movimento aumenta, subindo as escadas. Desço os degraus, segurando com força os facões de contas. Um Caveira se aproxima, e eu corro adiante antes que ele possa atacar.

— Ah!

Passo meus facões em sua garganta, e o sangue quente escorre pelos degraus de madeira. O Caveira coloca as mãos no próprio pescoço e cai para trás. Relâmpagos estalam quando ele atinge o chão.

Um segundo Caveira ataca com seu machado, eu me esquivo e chuto, arremessando-o escada abaixo. Correndo, salto do andar do capitão, erguendo os dois facões sobre minha cabeça. Relâmpagos iluminam as agulhas de chuva enquanto descrevo um arco no ar.

"*Desperte, Zélie...*"

O tempo começa a desacelerar, o canto sussurrado faz meus ouvidos tremerem, mas não sei quem fala as palavras, não sei como consigo ouvi-las.

Sinto a voz vinda de dentro enquanto o medalhão aquece em meu esterno. Uma onda de energia percorre a minha pele. Com um rugido, aterrisso sobre o peito do Caveira. Cravo os dois facões em seu abdômen.

"*Desperte, Zélie...*"

O som do sussurro aumenta. O sangue cobre minhas mãos enquanto fico hipnotizada pelo canto. A ponta tripla da flecha no medalhão começa a queimar.

Atrás dos meus olhos, uma lua vermelha brilha...

Mais uma vez, o mundo começa a girar, mas não tenho tempo de ficar parada. Passos descem a escada. Eu me viro e encontro um grupo de Caveiras. Xingamentos ressoam enquanto eles mordem as mãos e pegam suas armas.

Droga!

Eu me levanto e avanço enquanto os Caveiras se transformam atrás de mim. O convés treme a cada passo deles, o calor chameja de seus martelos e machados brilhantes.

Começo a correr em direção aos outros maji, mas estão muito longe para ajudar. Os Caveiras diminuem a distância entre nós. Examino o convés em busca de um lugar para escapar.

Ali!

Um raio ilumina uma porta abrindo e fechando no meio do navio. Sem outro lugar para ir, corro para dentro dela e quase escorrego pela escada de caracol.

O fedor de fezes e pelos me atinge como um murro. Quando termino de descer, ouço o rosnar de uma fera definhando. Paro, derrapando, ficando cara a cara com olhos afiados e linhas pretas.

Um trio de guepardanários me encara por trás das grades de uma jaula. Parece que não são alimentados faz dias. As feras sarapintadas são apenas algumas das dezenas das montarias trancafiadas. Passo por um antelopentai de cauda vermelha, babunemos de traseiro azul e rinoceromes de chifre preto. Em uma gaiola, encontro até mesmo um raro bebê elefantário. Pus amarelo escorre de um corte horrível na orelha esquerda.

Imediatamente penso em Nailah, minha amada leonária. Ela estava conosco quando invadimos o palácio.

É possível que os Caveiras a tenham trancado aqui?

— Nailah? — grito.

Não sei para que lado seguir. A revolta aumenta do lado de fora da porta.

Eu me agacho atrás das jaulas enquanto procuro.

— Nailah?

Abaixo o volume de minha voz a um sussurro. Por um momento, não ouço nenhuma resposta. Então, ouço um grunhido.

Meus ouvidos se animam quando um gemido fraco me cumprimenta.

Nailah!

Tochas avançam pela porta, e eu me jogo no chão sujo. Rastejo enquanto a luz laranja dos Caveiras se espalha pelo cercado, iluminando o labirinto selvagem de jaulas.

Passo por pantenários feridos e um gorílio de peito branco. Uma serpente mamba-negra de quinze metros ergue-se em sua gaiola quando me aproximo. Um Caveira percebe o movimento. Meus músculos ficam tensos quando ele aponta.

— Nailah! — grito o nome da minha montaria.

Dessa vez, Nailah responde. Seu chamado me atrai para o canto da sala. Meus olhos arregalam-se com os ferimentos dela.

— Ai, meus deuses, Nailah!

Minha leonária ergue-se em uma jaula pequena demais para seu corpo imenso. Cortes vermelhos marcam sua pele dourada. Como eu, sua cabeleira poderosa havia sido raspada.

Pressiono minha testa na dela, e ela ronrona em resposta. No entanto, eu me viro quando a luz da tocha se aproxima. Três Caveiras se aproximam com olhares ameaçadores.

Meu pulso acelera enquanto golpeio com meus facões contra a fechadura da jaula de Nailah. Faíscas voam quando o metal encontra minha lâmina. Mas não importa quantas vezes eu ataque, os facões não são fortes o bastante para quebrar o ferro pesado.

Atrás de mim, as botas dos Caveiras estão próximas. O sangue lateja com tanta força na minha cabeça que não consigo ouvir. Então, tudo fica escuro.

Fico paralisada quando a luz da tocha desaparece.

O que está acontecendo?

Caio no chão e me apoio na jaula de Nailah. Da escuridão, dois machados brilham em vermelho. Eles se encaram, frente a frente.

Eu me viro quando os machados brilhantes se chocam. As armas colidem repetidas vezes. Com um grito selvagem, um corpo pesado é lançado contra a parede das montarias. Um clamor irrompe das jaulas que despencam no chão.

Animais feridos gritam e rugem. Algumas jaulas se abrem, e as montarias correm livremente. Eu me aproximo da jaula de Nailah para evitar o frenesi.

Um longo silêncio se segue antes que eu escute os passos pesados se aproximando. Pego meus facões sem saber com quem terei de lutar. Meu coração vai parar na boca à medida que a figura chega mais perto.

Então, alguém levanta uma tocha caída.

— Tzain?

Eu pisco sem acreditar na visão. Não reconhecia, em lugar nenhum, o meu irmão. Uma névoa estranha preenche seus olhos cor de mogno. Sua pele goteja o sangue dos inimigos. Uma das armas do Caveira brilha em vermelho na palma da mão dele. Ele ergue a arma para lutar.

É como se ele não soubesse quem sou.

— Tzain... — Eu me aproximo, hesitante.

Deixo meus facões caírem ao lado do corpo.

Meu irmão faz o mesmo e, de repente, a vida volta aos seus olhos. Ele encara as próprias mãos. Sinto o peso de sua surpresa.

— Está tudo bem. — Eu toco seu ombro.

Tzain cai de joelhos, e nós nos lançamos nos braços um do outro.

CAPÍTULO DEZOITO

AMARI

Tábuas voam enquanto o poderoso Caveira irrompe pelo batente da porta. Ele me ataca como uma montaria caçando. Sangue escorre de sua mão. Runas piscam em seu machado brilhante.

— Amari, corra! — ordena Inan, mas ignoro o que ele diz.

Olho para meu irmão, focando nas algemas que prendem seus pulsos.

Se eu conseguir atrair um golpe...

A lâmina que eu queria está bem diante dos meus olhos. Tenho que aproveitar a oportunidade.

Não vou deixar Inan morrer.

O Caveira ataca com seu machado brilhante, e eu caio no chão. Minha pele arde quando atinge a água gelada. A lâmina passa por cima da minha cabeça, cortando o metal de uma das jaulas suspensas.

O porão ressoa com o choque violento quando a metade inferior da jaula despenca no chão. Enquanto a água espirra ao meu redor, luto para me levantar.

A água esfria até meus ossos. Meus dentes batem quando finalmente consigo me jogar contra a parede do porão.

Mas a água que não para de subir não reduz a velocidade do enorme Caveira. O ar reverbera ao nosso redor quando ele ergue o machado mais uma vez.

Pelos céus!

Eu me jogo para o lado no momento em que o Caveira desfere o golpe. Ele ataca sem consideração. Em vez de me matar, sua lâmina irrompe através da parede de madeira.

Lascas voam pelos ares. Mais água vaza para dentro do porão. A parede derrubada revela uma sala cheia de barris com um líquido preto espesso. O óleo explosivo se mistura com a água quando os barris começam a flutuar.

— Amari, para lá! — Inan aponta para o caminho aberto.

— Não vou deixar você para trás!

Luto contra a água turbulenta, me arrastando até a jaula do meu irmão. Atrás de mim, o Caveira se aproxima. Suas botas lançam a água nas minhas costas, mas eu preciso que ele se aproxime.

É o momento de atrair seu ataque.

— Estenda suas algemas! — grito para meu irmão.

Inan se estica até onde as correntes permitem. A lâmina da Caveira terá que ser precisa. Com o golpe certo, nós dois poderemos lutar.

— Depressa! — Os olhos âmbar de Inan se arregalam.

Sinto o calor do machado brilhante do Caveira. Alcanço as mãos acorrentadas de Inan e me viro enquanto a lâmina da Caveira ataca.

— Agora! — ordena Inan.

Eu salto, mergulhando para o lado. O machado da Caveira atinge as correntes do meu irmão, seu machado brilhante libertando-o.

Inan salta de sua jaula, batendo com o cotovelo na têmpora do Caveira. Seu ataque o pega desprevenido, mas antes que ele consiga tentar novamente, uma onda gigante atinge a lateral do navio.

Com uma guinada violenta, o chão se inclina. Nossos pés saem do assoalho. O Caveira bate na parede, e seu machado cai no chão. O corpo dele começa a encolher à medida que a água do mar desliza sobre o latão enferrujado de seu machado.

Eu agarro o cabo, mas o metal brilhante queima minhas mãos. Fumaça sobe das minhas palmas.

É como se a arma estivesse ligada ao seu dono.

— Não toque! — avisa Inan, tarde demais.

Em vez disso, ele avança até o machado. No entanto, antes que tente pegá-lo, o Caveira lhe dá um soco na cabeça.

— Inan! — grito quando meu irmão cai no chão.

Tento alcançá-lo, mas o Caveira não me dá chance. Sua mão carnuda me agarra pelos cabelos, a outra prende meu pescoço. O Caveira me levanta, tirando o ar dos meus pulmões.

Meus olhos ardem quando me esforço para respirar. Eu chuto. Eu me debato. Eu arranho. Mas não importa o que eu faça, não consigo me soltar. Minha garganta queima enquanto a morte me abraça.

Não desse jeito, penso comigo mesma. *Não quando estamos quase lá.*

É quando vejo a bolsa de pele animal presa por uma cordinha ao cinto do Caveira.

Lembro-me do Caveira que atacou a cela de Nâo. Quando puxou a corda, as chamas explodiram em um estalar de dedos. Se Kenyon não o tivesse impedido, a bomba teria explodido. Teria mandado nossa cela para os ares.

À medida que manchas brancas preenchem minha visão, não me dou tempo para pensar. Com o que resta das minhas forças, estendo a mão para baixo, puxando a corda com tudo.

— *Nei!* — ruge o Caveira quando ataco.

Faíscas começam a voar. Chamas irrompem pela cordinha. O Caveira me larga, estendendo a mão para apanhar a bomba.

Inan surge da água. Com um salto um tanto instável, ele empurra o Caveira para a frente. O guerreiro cai na jaula aberta em que estava antes, e Inan trabalha rápido, usando a chave certa para trancar o homem lá dentro.

— Depressa! — digo eu.

Inan agarra meu braço. Um cheiro ardente preenche o porão. Meu coração palpita enquanto subimos as escadas.

Tentamos chegar ao convés antes de a bomba explodir.

CAPÍTULO DEZENOVE

TZAIN

Segurando Zélie em meus braços, não quero mais soltá-la. Por um instante, o navio desaparece. Os Caveiras caídos e as montarias libertadas somem no ar.

Sinto cada vez que minha irmã foi arrancada de mim. Cada vez que eu pensei que nunca mais a veria. Quando correu atrás de Mama. Quando foi torturada pelo rei Saran. Quando desapareceu nas cavernas de Ibadan, forçada a sobreviver às nuvens tóxicas de gás.

Nunca mais. Meu corpo treme com as palavras que engulo. *Sem mais erros. O que for preciso para mantê-la segura.*

— Você está *aqui* — sussurra Zélie, finalmente.

Suas palavras suaves me trazem de volta.

Fora do navio, a tempestade despenca ao nosso redor. Os gritos dos maji lutadores percorrem o salão das montarias.

As lágrimas quentes de Zélie caem em meu pescoço, e eu a abraço mais forte.

— Não vou a lugar nenhum — sussurro de volta. — Juro.

Atrás de nós, Nailah ruge. Apesar de tudo, eu sorrio. Estendo a mão através das grades da jaula e a coloco em sua cabeça dourada. Nunca pensei que veria nossa leonária de novo.

Colocaram uma focinheira grossa nela. Pedaços de pelo caíram onde seu corpo encontra as barras. É possível ver as costelas embaixo da pele. Parece que sofreu tanto quanto nós.

— Você consegue libertá-la? — pergunta Zélie.

Olho de volta para o machado estrangeiro. Penso na maneira como seu poder passou por mim antes, em todos os Caveiras que tirei do meu caminho.

Uma parte de mim nunca mais quer sentir o que sinto quando agarro seu cabo, mas o seu poder é a única razão por que cheguei a Zélie a tempo. É a única coisa que a manterá em segurança.

— Para trás — instruo minha irmã.

Ela se afasta enquanto pego o machado caído. Mais uma vez, meu sangue alimenta o cabo. Os cantos estrangeiros preenchem minha cabeça.

Inspiro enquanto uma nova raiva me invade. Meus músculos ficam tensos. O brilho vermelho envolve a lâmina carmesim. Eu o levanto, quase atordoado.

Com um golpe, o cadeado de Nailah se quebra. Nossa leonária salta da jaula. Ela me derruba no chão, arrancando o machado da minha mão antes que eu sinta mais alguma coisa.

Nailah cobre meu rosto com lambidas de sua língua rosada em agradecimento antes de correr para minha irmã. Zélie lança os braços em volta do pescoço da leonária e começa a chorar. Um instante é tudo que lhes dou antes de voltar à luta.

— Precisamos ir.

Eu vasculho o Caveira caído, removendo a bainha presa em suas costas. Embora eu tema o poder do machado, encaixo-o no recipiente de couro. Não deixarei de lado o único poder verdadeiro que tenho para atacar.

— De volta ao convés. — Agarro a corda em volta do focinho de Nailah e ajudo Zélie a se levantar. — O navio é quase nosso!

Passamos por Caveiras abatidos e jaulas despencadas enquanto saímos do salão das montarias. A oscilação do navio triplicou, é um esforço manter-se de pé.

Subimos os degraus em espiral. Com uma forte chacoalhada, voltamos ao convés. Relâmpagos dançam no céu, iluminando a batalha final que assola o navio.

Eu agarro Zélie, observando a investida dos maji. Nosso povo ataca com vingança, o sangue jorra como a chuva que despenca de cima. À nossa direita, um Caveira imponente é atingido por uma espada no estômago.

À nossa esquerda, um grupo de maji usa um canhão como aríete. Lançam um par de Caveiras ao mar. Os ventos uivantes abafam os gritos do nosso inimigo.

Nós conseguimos...

Não consigo nem acreditar. Nossa vitória se aproxima. Um por um, todos os Caveiras caem no convés. As máscaras dos nossos inimigos se partem ao meio.

Quando o último despenca, Kenyon levanta os punhos para o céu brilhante e ruge. Os outros maji juntam-se ao seu grito de guerra. Penso em cada maji que perdemos nesta luta, nos corpos jogados ao mar. Lágrimas enchem meus olhos enquanto ergo a mão e grito por eles.

Rezo para que sintam nossa vitória.

— Acabou mesmo? — Zélie aperta meu braço e eu assinto com a cabeça, confirmando.

Sobrevivemos a este terror.

Temos a chance de ir para casa...

BUM!

Uma explosão ressoa embaixo do convés. O navio inteiro treme. As tábuas de madeira aos nossos pés explodem, detritos voam pelos ares.

— O que foi isso?

Viro-me na direção do som quando um estalo agudo reverbera pelo barco. Duas silhuetas surgem dos níveis inferiores, correndo para o convés.

Relâmpagos brilham no rosto aterrorizado de uma garota, e eu fico paralisado. Minhas mãos ficam dormentes.

Amari...

A visão da princesa que um dia amei ainda faz meu coração estacar.

Ela vem agarrada ao irmão, os dois, encharcados.

— Temos que ir! — grita Amari. — O navio está afundando!

CAPÍTULO VINTE

ZÉLIE

—Vão para os botes salva-vidas! — grita Inan como o trovão nos céus.

De repente, tudo muda. Tzain entra em ação, puxando Nailah e a mim para o outro lado do navio.

As intempéries lutam contra nós enquanto corremos. A chuva corta. Os ventos uivam. O convés está escorregadio com o sangue dos Caveiras mortos. Escorregamos e caímos no chão mais do que corremos.

Os outros maji avançam batendo os pés pelo convés. Eles tropeçam uns nos outros em seu percurso. Todos nos apressamos para escapar do navio indo a pique, avançando em direção aos botes largos protegidos por peles de animais.

— Sua lâmina! —Tzain arranca uma adaga da mão de outro garoto.

Ele corta as cordas que prendem um dos botes ao convés. Juntos, viramos o bote com o lado direito para cima. Uma dúzia de maji se amontoa enquanto Tzain e eu inspecionamos os mecanismos do barco, tentando descobrir como ele funciona. Embora mais complexos que os barcos de coco que navegamos em Ilorin, algumas peças exteriores são familiares.

Tzain encaixa o mastro de madeira no lugar. Puxo uma corda, e a vela grande flui livremente. Ele aponta para a alavanca no centro.

— Quem pode pilotar? — pergunta, olhando o grupo.

Dois rapazes magros com marcas de nascença iguais dão um passo à frente. Tzain posiciona as mãos sobre a alavanca, mostrando como controlar as velas.

— Aonde vamos? — pergunta um dos rapazes.

Inan avança, apontando para uma cadeia de ilhas no horizonte reluzente.

— Para lá! — Ele grita sobre os ventos uivantes. — Vá para o norte até encostar na areia!

— Abram caminho! — ordena Kenyon.

Os maji saem do caminho. O mais velho dos queimadores carrega um canhão gigante e acende a tocha. Cobrimos os ouvidos quando o canhão explode. A bola atravessa a amurada do navio, criando uma abertura grande o suficiente para os botes salva-vidas passarem.

Tzain e Inan não perdem um segundo. Empurram o primeiro bote salva-vidas pelo convés escorregadio. Os doze maji gritam ao passar pela borda do navio.

O barco salva-vidas cai a mais de vinte metros pelo ar.

Eu agarro a amurada do navio quando eles aterrissam de frente. As águas agitadas encharcam os maji em segundos, mas o bote salva-vidas se estabiliza na superfície do mar. A hélice movida a vento, presa à parte traseira do barco, ganha vida.

Prendo a respiração enquanto eles voam pelas ondas, agarrando-se às laterais do bote. Quase viram mais de uma vez, mas singram as águas agitadas. Um raio ilumina sua jornada em direção ao arquipélago.

— De novo! — Tzain libera outro barco. — Venha à frente quem puder pilotar!

Todos começam a trabalhar juntos. Encontramos uma ordem em meio ao caos crescente. Um a um, Tzain libera os botes, e os maji se amontoam. As alavancas se encaixam no lugar, as velas sopram ao vento.

Nuvens de tempestade espiralam nos céus furiosos, o mar bate de um lado para o outro, e o navio geme de dor. Tábuas de madeira racham sob pressão.

Empurramos bote após bote pela borda quando a proa do navio começa a se erguer. À medida que o convés se inclina, os cadáveres dos Caveiras passam deslizando por nós. Precisamos abrir caminho em meio aos mortos.

O trio de guepardanários corre pelo convés que se levanta, com sangue fresco manchando o pelo perto dos focinhos. Um guepardanário salta, e Tzain me puxa para trás. Ele não me atinge por pouco, caindo do navio estraçalhado.

— Vamos! — grita Tzain.

Resta apenas um bote salva-vidas. Eu puxo Nailah para dentro, e Amari me segue.

Mantenho minhas mãos na alavanca. Amari libera nossas velas. Tzain e Inan se posicionam na parte de trás do bote. Eu me preparo enquanto eles empurram.

Mas, à medida que avançamos até a borda do navio, o medalhão brilha em meu peito. Minha pele começa a zumbir com uma nova força. Novos relâmpagos irrompem lá em cima, tão brilhantes que iluminam todo o horizonte.

— Em nome dos deuses, o que...? — sussurro.

A explosão brilhante de cores para o tempo. Por um momento, somos apanhados por tons de um laranja profundo e de um verde-turquesa, de vermelho brilhante e roxo vívido. O relâmpago forma um círculo crepitante em volta de nossas cabeças.

De alguma forma, sei que o medalhão é a causa...

As águas pretas reluzem sob a luz brilhante. Mais raios dançam por toda a amplitude dos mares. Os raios juntam-se em uma onda letal.

Então, o poderoso navio dos Caveiras se parte ao meio.

CAPÍTULO VINTE E UM

ZÉLIE

Em um segundo, o mundo inteiro muda. Nosso bote salva-vidas não passa pela amurada. O navio a pique sacode dentro dos mares. Tzain e Inan conseguem se juntar a nós bem a tempo.

Ficamos olhando para o céu aberto enquanto nossa embarcação voa pelo convés erguido.

— Segurem firme! — grita Tzain.

Ao nosso redor, o enorme navio se despedaça. Mastros gigantescos passam voando acima de nossa cabeça. Canhões tombam de suas canhoneiras. Os corpos dos Caveiras despencam pelo ar.

Com um balançar violento, somos arremessados do convés, e nosso bote vira. A dor irradia através do meu ser quando caímos no oceano. Os restos do navio dos Caveiras despencam.

Não!

No momento em que atingimos as águas pretas, somos separados. As ondas violentas me atingem em um instante, o oceano me envolve em suas garras gélidas.

Abro a boca para gritar, mas somente a escuridão atende meu chamado. Água salgada queima minha garganta. Meus olhos se arregalam quando engasgo.

Oya, por favor...

Os relâmpagos brilhantes ainda crepitam lá em cima, iluminando o quão abaixo da superfície estou. Sem ter para onde ir, busco minha magia com o pouco que me resta. Rezo para que seu calor invada meu sangue. Rezo pela magia da vida e da morte.

Por favor...

Murmuro as palavras quando meus olhos se fecham. Sinto meu peito apertar, ofegante, em busca de ar. Paro de sentir os dedos dos pés. Mas quando meu corpo se transforma em gelo, o medalhão queima em meu peito.

Um zumbido preenche meus ouvidos.

Oya?

Pisco até abrir os olhos. A água ao redor começa a brilhar. De início são pequenas gotas de luz que me cercam como uma teia de aranha. Fico maravilhada com os orbes vibrantes, de um roxo profundo e um vermelho sanguinolento. A teia de luz se espalha ali embaixo, no mar, iluminando o navio naufragado que me cerca.

Máscaras de bronze caem como neve. Martelos e machados vermelhos afundam como âncoras. Todo o alojamento do capitão desaba, girando ao passar pela minha cabeça.

À medida que a luz viaja, avisto Amari e Tzain. Os dois flutuam, inconscientes, a quase um quilômetro de distância. Estendo meus braços em direção a eles quando o sussurro familiar volta à minha cabeça.

"*Desperte, Zélie...*"

Um pulso de luz dourada é liberado do medalhão, viajando pelo oceano em ondas. Captura Tzain e Amari como uma corrente, carregando-os em direção ao arquipélago.

Busco minha magia de novo, e outro pulso dourado é liberado. As águas ao meu redor giram. A ponta tripla da flecha no medalhão irradia enquanto a mesma luz dourada preenche meus ossos.

Acima do mar brilhante, a tempestade irrompe com fúria selvagem. É como se o céu tivesse sido rasgado ao meio. Relâmpagos despencam de todas as nuvens, de alguma forma percorrendo as águas do oceano. Raios brilhantes crepitam em minha direção como cobras, predadores se aproximando de suas presas.

Antes que eu consiga desviar, eles atingem o medalhão em meu peito. Meus braços se agitam para trás com a força. Uma luz dourada envolve todo o meu corpo, cobrindo minha pele enquanto um novo poder circula em meu sangue.

"*Encontre-a.*" A voz que preenche meus ouvidos parece viajar além do tempo. Enquanto a ouço, minhas feridas se fecham, as cicatrizes começam a se curar, meu couro cabeludo nu esquenta, e longas mechas brancas de cabelo brotam dele.

Quando a luz dourada brilha através dos meus olhos, minha visão se transforma. Minha íris começa a faiscar. O mar desaparece, substituído por uma forma borrada.

"*Encontre-a.*"

Vejo uma garota. Sua pele tem um belo tom marrom-avermelhado. Diamantes brilham em seus olhos angulares. Um lenço estampado com joias vibrantes envolve seu cabelo preto como a noite.

"*Encontre-a.*" A voz ancestral troveja através da minha alma. "*Antes que seja tarde demais.*"

— *Eu vou.* — sussurro a promessa de volta ao mar.

A luz dourada do medalhão se apaga à medida que tudo desaparece ao meu redor.

PARTE II

CAPÍTULO VINTE E DOIS

TZAIN

— Encontramos o último!

No momento em que o grito de Nâo ressoa entre as palmeiras, eu me levanto de um salto. Meu coração palpita, ansioso pelo rosto que preciso encontrar.

Deslizo pelo penhasco onde fica nosso abrigo improvisado. Nailah me segue, saltando para a margem arenosa. Embora instável, a leonária permanece ao meu lado enquanto avançamos pela densa vegetação.

— Esteja aqui — sussurro para mim mesmo.

Minhas pernas não me levam rápido o suficiente, as pedras afiadas se movem embaixo dos meus pés calejados, e galhos finos arranham minha pele. Tanta coisa se move dentro de mim que mal consigo sentir a dor.

No momento em que nosso barco atingiu a água, tudo ficou escuro. Não houve como segurar Zélie ao meu lado. O oceano revolto nos separou. Não pude salvar nem a mim, tampouco resgatá-la.

Eu me entreguei à escuridão.

Quando acordei nas praias arenosas, nada parecia real. Eu não conseguia entender como havíamos chegado às ilhas. Mas apenas Nailah e Amari estavam ao meu lado.

Zélie e Inan haviam desaparecido.

Nâo foi a primeira a nos encontrar. Eu não consegui falar quando ela nos levou até o acampamento maji incipiente. Quando chegamos, avistei todos os maji que haviam conseguido sair do navio. Procurei Zélie em todas as tendas. A cada novo bote salva-vidas que chegava, eu esperava ver o rosto dela e em nenhuma das vezes tive sucesso.

— Esteja *aqui* — repito a reza.

As palmeiras dão lugar à praia aberta. Penhascos irregulares cobrem as areias brancas, e emaranhados de algas marinhas margeiam a praia. Um grupo de caranguejos amarelos passa pelos meus pés.

O sol quente ofusca a visão. Protejo os olhos enquanto Nâo conduz outro bote de maji resgatados pela costa. Passo os olhos pelos doze sobreviventes em busca do rosto da minha irmã, e algo definha dentro de mim.

Apesar de procurar muito, não vejo Zélie.

Onde você está? Fecho os olhos, lutando contra a onda que quer estourar. Por fim, estávamos livres dos Caveiras. Eu a segurei em meus braços.

Olho longe para as águas do oceano. Ondas quebram na praia. Eu me recuso a acreditar que ela se foi.

Depois de tudo que aguentamos para escapar, Zélie não pode ter se perdido no mar.

Mas enquanto os maji vêm na minha direção, não tenho tempo para ficar parado. Eles se arrastam pela areia molhada. Estão todos tão fracos que mal conseguem ficar de pé.

— Aqui.

Corro para encontrá-los. Estendo os braços para as duas maji que mais estão se esforçando. As garotas se agarram a mim enquanto eu as levo para longe da praia. Quando uma delas cai, eu paro, levantando-a do chão e a tomando em meus braços.

— Obrigada. — Ela aperta minha mão.

Devolvo o sorriso para ela. Vejo Zélie em suas cicatrizes. A ideia de essa garota ter ficado acorrentada faz meu estômago se revirar.

Sua voz fraca me traz de volta ao que fizemos, lembrando-me da magnitude de nossa fuga dos Caveiras. Tomo muito cuidado ao escalar o penhasco. Ergo as maji pela borda, uma de cada vez, observando os recém-chegados se dispersarem pelo modesto abrigo que construímos.

Oito tendas feitas com os galhos mais fortes que encontramos deste lado da ilha cercam nossa fogueira de sinalização. Usamos musgo para revestir nossos abrigos. Usamos folhas de bananeira tramadas como cobertores. Recipientes de pedra ficam embaixo das árvores, coletando a água da chuva que cai à noite. Caça fresca assa sobre a chama aberta. É mais do que qualquer um de nós comeu em dias.

Os mais fortes do nosso acampamento vêm ao nosso encontro. Os recém-chegados parecem surpresos com os alimentos e bebidas que trazem. Um maji oferece grandes conchas cheias de água da chuva. Outro, vem com peixe-espada frito e ostras.

Khani, uma de minhas antigas companheiras de agbön, vai até eles às pressas. Um buraco se forma em meu peito enquanto a observo trabalhar. Desde o dia em que a conheci, sempre fez parte de uma dupla. Nunca a tinha visto sem Imani, sua irmã gêmea.

A luz do sol aquece a pele sardenta de Khani, mas sinto o vazio que ela carrega. Aproximando-se de um maji que segura o próprio braço, ela é atenciosa e gentil, tomando muito cuidado ao inspecionar o membro fraturado.

— Venha comigo — tranquiliza Khani. — Não tenho minha magia, mas consigo dar um jeito nos seus ossos.

Apesar da morte de sua irmã, a mais velha dos curandeiros ajuda a todos.

Não sei se conseguiria ser tão forte.

Olho para o acampamento, observando tudo. Embora tenhamos encontrado um momento de descanso, o preço cobrado por aqueles que perdemos paira no ar. Quando fico quieto, sinto o peso das minhas antigas correntes. Sufoco com o fedor da nossa cela. Embora meus pés se prendam na areia, me sinto como se fosse puxado para o fundo do oceano, levado de volta à dor. Aqueles Caveiras me prenderam.

Mas quem escapou daquela jaula foi outra pessoa.

— Vamos! — Aceno com a cabeça para Nailah.

Pouso minha mão em seu pescoço enquanto voltamos para a linha costeira. O eco leve de cantos estrangeiros preenche meus ouvidos. Estreito os olhos para mantê-los sob controle.

Caminhamos até uma parte isolada da praia e escalamos recifes cobertos de musgo. Entro nas águas quentes, e Nailah me segue. Ela mergulha sua cabeça enorme abaixo da superfície, retornando com a boca cheia de peixes.

Enquanto a leonária se alimenta, eu me arrasto pelas raízes emaranhadas de um mangue. Afasto os galhos, revelando o machado carmesim do Caveira.

Blóðseiðr...

Minha pele se arrepia com as palavras que passam pela minha cabeça. É como se o machado me chamasse, desafiando-me a empunhá-lo de novo. À luz do sol, o metal-de-sangue brilha. O carmesim mancha as runas retangulares esculpidas no cabo de jacarandá. Meus dedos deslizam em direção ao punho, e me lembro de como perdi o controle. Vejo os corpos dos Caveiras caídos. Com uma gota de sangue, sei que o machado despertaria mais uma vez.

Eu sentiria o poder do seu brilho vermelho.

— Tzain!

O som da voz de Amari me tira dos pensamentos nebulosos. A água espirra nas minhas costas enquanto ela atravessa as ondas. Corro para mover os galhos e cobrir o esconderijo do machado.

— É Kenyon! — diz ela, arfando. — Ele está reunindo os outros... — A voz de Amari desaparece, e eu sigo seu olhar.

Apesar dos galhos, o sol reflete na lâmina carmesim do machado. Suas bochechas ficam afogueadas, lembrando-me de por que escondi o machado tão longe do acampamento. Do jeito que os outros olham para mim, eu poderia muito bem estar usando uma das máscaras horríveis dos Caveiras.

Amari me olha por um momento antes de estender a mão e tocar o cabo. Um silvo agudo ressoa, e ela retira a mão. Ela observa as palmas das minhas mãos.

— Não queima quando você toca? — pergunta ela.

Penso no Caveira que matei, no calor intenso que arrepiava minha pele. Era como se o machado me chamasse pela morte de seu antigo dono. Talvez seja por isso que consigo empunhar a arma dele enquanto os outros não conseguem?

— Eu não consegui deixar para trás. — falo, para romper o silêncio. — Se algo acontecer...

— Não precisa se explicar. — Amari fala rápido demais para soar sincera. Mas sinto uma gentileza na voz dela. Uma parte que quer entender.

Quase quero contar o que o machado faz comigo. As palavras estranhas que ouço na minha cabeça. Estando tão perto dela agora, me lembro do calor do seu abraço. Do jeito que costumava caber nos meus braços. Penso no Tzain que eu era quando tudo o que eu queria era que ficássemos juntos.

Aquele Tzain pensou que nosso amor duraria para sempre.

Mas, na tentativa de derrotar a própria mãe, Amari quase matou Zélie e uma aldeia inteira. Mesmo com a ameaça dos Caveiras, não sei como poderei perdoá-la por tudo o que ela fez.

Que futuro podemos ter quando ela estava disposta a destruir tudo que eu amava?

— Eu não sabia aonde ir. — Amari cruza os braços sobre o peito e olha para o mar sem fim. — Kenyon está reunindo os outros. Estão preparando os botes para a viagem de volta para casa.

— De volta a Orïsha? — Minhas sobrancelhas se arqueiam.

Não faz nem dois dias que estamos na ilha. Não ousei pensar tão longe.

— Há maji no acampamento — explica Amari. — Marinheiros que sabem mapear as estrelas. Quando a noite cair, poderão nos indicar de volta para casa.

Olho para o horizonte. Mais uma vez, minhas mãos coçam para pegar o machado brilhante. Mais Caveiras podiam aparecer a qualquer momento. Se outro navio aportasse em nossas costas, não teríamos a menor chance.

— Quando ele quer ir embora? — pergunto.

— No alvorecer. — Amari fecha os olhos e seus ombros desabam. — Fale com ele. Por favor. Temos que fazê-los esperar.

— Não podemos.

— Não temos escolha! — A voz de Amari fica estridente. — Inan e Zélie não voltaram!

— Não podemos manter reféns o restante dos maji, à espera de fantasmas.

Os lábios de Amari abrem-se. Ela olha para mim como se eu a tivesse golpeado com o machado.

— Você não está falando sério.

Eu me afasto. Não sei o que ela quer que eu diga. Penso em Khani no acampamento, cuidando dos outros apesar de tudo o que perdeu. Zélie não ia querer que eu esperasse.

Ela ia querer ter certeza de que o restante dos maji estava em segurança.

— Os outros tinham botes — digo eu. — Eles desembarcaram do navio. Tiveram uma chance real de fugir.

— Nós também. — Amari não permite que minhas palavras abalem sua fé. — Eles estão vivos, Tzain. Eu sei disso. *Sinto* nas minhas entranhas. Se não me ajudar a impedir os outros, farei isso sozinha.

CAPÍTULO VINTE E TRÊS

ZÉLIE

Ondas quebrando rolam através dos meus ouvidos. O chilrear suave dos pássaros vem em seguida. A sensação corre pela minha pele em ondulações. Parece que estou nocauteada há dias.

Pisco os olhos até eles abrirem e encontrarem os raios ofuscantes do sol, que me atingem em cheio. Já faz muito tempo que não vejo um céu azul.

Fico maravilhada com a visão.

— Onde estou? — Minha garganta está tão seca que as palavras praticamente se despregam. Me apoio nos cotovelos para erguer o tronco. Tudo que vejo diante de mim é o interminável azul-turquesa do mar.

Nem sinal do oceano revolto. Nem vestígios do navio dos Caveiras ou da máscara dourada do rei Baldyr. Ondas e penhascos arborizados me cercam. A luz do sol atinge a borda do medalhão no meu peito.

Ainda está aqui...

Enfio a mão embaixo dos panos que me envolvem. Tocar o metal faz com que todas as lembranças inundem minha mente. Vejo a forma como o oceano se iluminou. Sinto o brilho dourado que envolveu minha pele e me lembro dos relâmpagos que percorreram meu ser.

Eu vou em direção às marés, curvando-me, até que as águas captem meu reflexo. A coroa de majacita ainda está soldada nas minhas têmporas, mas uma nova juba de cabelos brancos brota em torno do metal preto. Os tufos grossos caem até a minha lombar.

Toco meu pescoço, mas não há machucados. Os hematomas e cortes que sofri no navio se curaram. Passo as mãos para cima e para baixo pela minha coluna e não consigo acreditar.

Até o VERME que o rei Saran havia riscado em minhas costas havia desaparecido.

O que é isso?

Volto ao raio que atingiu meu íntimo. O que quer que Baldyr tenha feito comigo transformou mais do que a minha magia. Não me sinto a ceifadora que sempre fui.

É como se eu tivesse nascido de novo.

Passo a mão sobre o medalhão outra vez e vejo a garota de minha visão. Cachos grossos percorrem o cabelo escuro que cai pelas costas esbeltas. Os olhos brilham como diamantes, e seda amarela cobre sua pele marrom. Plantas de cor esmeralda se inclinam quando ela passa.

"*Encontre-a.*" Ouço a voz ancestral. Ouço a promessa com que respondi. Naquele momento, senti um vínculo se formar. Era como se um acordo se entrelaçasse com a minha alma.

Penso no baú que Baldyr levou para dentro dos aposentos do capitão. Restavam dois medalhões. A bússola do Caveira Prateada ainda está pendurada no meu cinto de lã. Abro a tampa e olho para os ponteiros giratórios.

Preciso encontrar aquela garota. De alguma forma, sei que ela é a próxima de que o rei Baldyr precisa.

Mas como vou encontrá-la se nem sei onde estou?

Eu me levanto, observando a orla da ilha. As ondas altas lambem meus joelhos enquanto procuro sinais dos outros. Ao longe, na costa, um corpo jaz de bruços na areia. As marés empurram o rapaz semiconsciente na direção da praia, e a areia suja a mecha branca de seus cabelos.

— Inan?

Meu coração dá um solavanco, e eu começo a correr.

Os braços de Inan tremem enquanto ele tenta se levantar. Sufoca com a água do mar e as algas, caindo de volta na rebentação.

— O que está acontecendo? — grunhe ele.

A pele está vermelha de queimaduras. Estendo a mão para ajudá-lo a se levantar, mas, no momento em que nossos corpos se tocam, o medalhão aquece em meu peito. Uma luz azul que eu não via por mais de uma lua irrompe embaixo da pele de Inan.

Magia.

Os fios azul-escuros lambem minhas mãos, levando-me da costa até a minha terra natal. A luz do sol muda à medida que nosso mundo se modifica. Vales verdejantes tomam forma, cercando-nos por todos os lados.

Com pressa, sou levada de volta ao dia em que sentei com Inan às margens do rio, ao dia em que comecei a ensiná-lo a controlar seus dons. A antiga lembrança ganha vida, prendendo-nos de volta no tempo...

— *Como funciona?* — pergunto. — *Tem vezes que parece que você está lendo um livro na minha cabeça.*

— *É mais como um quebra-cabeças do que um livro* — corrige Inan. — *Nem sempre é claro, mas quando seus pensamentos e suas emoções são intensos, eu também os sinto.*

— *Você tem isso com todo mundo?*

Ele faz que não com a cabeça.

— *Não no mesmo nível. Todos os outros parecem ser uma chuva repentina. Você é uma onda gigantesca.*

Quando a lembrança desaparece, me esforço para respirar. Inan ergue as palmas das mãos brilhantes. A testa se enruga conforme a luz azul desaparece. Ele olha de novo para mim.

— Como fez isso?

Levanto as mãos enquanto o calor do medalhão esfria. Busco minha magia de ceifadora, mas uma força estranha se ergue até a superfície. Em vez do poder da vida e da morte, o trovão ressoa em minhas veias.

O medalhão ainda está transformando o sangue dela. O rosnado na voz do rei Baldyr me assombra, a expressão dura em seu olhar tempestuoso. *Quando o novo poder dela estiver pronto para a colheita, quero que ela seja levada para a fortaleza em Iarlaith.*

Não sei como explicar a Inan o que estou apenas começando a entender. Não estou pronta para que ele ou qualquer outra pessoa veja o medalhão grotesco em meu peito. Como ele conseguiria sequer ajudar?

Em vez disso, ignoro a pergunta de Inan. Engancho meus braços embaixo dos dele.

— O que está fazendo? — pergunta ele.

— Tirando você do sol.

Cerro os dentes e puxo. Minha cabeça fica zonza com o calor. Inan continua engasgando enquanto arrasto seu corpo pelas areias brancas. A água salgada escorre por seu peito nu.

Deito seu corpo recostado a uma palmeira, e ele se inclina contra a casca estriada, deleitando-se com a sombra. As mãos ainda estão mutiladas por tudo que teve que fazer para escapar. Um novo hematoma cobre o lado direito de seu rosto.

— Você está vendo isso? — Inan aponta para os céus. Ao norte, uma coluna de fumaça preta se ergue sobre a densa floresta.

— Tzain! — sussurro a mim mesma.

Um sorriso se espalha pelos meus lábios. Tem que ser ele e os outros. Estão seguros. Conseguiram voltar para terra firme.

— Podemos chegar até eles.

Avanço, calculando quanto tempo a caminhada levará. Mas, quando tento andar, meus passos vacilam. Algo estala embaixo da minha pele. As lembranças de Baldyr crescem dentro de mim, aumentando, enquanto o medalhão queima meu peito...

Uma chuva suave cai enquanto Baldyr cuida do estábulo de ursos brancos de sua tribo. Mais de duas dúzias de montarias estão em um cercado aberto. Reúnem-se enquanto Baldyr enche seus comedouros.

Caixas de carne recém-abatida caem uma a uma. A matança é tão recente que ainda escorre sangue. Enquanto os ursos se esbaldam, Baldyr usa uma escova dura para cuidar do pelo de cada montaria. Ele mantém o rosto sério e concentrado, removendo a sujeira e os detritos.

Nenhuma runa marca sua pele. Embora seja musculoso, tem uma estrutura mais magra. Uma túnica marrom cobre o peito que, em geral, fica nu. Ele não tem mais de dezenove anos.

Lanternas iluminam o barracão atrás dele, onde seus companheiros de tribo se reúnem para um parco jantar. Sua conversa gentil preenche o vazio da noite. Baldyr olha quando a porta de madeira se abre.

O líder da tribo caminha para dentro da escuridão.

Já terminou?

Baldyr observa Egil passear pelos campos áridos. O guerreiro vestido de pele para diante de uma clareira redonda e olha a lua amarela.

Baldyr solta a escova e se aproxima, juntando-se a Egil para apreciar a vista. Egil sempre mantém um olhar severo, mas, pela primeira vez, aquele rosto sardento está perdido em pensamentos.

— Minha mãe costumava me contar histórias — Egil quebra o silêncio, a expressão distante naqueles olhos escuros. — Ela me disse que um dia eu governaria as terras. Que eu conquistaria a força de mais de dez homens.

— Ouvi dizer que sua mãe era uma bruxa.

— As galdrasmiðar *não são bruxas. — As cicatrizes ao longo das bochechas de Egil se tensionam, assim como a mandíbula. — Estão conectadas às forças ocultas desta terra. Têm o poder de deixar a própria lua vermelha.*

— Isso não passa de um mito — zomba Baldyr. — Ninguém acredita nisso.

Mas Egil enfia a mão no bolso e tira o antigo medalhão que agora está no meu peito.

— Um dia você verá. — Egil olha para a lua amarela mais uma vez. — Quando eu encontrar o que preciso, não serei apenas o rei desta nação. Serei mais do que o mortal que sou agora. Terei força para ser o deus deste novo mundo.

— Você acredita que pode se tornar um deus? — Os olhos de Baldyr brilham, e ele volta a atenção para o medalhão na mão do líder.

— Eu não só acredito. — Egil pisca. — Eu tenho um plano para isso.

Fecho os olhos, e o som da chuva forte preenche meus ouvidos. O calor grudado em minhas costas causa arrepios como gelo. A brisa suave se transforma em um vento forte. Baldyr está me chamando.

Sinto a atração vinda de dentro.

— O que foi? — pergunta Inan.

Não sei como explicar o novo poder que se move através do meu sangue.

— Outra tempestade — sussurro em vez da explicação. — Uma das grandes.

Como um relógio, nuvens de tempestade se reúnem no horizonte distante. Reluzem como pérolas negras. Inan se levanta e olha para as massas cintilantes.

— Como você sabia? — pergunta ele.

Repouso minha mão sobre o medalhão, rezando para que ele não brilhe embaixo do meu xale. O medo que não me permitia sentir volta à medida que a tempestade se aproxima. Os relâmpagos começam a estalar, e eu vejo a lua vermelho-sangue na minha mente. Sinto nos meus ossos.

Estou correndo contra o tempo.

— Precisamos chegar a um terreno mais alto — diz Inan.

Não discuto quando ele me ajuda a ficar de pé, encaixo o braço machucado dele sobre meu ombro e partimos.

As horas passam em silêncio enquanto caminhamos por entre os bambus. Os caules verdes são muito mais altos que nós, desaparecendo à medida que atingimos uma encosta íngreme. O fio de uma cachoeira nos guia quando a primeira gota de chuva cai. Deixo Inan às margens, e ele se solta na piscina fria, absorvendo a água como se fosse ar.

Quando me junto a ele, meus músculos ficam tensos. Já faz muito tempo que não ficamos desse jeito. A cascata me traz de volta à paisagem onírica, ao mundo que Inan e eu criamos em nossa mente. Suspensos entre nossos estados conscientes e inconscientes, juntos demos vida à paisagem de um sonho.

Pensando naquele plano agora, enxergo o vestido branco que sempre usei. Sinto os juncos delicados por entre os quais nossos corpos se enroscam. Na paisagem de sonho, baixei a guarda.

Caí no feitiço dele.

— Há uma caverna. — Inan aponta para a parte superior à cascata. — Também podemos esperar fora da chuva.

Meu estômago se contorce enquanto caminhamos.

Tento apagar as lembranças da última vez que ficamos sozinhos a noite toda.

CAPÍTULO VINTE E QUATRO

INAN

O dia se transforma em noite.

A tempestade assola além da nossa caverna.

Sento-me na entrada dela, em silêncio, enquanto observo a chuva caindo.

Tudo o que foi necessário para escapar dos Caveiras, de seus punhos brutais e seus sorrisos brônzeos, passa pela minha mente. Imagino o que será necessário para derrotá-los de uma vez por todas.

Penso em como manter Zélie viva.

Olho para trás e a vejo sentada perto do fogo. Não se moveu desde que entramos na caverna. Ela agarra a lã bem enrolada em volta do peito, olhando para as chamas dançantes.

Mesmo após alguma insistência da minha parte, ela não me contou o que aconteceu depois que a levaram. Não tenho ideia do que ela sabe, mas a garota que foi tirada da jaula não é a mesma que está sentada aqui agora.

Seus cabelos brancos caem sobre os ombros escuros, como uma nuvem. Cada ferimento que tinha antes desapareceu. A maneira como caminhou até a praia foi como se tivesse invocado a tempestade. Ela estreita os olhos sempre que um raio estala lá em cima.

E, então, há a minha magia...

Levanto minhas mãos cheias de cicatrizes. Com um empurrão, os fios azuis dos meus antigos poderes voltam a aparecer. Uma maldição que eu tentava invocar todas as noites naquele navio horrível se reacendeu no instante em que os dedos de Zélie tocaram minha pele.

Tudo de que eu queria proteger Zélie naquele navio parece que já aconteceu. Não há nenhuma cicatriz em seu corpo, mas nunca a vi tão temerosa. Ela encara o fogo como se algo dentro dela tivesse morrido.

Os Caveiras fizeram algo com ela. Zélie está mudando bem diante dos meus olhos. Como conseguirei mantê-la fora das mãos de Baldyr se ela não me conta o que sabe? Como conseguirei proteger Orïsha do ataque dos Caveiras?

Se ela não falar, então descobrirei por mim mesmo.

Minha magia arde enquanto se liberta da minha mão ferida, reunindo-se em torno de meus dedos em uma nuvem turquesa. Durante muito tempo, a magia foi a única forma de irromper pelas paredes de Zélie. A única vez que foi forçada a me deixar entrar. Se eu puder espiar dentro da mente dela, terei outra pista.

Posso descobrir o que o rei Baldyr está planejando fazer.

Prendo a respiração enquanto libero a nuvem turquesa, que viaja pelo chão da caverna como uma cobra. Sigo a trilha que fecha o espaço entre mim e Zélie, rastejando em direção às costas dela.

... ele vai encontrar você...

... não há lugar para onde você possa correr...

As vozes que circulam pela mente de Zélie começam a penetrar na minha, mas, um momento antes de minha magia se conectar, ela se vira. Seus olhos se arregalam para a nuvem turquesa.

— O que você está fazendo? — Suas narinas se dilatam.

Ela se arrasta até se recostar contra a parede da caverna. Minha magia desaparece no ar. A vergonha tinge minhas bochechas quando me levanto.

— Eu posso ajudar — sugiro. — Eu quero ajudar...

— Invadindo minha cabeça? — Zélie avança na minha direção como um rinocerome de chifre preto. Chega tão perto que sinto o calor de sua respiração. — Não me importo com os Caveiras. Você nunca vai entrar na minha mente de novo.

As palavras dela carregam o peso de todos os meus fracassos. Sinto o peso de todas as vezes que eu a traí. Se eu tivesse permanecido fiel aos nossos planos, estaríamos nesta confusão? Será que os Caveiras algum dia teriam tido a chance de atacar nossa terra natal?

Traga-a para casa. Eu viro as costas. *É tudo que posso esperar.* Ela nunca olhará para mim do jeito que olhava antes.

Não posso esperar que me dê outra chance.

No entanto, a paisagem de sonho que compartilhamos no passado preenche minha mente. Nossa conexão, além do espaço, além do tempo. Reviro as lembranças de quando ela era minha, a sensação de sua pele nua em meus braços, o toque suave de seus lábios macios nos meus. Eu daria qualquer coisa para voltar aos juncos agora, estar com ela no mundo dos meus sonhos, muito além do alcance do rei Baldyr.

— Você não precisa me deixar entrar. — Escolho as palavras com cuidado, tentando encontrar uma brecha. Não posso protegê-la se ela não me contar o que realmente estamos enfrentando. — Mas você não pode me impedir de entrar. Agora não. Alguma coisa está acontecendo com você, Zélie. Consigo ver isso. Eu *sinto*.

Ela abre a boca para falar, mas as palavras não saem. Zélie olha para a bússola em forma de hexágono presa ao cinto. Mesmo sem o auxílio da minha magia, sinto a onda de terror que surge dentro dela me atravessar.

— Deixe-me entrar! — Atrevo-me a dar um passo à frente. — Ajude-me a entender tudo o que você sabe. Você não está sozinha nesta luta. Estou preparado para ficar ao seu lado...

— Você está morto para mim. — Zélie volta à vida. Suas palavras cortam como facas. — Você devia ter morrido naquela noite em Lagos. Poderia muito bem estar morto agora!

— Você realmente me quer morto?

Arranco a adaga do meu cinto e encaixo na palma da mão dela. As sobrancelhas de Zélie se franzem enquanto envolvo os dedos dela no cabo.

— O que você está fazendo?

— Dando a você exatamente o que você quer. — Levanto a mão dela até meu pescoço, erguendo o queixo para expor a carne. — Você me quer morto? Vá em frente.

Os olhos de Zélie faíscam. Um leve tremor balança sua mão. Com um golpe, ela poderia cortar minha garganta. Eu sangraria no chão da caverna, ninguém saberia.

— O que está esperando? — sussurro.

Solto seu pulso trêmulo. Lágrimas transbordam de seus olhos, em guerra com o ódio que sinto queimando em suas profundezas.

Com um grito, ela me empurra para trás de novo. Ela lança a adaga no chão. Antes que eu possa tocar seu ombro, Zélie sai correndo. Ela sai da caverna, desaparecendo na chuva.

— Zélie!

Embora todos os músculos do meu corpo doam, eu me esforço para além da dor. Lanço-me atrás dela, saindo em disparada para fora da caverna.

Zélie avança com a rapidez de uma gazela. Relâmpagos brilham contra seus membros escuros. O céu parece estalar a cada um de seus passos. Ela acelera pela selva, lutando contra os ventos uivantes.

— Zélie, espere! — chamo-a.

A tempestade engole todos os meus gritos. Vejo um penhasco antes que ela possa parar. Estendo a mão para Zélie quando ela tomba pela beira.

Seu corpo rola por entre grossos cipós e grandes samambaias verdes, serpenteando por toda a encosta íngreme. Ela estaca às margens da cascata. Sigo atrás dela, encontrando-a na lama.

— Você está bem? — Estendo minha mão enquanto seu xale cai.

Zélie segura o tecido de lã contra o peito, mas não antes de eu avistar o ouro manchado fundido em suas costelas.

— Pelos céus...

Zélie cerra os olhos. Não luta comigo quando me aproximo. Retiro seu xale cuidadosamente. A visão do antigo medalhão soldado em seu peito deixa meu corpo petrificado.

— Quem fez isso com você? — arfo.

Lágrimas escorrem pelo rosto em formato de coração de Zélie.

— Rei Baldyr — sussurra ela, finalmente.

— Você encontrou o rei deles? — Eu inclino minha cabeça.

— Era para eles terem me levado para as terras deles. — Zélie cruza os braços sobre o peito. — Um lugar chamado Iarlaith.

Ela vira o rosto, como se fosse doloroso demais para falar.

— Por favor. — Eu me aproximo dela. — Deixe-me ver.

Desta vez, quando minha magia brilha na ponta dos dedos, Zélie não foge. Inspiro enquanto a nuvem turquesa nos conecta. A tempestade e a selva desaparecem quando me junto a ela nos aposentos do Caveira Prateada...

Ruge o rei Baldyr como uma fera selvagem. Ele agarra as algemas ao redor dos seus pulsos, puxando-a para trás. Seus pés escorregam quando ele a arremessa para a direita. Ela bate nas paredes de mármore com um baque forte.

O impacto faz brilhar a coroa de majacita em sua cabeça. Ela incandesce com a ira renovada. Seus espinhos pretos foscos se cravam nas têmporas dela. Sangue quente pinga em seus olhos e escorre pelo pescoço.

Com a minha magia, sinto cada parte de Zélie de um outro jeito. Sinto o gosto de sua raiva. Um buraco escuro contorce-se dentro do meu peito ao ver como o rei Baldyr inspeciona seu rosto, chamando-a de *Merle*. Vejo a luta valente dela. Sofro a cada corte e a cada hematoma. Sinto a agonia do momento em que o rei Baldyr força o medalhão para dentro de seu peito. Ouço como ela deseja a morte.

No momento em que minha magia desaparece, me vejo tremendo com ela em meus braços. A culpa me destrói por dentro.

Por que não consegui tirá-la a tempo?

— Isso está começando a me consumir. — Zélie estende a mão, agarrando o metal manchado. — E se eu perder o controle? E se eu não conseguir detê-lo a tempo?

— Não vamos deixar isso acontecer. — Agarro as laterais do rosto dela. A determinação enche meu peito enquanto a forço a olhar nos meus olhos. — Não fui rápido o suficiente naquele navio, mas não cometerei os mesmos erros. Vamos nos reunir com os outros e traçaremos um plano. Derrotaremos os Caveiras e a manteremos em segurança.

Zélie aproxima a testa da minha, e eu estremeço ao seu toque. Por um momento, não há Caveiras. Não há caça pelo coração dela. Só existe isso.

Só nós existimos.

— Juro — digo. Seu corpo se aquieta com minhas palavras. — Vamos encontrar uma maneira. Custe o que custar.

CAPÍTULO VINTE E CINCO

TZAIN

— Kenyon, não faça isso!

Os apelos de Amari chegam à praia. Ela persegue o mais velho dos queimadores pelas areias brancas, em desacordo com o restante dos maji, que se preparam para partir.

Um maji chamado Deji esculpe troncos ocos para armazenar água doce. Um rapaz chamado Oye embrulha pilhas de peixe cozido em folhas secas. Outro grupo de maji une quatro botes salva-vidas sobreviventes para criar um navio unificado.

Tudo o que consigo fazer é ficar parado.

Esperei toda a noite ao longo da orla, rezando para que Zélie aparecesse. Houve momentos em que o céu se enfureceu, e eu senti isso no peito.

Eu tinha *certeza* de que a tempestade violenta era ela.

Quando amanheceu e Zélie não voltou, eu sabia que nosso tempo havia terminado. Não havia algo que eu pudesse dizer ou fazer para convencer os outros a ficarem para trás. Mas, à medida que a nossa partida se aproxima, Amari se recusa a desistir da sua luta. Observo com os outros enquanto ela entra no caminho de Kenyon, forçando o queimador a esperar.

— Mais uma noite. — Amari toma sua mão. — Estou implorando. Por favor!

— Não temos tempo a perder. — Kenyon balança a cabeça. — Outro navio pode aparecer a qualquer momento.

— Você abandonaria outro mais velho? — desafia Amari. — Você deixaria a mais feroz entre nós nessa praia?

— Ela *se foi*. — Fico surpreso com a forma como a voz de Kenyon torna-se tensa. Por um instante, a dor passa por seu rosto escoriado. — Sei que ela não gostaria que desperdiçássemos nossa chance de escapar!

— Tzain, conte a ele o que você sentiu! — pede Amari.

À menção do meu nome, Kenyon se vira em minha direção. Ele deixa cair na areia os suprimentos que carrega.

— Chega. — Kenyon volta a marchar. — É hora de partirmos.

— Não estou segurando você — digo.

— Você também não está nos ajudando. — Kenyon baixa a voz para a multidão que se reúne. — Os maji também têm consideração por você. Preciso de você do meu lado.

Olho além dele para os rostos espalhados pela praia. Vejo a garota que peguei nos braços. Ela me encara com esperança nos olhos. Tento sorrir para ela, mas tudo que consigo fazer é franzir a testa.

— Nós escapamos por um chamado *seu* — insiste Kenyon. — Todos arriscamos nossas vidas. Não nos abandone agora. Precisamos de você para voltarmos para casa.

Agarro-me à lateral de Nailah quando o peso das expectativas do maji aumenta. Não tenho um único sinal de que minha irmã tenha sobrevivido. Mas se Amari e eu fomos levados até a praia, por que não poderia ter acontecido o mesmo com ela?

"*Eles estão vivos, Tzain.*" A convicção de Amari volta à minha mente quando encaro o mar aberto. As respostas que procuro me atingem como a brisa do oceano. Se Zélie estiver viva, não posso abandoná-la nesta praia.

Mesmo que signifique ver o restante dos maji partir.

— Eu vou ficar — decido, plantando os pés mais fundo na areia.

— Você não pode estar falando sério!

— Se quiser que eu fale com os outros, posso explicar...

— E se os Caveiras aparecerem? — questiona Kenyon, me desafiando. — Então? Você vai lutar sozinho contra eles?

Penso no machado ainda amarrado às árvores do mangue.

— Se for necessário.

Kenyon dá um passo para trás, puxando o próprio cabelo. Por um momento, sua raiva se dissipa e sinto seu medo.

— Ela não gostaria que você ficasse. — Kenyon tenta uma última vez. — Ficar aqui não a trará de volta.

— Entendo por que você tem que ir. — Pousei a mão no ombro dele. —Tente entender por que não consigo.

Kenyon cerra o punho, e me preparo para ele me bater, me nocautear e me forçar a ir com ele. Mas, com um suspiro, ele abaixa as mãos. Meus ombros desabam quando ele me puxa para um abraço.

Luto contra o aperto em meu peito. Não sei como me preparar para nunca mais vê-lo. Uma nova onda de terror sobe pela minha garganta, mas mantenho a imagem de Zélie em minha mente.

Não vou deixar você. Fecho os olhos. Enquanto houver uma chance, continuarei lutando, farei o que for preciso.

Nailah solta um bramido poderoso, fazendo com que Kenyon e eu nos separemos. Ao longo da costa, duas silhuetas vêm descendo pelas areias brancas.

— Zélie? — Dou um passo à frente.

Todos parecem perder o fôlego. Uma silhueta ostenta uma cabeça com grossos cachos brancos. Quando vi minha irmã pela última vez, ela estava careca.

Mas quando a garota se aproxima, o sol destaca seus olhos prateados. Um peso é liberado do meu peito. Saio correndo tão rápido que quase desabo na areia.

Nailah corre ao meu lado. Ela se junta a mim enquanto atravessamos as rebentações. Meus maiores medos se dissolvem no momento em que levanto minha irmã em meus braços.

—Você conseguiu!

Zélie ri, e desta vez não consigo conter as lágrimas. Tudo o que eu tinha medo de enfrentar desaparece de uma vez. Parece que passamos uma eternidade na orla, naquele reencontro sob o sol.

— Graças aos mares! — Nâo é a primeira a se separar do grupo.

Ela joga os braços em volta do pescoço de Zélie, mas, quando seus peitos se encontram, Nâo grita.

Uma luz verde-azulada brilha nas pontas dos dedos da mareadora, percorrendo suas linhas ancestrais. Nâo ergue as palmas das mãos até o rosto, incrédula, enquanto o brilho verde-azulado a ilumina por dentro. Seus olhos reviram quando algo desperta lá no fundo.

— *Ó ṣeun Yemọja.* — sussurra Nâo.

A mareadora estica os dedos e brinca com eles sobre o oceano. As águas rasas começam a se espalhar ao redor dos pés de Nâo, irradiando-se a sua volta, em círculos. Suas mãos parecem tremer com o peso do que ela sente. Ela fecha os olhos e respira longa e lentamente antes de recitar um encantamento.

— *Òrìṣà òkun, jọwọ́ gbọ́ tèmi báyìí...* — sussurra Nâo o encantamento, e seus dedos brilham com nova força.

A luz percorre seus braços tatuados. A água do oceano sobe no ar e se eleva até suas mãos, brilhando embaixo do sol quente.

Não consigo acreditar...

De alguma forma, o toque de Zélie despertou a magia dela.

Kenyon chega à costa, com as sobrancelhas franzidas diante do dom de Nâo. Ele olha para Zélie, e minha irmã balança a cabeça, fazendo sinal para que se aproxime. Ela leva a mão ao coração de Kenyon. A luz vermelha fagulha nas pontas dos dedos no momento em que eles se tocam. A energia o pega de surpresa.

Quase vejo chamas acesas em seus olhos.

— *Òrìṣà iná, fún mi ní iná!* — ruge Kenyon.

Duas correntes de fogo disparam de seus punhos, aquecendo as areias brancas. Os grãos se fundem. O chão embaixo de seus pés vira vidro.

— Como você está fazendo isso? — pergunta ele.

Todos os maji na praia ficam olhando. Eles se reúnem em círculo ao redor da minha irmã, esperando que ela devolva seus dons.

Zélie puxa para baixo o xale que envolve o peito. O gosto de ferro atinge minha língua quando vejo o metal brilhante fundido em suas costelas.

— Podemos ter escapado dos Caveiras. — O rosto de Zélie reflete seu desespero. — Mas nossa liberdade está longe de ser reconquistada.

CAPÍTULO VINTE E SEIS

ZÉLIE

À MEDIDA QUE o sol forma um arco no céu, o restante dos maji na praia formam uma longa fila. Um por um, eles se juntam a mim na rebentação. Cada vez que coloco minhas mãos em seus ombros, o medalhão pulsa em meu peito, e a magia deles ganha vida.

Um domador convoca um grupo de golfinhos de barbatanas amarelas para a costa. Um terral ergue uma fileira de pequenas cabanas de areia. Khani despenca quando a luz laranja reacende em torno de suas palmas, e as lágrimas escorrem enquanto ela usa o poder para voltar a curar.

Apesar da forma como o medalhão se alimenta de mim, ele me deu a capacidade de devolver ao meu povo sua completude. A volta de nossa magia transforma nossos destinos. Em apenas algumas horas, o pequeno acampamento se transforma em um porto funcional.

— Tantos quanto você puder! — grita Nâo.

Ela trabalha com Kenyon para liderar os outros enquanto se preparam para a longa viagem de volta para casa. Sob seu comando, os domadores atraem cardumes de peixes para dentro dos barris feitos por terrais. Khani e os curandeiros cuidam dos ferimentos de todos os maji. Mareadores e ventaneiros aproveitam seus dons redespertados, combinando sua magia para impulsionar os barcos salva-vidas remodelados.

Quando a noite cai, todos se reúnem em volta da fogueira. Uma conversa tranquila se une ao coro noturno dos grilos. Os segundos passam enquanto me preparo para informar aos outros o que descobri.

À minha frente, Khani está recostada ao quadril de Nâo. Kenyon deixa seus queimadores para se juntar ao seu par. Ao lado do trio, Amari se senta com Inan. Nós duas não conversamos desde que saímos da costa de Orïsha.

Desde que fomos separadas pela guerra entre maji e tîtán.

Olhando para Amari agora, não sei o que dizer. Depois que condenou a mim e a vila inteira à morte, nunca mais quis falar com ela. Não achei que algo pudesse compensar sua traição. Pensei que nossa amizade tinha chegado ao fim.

Mas, com a ameaça dos Caveiras, vejo a garota que enxugou minhas lágrimas, que trançou meu cabelo e me abraçou quando eu estava sozinha. Amari me flagra olhando, e seus lábios se abrem. A pergunta paira em seus olhos âmbar: *ainda somos aliadas?*

Mesmo contra vontade, estendo a mão. Um sorrisinho se espalha pelo rosto estreito dela. Ela entrelaça os dedos nos meus, e as coisas parecem estar no lugar certo agora.

Não consigo imaginar enfrentar os Caveiras sem ela ao meu lado.

Mas quando Tzain se junta ao nosso pequeno círculo, Amari solta minha mão. Ela parece definhar na presença dele. Olho de um para o outro, imaginando em que pé eles estão.

— Aqui. — Tzain me entrega outro pedaço de peixe-espada, embora eu ainda esteja comendo o primeiro.

— Tzain...

— Você está magra. — Ele me obriga a comer. Quando termino, ele volta a se levantar. — Vou pegar mais água...

— Estou bem. — Puxo a mão dele. — Sente-se. É hora de começar.

Com Tzain acomodado, a conversa em torno da fogueira começa a diminuir. Sinto os olhos de cada maji em mim. Quando Kenyon me dá um aceno de cabeça, começo a falar.

— Não fomos os primeiros a ser capturados. — Olho ao redor da multidão. — Os Caveiras aproveitaram-se da nossa guerra. Trabalharam com os mercenários e começaram a atacar nossas costas há luas.

À menção dos mercenários, minha mente se volta para Roën, e meu peito se aperta. Eu me pergunto onde ele está. Se sobreviveu à traição de Harun e do resto de seus homens.

Uma tristeza que não quero enfrentar surge dentro de mim como um maremoto. Respiro fundo para lutar contra ela. Depois de tudo que sofremos nas mãos dos Caveiras, rezo para que Roën esteja bem.

Rezo para que ainda esteja vivo.

— O que os Caveiras estão procurando? — pergunta Nâo.

Como naquela manhã, revelo o medalhão em meu peito.

— Estavam procurando por um maji com o sangue do sol. Um maji que pudesse aguentar sobreviver a isto aqui. O medalhão está transformando meu sangue. Despertou um novo poder interior.

Os outros absorvem cada palavra enquanto explico o que aconteceu nos aposentos do Caveira Prateada. Descrevo a máscara dourada do rei Baldyr. Conto como lutamos antes de ele cravar o metal-de-sangue no meu esterno.

Quando descrevo o maji morto no chão, Khani se remexe, incomodada. Dou-lhe um instante enquanto Nâo a conduz até a margem do acampamento. Imagino o buraco que o mesmo medalhão deixou no peito de sua irmã gêmea. A maneira descuidada com que os Caveiras devem ter jogado o corpo de Imani ao mar. Uma onda de culpa me atinge ao pensar em cada maji que o medalhão tocou.

Em cada maji que o rei Baldyr assassinou em sua caçada.

— Não sei o que o rei deles está procurando. — Encaro as chamas crepitantes. — Mas sou apenas uma parte do plano dele. Ele carregava mais dois medalhões. Um para outra garota, e outro para ele.

— Outra maji? — questionou Kenyon.

Faço que não com a cabeça.

— Não. Uma garota de outra terra.

Começo a explicar a garota da minha visão: os longos cabelos pretos, a pele marrom-avermelhada. Falo da maneira como os olhos dela brilham como diamantes. Conto para eles sobre a voz ancestral sob os mares reluzentes que me disse para encontrá-la.

— Não sei onde a garota está — continuo. — Mas acredito que possa encontrá-la usando isso.

Tiro a bússola do Caveira Prateada da minha cintura. Os outros se revezam na inspeção do dispositivo em forma de hexágono. Espero enquanto ele passa pela roda. A maioria dos maji tem medo demais para tocá-la.

— Para que isso aponta? — pergunta Nâo.

O grosso ponteiro vermelho está adormecido em suas mãos. Mas quando pego de volta a bússola de bronze, o metal zumbe. O medalhão tremeluz embaixo do meu xale. O ponteiro vermelho começa a mudar, apontando para o meu coração.

— Aponta para mim — explico. — Acho que posso fazer com que aponte para ela.

— Mas isso significaria... — A voz de Nâo desaparece.

Ela desvia o olhar do nosso acampamento, em direção às marés revoltas. Imagino os botes salva-vidas ancorados na areia, esperando para zarpar.

— Temos que nos separar. — Eu termino o pensamento dela.

Quase consigo ver a esperança desinflar. Acabamos de nos reencontrar. Parece errado seguir caminhos separados.

Mas Tzain passa o braço em volta dos meus ombros. Mais uma vez, Amari agarra minha mão. O toque deles aquece algo profundo no meu íntimo. Já faz muito tempo que nós três não estávamos do mesmo lado.

— Orïsha deve ser alertada. — Inan quebra o silêncio. — Eles não vão entender o que está por vir. Já se passaram séculos desde que fomos atacados por uma nação estrangeira. Sem um rei, não saberão como reagir.

— Você quer dizer sem seu pai? — questiona Kenyon. — Ou você está se referindo a si mesmo?

— Eu não quis dizer... — começa Inan.

— Se Orïsha ainda tivesse um rei, não haveria maji para os Caveiras capturarem — continua Kenyon. — Se Orïsha ainda tivesse um rei, estaríamos todos mortos!

Com as palavras de Kenyon, o ar ao redor do fogo muda. Fico tensa à medida que as marés parecem se alterar. Uma linha aparece riscada na areia, rompendo a frágil unidade que acabamos de ter.

— Eu não estava tentando... — Inan olha ao redor do acampamento. — Não há desculpa para o que a monarquia fez...

Mas os maji abafam suas palavras. Amari se levanta quando alguns começam a se aglomerar. Minha cabeça fica a mil enquanto a discussão começa a ficar fora de controle.

Como é que ainda podemos discutir quando sabemos da existência dos Caveiras?

— Chega! — grito.

Tzain pega em meu braço.

— Não o defenda. Aqui não.

— Não tem nada a ver com ele! — Eu liberto meu braço e dou um passo à frente. — Não podemos continuar fazendo isso. Não podemos continuar *brigando* desse jeito. Rendemos o nosso reino, e agora os mais ferozes deles estão à nossa porta. Quantos dos nossos mais ferozes estão enterrados?

Minha voz falha ao pensar em todo o sangue que foi derramado por Mama Agba, Mâzeli, Lekan. Se os maji e a monarquia não estivessem em guerra por séculos, será que estaríamos aqui, agora?

— Nós somos isto aqui. — Olho ao redor. — Somos a única defesa que resta a Orïsha. O que quer que tenhamos feito para ferir uns aos outros, sejam quais forem as contas que tenhamos que acertar, isso acaba agora. Não temos mais tempo para ficar discutindo.

A fogueira crepita em nosso silêncio enquanto minhas palavras ecoam pelo acampamento. Alguns dos maji abaixam a cabeça. Mas a multidão que está contra Amari e Inan começa a se dispersar.

— E se eu não conseguir? — diz Tzain, olhando diretamente para os irmãos da realeza.

— Então você estará condenando nosso reino à morte.

Volto para meu irmão e tomo a mão dele.

— Por favor — sussurro.

Tzain respira fundo. Ainda lança olhares furiosos para Inan, mas olha para mim e faz que sim com a cabeça.

— Por você. Não por eles.

Aperto a mão dele, e ele aperta a minha também.

— Então, o que fazemos? — Não expressa a questão na mente de todos. — Como vamos lutar?

— Precisamos levantar uma defesa — sugere Inan, hesitante em sua abordagem. — Os Caveiras podem ter vindo atrás de Zélie, mas não vão parar até conquistarem todos nós.

— Será que existe uma Orïsha para voltarmos? — pergunta Amari. — Saímos de uma Lagos em ruínas. Já faz mais de uma lua desde que fomos arrancados de nossa terra natal.

A pergunta de Amari gera uma onda de dúvidas. Preciso combater o medo que quer sair. Se Orïsha tiver caído, estamos acabados.

Que chances teremos contra os Caveiras?

— Nosso reino existe há mais de mil anos. — Inan se levanta. — Alguém vai estar lá para lutar.

— Podemos encontrar os mais velhos sobreviventes. — Não olha para Kenyon. — Reunir os maji para criar uma defesa.

— Vamos precisar de mais do que os maji — diz Inan. — Os tîtán, o que sobrou dos soldados. Até os kosidán. Todos vamos ter que trabalhar juntos para montar uma defesa.

— Você deveria ir com eles. — Fico surpresa com a forma como as palavras fazem meu coração se apertar. Mas dentre qualquer um de nós, Inan é a nossa melhor chance de fazer alianças. — Mostre às pessoas o que está por vir. Diga a eles o que sofremos. Serão necessários todos os combatentes para impedir que os Caveiras invadam nossas costas.

Inan me encara, e eu sinto o quanto ele deseja ficar, mas concorda com a cabeça.

— E vocês três? — pergunta ele.

Olho para a bússola na palma da minha mão, encarando a ponta de flecha tripla pintada com sangue.

— Vamos encontrar a outra garota. — Toco o mostrador de vidro. — Antes que o rei Baldyr encontre.

CAPÍTULO VINTE E SETE

AMARI

O peso de tudo o que enfrentamos não me atinge até que meus olhos se abrem piscando na manhã seguinte. Nosso acampamento improvisado fica vazio. Quase não há mais maji aqui.

Pego os restos de um peixe assado e desço pelo penhasco, seguindo o barulho além das palmeiras. À medida que meus pés se movem pela areia pedregosa, me lembro do plano de Zélie: encontrar a outra garota que o rei Baldyr está caçando.

A ideia de Baldyr e seus homens fazendo a outros o que fez conosco me causa um embrulho no estômago. Imagino as operações que montaram quando Orïsha devia estar sob a minha supervisão, quando eu lutava para ser rainha. Não consegui levar a paz ao meu reino, não consegui manter os maji em segurança.

Não posso falhar desta vez.

Chego às margens das árvores enquanto o amanhecer se estende no horizonte, iluminando o céu com faixas rosadas embaixo da clara extensão de azul. Ventos constantes sopram através do céu aberto. Não há uma nuvem à vista. As ondas batem na areia com a promessa de uma navegação suave, as quebras suavizando os gritos das aves marinhas acima.

A maior parte do acampamento avança ao longo da costa, preparando-se para o trajeto de volta para casa. Os maji carregam seus últimos suprimentos, embarcando nos navios enfileirados.

Observo enquanto Nâo fica com os outros mareadores nas águas rasas, guiando-os em cânticos treinados. Eles se posicionam atrás dos botes salva-vidas adaptados, que viraram três navios portentosos.

— Mais uma vez! — grita Nâo.

Os doze mareadores estendem as mãos.

— *Òrìṣà òkun, jọ̀wọ́ gbọ́ tèmi báyìí...*

As vozes ressoam em uníssono, criando uma melodia poderosa. A luz azul de sua magia percorre a pele negra deles, e as águas ao seu redor começam a se mover. Os mares balançam para a frente e para trás ao ritmo das mãos, elevando os navios da areia.

Em cada navio, um ventaneiro fica no cesto de gávea construído com bambu. À medida que os navios zarpam, os ventaneiros liberam as velas recém-tramadas. Cada um lança lufadas no ar, pronto para carregar os maji pelo oceano. Nem saíram ainda, mas já estão a muitas léguas de distância.

Não vão, quero sussurrar. Fico surpresa com os apelos silenciosos que brotam na minha garganta. Não há como esconder a verdade agora.

No momento em que partirem, estaremos por nossa conta.

Mais abaixo, lá na praia, Tzain está perto da rebentação com o único barco salva-vidas restante, fortalecido pelos terrais para ajudar em nossa viagem. Dakarai, o mais velho dos videntes, entrega a Tzain um mapa feito de folhas de louro tecidas e pintado com cinzas da fogueira. As linhas pontilhadas marcam o caminho que ele, Zélie e eu devemos seguir sozinhos se por acaso tivermos a chance de retornar. Mas, observando os outros, o mapa parece um esforço inútil.

Será que temos mesmo a chance de sobreviver separados uns dos outros?

— Está repensando esta história?

Olho para trás. Nem percebi meu irmão chegando. Inan se junta a mim perto das árvores com as mãos nos bolsos. Depois de tudo que passamos para nos reunir, a ideia de ele partir me atinge como um soco no estômago. Oceanos inteiros ficarão entre nós.

E se nunca mais nos virmos de novo?

— Eu não disse isso.

— Nem precisava. — Inan faz um gesto com o queixo na direção dos barcos. — Está olhando para os navios como se pudesse mantê-los presos na rebentação.

Recostei a cabeça em seu ombro, algo que não fazia desde que éramos mais novos. Inan passa o braço em volta de mim, e eu penso em quanto chegamos longe. Em quantas coisas deram errado.

— Continuo pensando que essa é a minha chance — digo, liberando as palavras que estão dentro de mim. — Uma maneira de consertar as coisas. Quero apoiar Zélie, mas...

Meu olhar se volta para ela, que está sentada, sozinha, no canto mais distante da praia. Ela encara o horizonte como que paralisada, abraçando o próprio corpo. O medalhão pulsa sobre seu coração. Nuvens de tempestade acumulam-se acima de sua cabeça. Uma descarga a circunda na areia. Os cabelos brancos que deslizam por suas costas começam a se erguer no ar.

Embora Zélie aparente ser corajosa diante dos outros, consigo enxergar as dúvidas que ela tenta esconder. Não sabemos onde estamos nos metendo e somos um exército de três pessoas a milhares de quilômetros de distância do único lar que conhecemos.

— E se ela estiver errada? — Viro-me para meu irmão. — E se não for para fazermos isso sozinhos? Agora, temos uns aos outros. Temos mareadores e ventaneiros. Temos comida e água potável suficientes para navegar. Se nós três não formos com você agora...

— Talvez vocês nunca cheguem em casa.

A mão de Inan me aperta um pouco mais, mas ele encara as costas de Zélie. Se eu conseguir convencer meu irmão, sei que conseguiremos convencer Zélie e Tzain.

— O lugar mais seguro para ela é em casa — insisto. — Onde *nós* conhecemos a terra. Mesmo que ela possa nos levar até a outra garota que Baldyr procura ceifar, isso nos levará *exatamente* de volta a ele e aos Caveiras. Se precisam do coração de Zélie, não deveríamos estar correndo na direção deles. Deveríamos estar fugindo. — Eu me afasto e busco olhar no rosto do meu irmão. — Pense em tudo o que estamos enfrentando e me diga que estou errada.

Inan fica em silêncio por um bom tempo, em seguida toca a cicatriz deixada pela espada do nosso pai.

— Se a tivéssemos seguido antes, mesmo quando não fazia sentido... As coisas seriam melhores. Orïsha seria melhor.

— Você não sabe.

— Eu sei. — Um sorriso triste abre em seu rosto.

— Nós dois tivemos nossas chances de liderar e tudo o que fizemos foi seguir os passos dos nossos pais. Os Caveiras só chegaram até aqui porque nós dois falhamos. O que quer que ela tenha se tornado, o que quer que ela sinta, segui-la é o único caminho adiante.

Encaro meu irmão. Não reconheço a pessoa que ele se tornou. A maneira como fala, o jeito como se porta, a convicção por trás de suas palavras.

— Sem você, somos *três* pessoas... — sussurro. —Três pessoas contra um império inteiro.

— Você não ficará sem mim por muito tempo. — Inan estende o dedo mindinho. É um gesto que não vejo faz anos. A última vez que ele me ofereceu o mindinho, estávamos entrando furtivamente nas cozinhas do palácio, nos empanturrando com bolos doces e fugindo dos guardas noturnos. — Encontre a garota e mantenha Zélie segura. Vou garantir que esse exército de três se transforme em milhares.

Eu olho para o dedo dele, querendo segurá-lo.

— Isso não é o fim — garante ele. — Juro que nos veremos novamente.

— Não pode jurar isso.

— Você é minha *irmã*. — A pele ao redor de seus olhos âmbar se enruga. — Sim, eu posso.

Apesar do medo dentro de mim, engancho meu dedo mindinho no dele. Ficamos unidos até os maji o chamarem para subir a bordo.

CAPÍTULO VINTE E OITO

ZÉLIE

É DIFÍCIL FALAR quando os outros maji partem. Tzain, Amari e eu estamos em pé na praia. De repente, tudo fica quieto demais. O único som entre nós três é o do movimento das marés.

Observamos enquanto os navios desaparecem no horizonte. Quando saem de nossa visão de uma vez por todas, sinto um nó na garganta. A única coisa que me manteve lutando naquele navio foi a ideia de voltar para casa.

Sem os outros, me sinto muito sozinha.

"*Encontre-a...*"

Expiro, envolvendo minha determinação ao redor daquela ordem. Com os Caveiras se aproximando, não há tempo a perder.

Preciso me ater ao plano.

— Vamos embora — digo.

Sou a primeira a me afastar. Tzain segue meu exemplo. Amari vem logo atrás dele.

Sem ventaneiros ou mareadores à nossa disposição, temos que operar o barco nós mesmos. Amari larga as velas enquanto Tzain nos empurra pelas ondas altas. Eu me posiciono atrás da alavanca de pilotagem e abro a bússola de bronze em minhas mãos. Passo o dedo pelo mostrador de vidro, olhando para a ponta de flecha tripla pintada com sangue.

— Você está pronta? — pergunta Amari, e eu assinto.

O medalhão aquece em meu peito quando busco a garota, puxando qualquer fio que compartilhamos. Quando fecho os olhos, diferentes imagens começam a girar na escuridão da minha mente...

Árvores verdejantes. Mamões maduros. Folhas de bananeira.
Cipós grossos rastejando sobre pedra esmeralda.
Tigelas de cerâmica com feijão preto e arroz quente.
Banana frita assando embaixo do sol quente.

Inspiro enquanto mergulho no mundo da garota e sinto o cheiro de nuvens espessas de cinza vulcânica. Ouço o canto das vozes das mulheres unidas em uma canção. O tilintar de pulseiras batendo contra a pele negra. O fio de águas azul-turquesa.

A bússola começa a zumbir, e eu abro os olhos. O ponteiro vermelho gira para longe do meu peito. A agulha aponta para o sul, exatamente o lado oposto de onde os outros maji zarparam.

— Acho que esse é o caminho. — Agarro a alavanca de pilotagem.

Tzain e Amari não questionam a rota que tomo. O sol forma um arco no céu enquanto navegamos para longe do arquipélago.

O tempo passa, e eu deixo os dedos penderem na lateral do barco, permitindo que flutuem pelas ondas do mar. Curto o frescor batendo na minha pele, mas, na paz de navegar em mar aberto, voltam os horrores do navio dos Caveiras.

Embora o ar salgado do mar atinja meu rosto, engasgo com o fedor pútrido da morte. Sinto o peso das algemas que prenderam ao redor do meu pescoço. O rosto da jovem nos aposentos do Caveira Prateada retorna para mim. Eu imagino onde está o corpo dela.

Por favor, fique ao lado dela. Elevo a reza silenciosa a Oya, embora o céu esteja limpo. *Fique com o espírito dela. Salve todos os maji que pereceram.*

Quando chega a noite, nós três nos preparamos para um longo descanso. Os roncos de Tzain se misturam aos de Nailah. Faixas de estrelas cintilam acima de nossa cabeça. No seu brilho, vejo o rosto daqueles que perdi.

Primeiro, o sorriso de Mama retorna para mim. O abraço caloroso de Baba vem em seguida. Toda a forma de Mama Agba parece cintilar, assim como o cosmos que ela conseguiu desenhar entre as palmas das mãos. Seus rostos se confundem ao meu redor… eu adormeço…

Mãos pálidas se estendem para mim de todas as direções. Arrastam-me para suas cavernas. Não consigo lutar enquanto me jogam contra uma laje de pedra. Cordas trançadas me amarram no lugar.

Baldyr aparece diante de mim, sua caveira dourada brilhando à luz da tocha. Suas galdrasmiðar *se reúnem em um círculo ao nosso redor, cada maga escondida pelas peles pesadas e pelos crânios de animais com chifres que usam. O metal-de-sangue cobre aqueles corpos frágeis como roupas, estendendo-se desde as golas em seus pescoços até os medalhões redondos pendurados nos cintos de couro. As* galdrasmiðar *se movimentam juntas, aproximando-se com passo ameaçador.*

— Pelo Pai das Tempestades — cantam as galdrasmiðar.

As rochas despencam à medida que o solo se abre. O poço sagrado de seu metal-de-sangue fervilha embaixo de mim, linhas flamejantes viajando através do minério derretido. Seu calor queima minha pele. O poço ecoa com os gritos dos mortos. As cordas ficam apertadas enquanto luto para me libertar.

Então, começa a tortura.

— Drenem-na — Baldyr dá a ordem.

As galdrasmiðar *levantam as mãos manchadas de sangue. Eu grito quando rasgam minha pele. Um corte de raiva se espalha pelo meu peito. Outro parte meu abdômen. As* galdrasmiðar *atacam minhas entranhas. Seus cortes cobrem meu rosto, meus braços, minhas pernas.*

As runas de seu povo se espalham pelas paredes da caverna enquanto meu sangue vaza para dentro do poço. O minério derretido se eleva no ar. Não há nada que eu possa fazer, pois ele cobre meu corpo feito um molde.

Rasga minha carne, queimando e atravessando meus ossos. Baldyr sorri enquanto o minério derretido passa pela minha garganta, cobrindo o topo do meu crânio.

— Zélie!

Acordo, encolhendo-me de forma abrupta. Uma espessa camada de suor encharca meu xale.

Amari está sentada diante de mim, com as mãos pousadas sobre meu peito.

Respiro fundo enquanto olho para o céu aberto. Demoro um momento para me recompor. Estendo a mão até o pescoço e a cabeça, sentindo a carne intacta.

— Você está bem? — pergunta Amari.

Faço que sim com a cabeça, lutando contra a parte de mim que deseja cair no choro. A imagem dos crânios com chifres de animais das *galdrasmiðar* do rei Baldyr assombra meus olhos. Passo as mãos pelo corpo, sentindo cada lugar que elas cortaram.

— Acordei você? — pergunto.

Amari faz que não com a cabeça. Ela olha para as águas pretas e abraça os joelhos dobrados contra o peito. Não consigo imaginar como deve se sentir longe do irmão, sozinha aqui comigo e Tzain. Olho para o corpo adormecido dele, compartilhamos menos de dez metros de espaço e, apesar disso, ele não olha para ela.

— Você quer falar sobre isso? — pergunta.

Eu não respondo. Não saberia como falar sobre essa questão nem se tentasse. O sonho pareceu real.

Real demais para estar apenas na minha cabeça.

Preciso pará-lo.

Pego a bússola, mais uma vez me concentrando no metal em meu peito. Desta vez, o emaranhado de cipós se espalha pela minha mente. A densa vegetação ganha vida sobre pedaços de rocha preta.

— Quando você fecha os olhos, o que você vê? — pergunta Amari.

— É sempre diferente — explico. — Pequenos vislumbres do povo dela, dos alimentos que comem, das coisas que ela deve ver.

Amari faz que sim com a cabeça quando ouve minhas palavras, mas, pelo jeito que ela olha para a bússola, percebo que não é aquilo que ela realmente quer ouvir. Ofereço a bússola a ela, mas Amari nega com a cabeça.

— Ver deixa tudo mais fácil? — pergunta ela. — Lidar com o medo?

— Parece que estou lidando com alguma coisa? — Levanto meu xale encharcado de suor. — Estamos navegando para um novo mundo. Estou com medo do que está por vir.

Nossos dedos se entrelaçam mais uma vez. Em vez de Nailah, descanso minha cabeça no ombro de Amari. Sinto falta dos dias em que podíamos nos sentar desse jeito. Os dias antes de a magia se reavivar entre nós.

— Você tinha que ter visto ele — falo baixinho. — Tinha que ter sentido... o cheiro de hidromel no bafo dele.

A caveira dourada dos meus pesadelos cintila atrás dos meus olhos, e o medalhão começa a pulsar. Amari fica tensa à medida que os ventos aumentam. Estendo a mão e pego a alavanca de pilotagem para nos manter no curso.

Mais uma vez, o som da chuva caindo chega aos meus ouvidos. Os céus começam a estalar lá em cima. Penso na escultura de madeira na parede do quarto do Caveira Prateada, do homem criado a partir de nuvens de tempestade. O que será de mim se eu não conseguir deter Baldyr a tempo?

Se ele me encontrar de novo, o que ele fará com meu coração?

— Eu não vou deixar que ele pegue você.

Algo muda no tom de Amari. Ela tensiona os ombros, eliminando o próprio medo de enfrentar meu temor.

— Como pode ter tanta certeza?

— Já destronamos reis antes. — Amari sorri, e vejo a garota do mercado.

A princesa que foi corajosa o bastante para roubar o antigo pergaminho. Suas palavras me fazem pensar em tudo que enfrentamos juntas, em cada inimigo que derrotamos.

— Nós seguiremos esta bússola. — Ela olha novamente para o ponteiro vermelho. — Navegaremos até os confins da terra se for necessário. Nós podemos fazer isso, Zélie. Encontraremos uma maneira de manter você em segurança.

Envolvo meu corpo em suas palavras como um cobertor, permitindo que a tranquilidade me invada.

A lua minguante sorri para nós enquanto adormecemos sob as estrelas.

CAPÍTULO VINTE E NOVE

INAN

Os maji avançam em ritmo constante em nossa jornada através dos mares. Com Nâo liderando os mareadores, as correntes trabalham a nosso favor. As próprias águas impulsionam-nos para a frente. Acima de nós, os ventaneiros que se revezam conferem grande velocidade aos nossos navios. A grande vela ondula com as poderosas rajadas de ar deles. Voamos através das ondas do oceano, cada vez mais perto da nossa costa.

À medida que navegamos, me lembro do potencial do meu reino. De todas as coisas que poderíamos ser. Se conseguirmos unir o povo de Orïsha, poderemos fazer mais do que nos proteger dos Caveiras. Podemos reconstruir nossa grande nação, criar a Orïsha que sempre sonhei que poderíamos nos tornar. Mas a ideia do que nos aguarda em casa me assombra. Minha mente gira ao pensar nas ruínas de nossa guerra.

Como vou reunir meu reino se não consegui fazê-lo antes?

Observo o navio de onde estou, perto dos suprimentos, bem ao fundo. A maioria dos maji repousa embaixo de uma tenda de bambu no centro, com folhas entremeadas para bloquear o sol. O restante espera por Kenyon na frente do bote, seguindo todos os comandos do queimador.

Nas poucas vezes que tentei puxá-lo de lado e traçar estratégias, ele ignorou minhas palavras. Sem a presença de Zélie, os maji apenas toleram a minha existência. Sei que não precisam de mim para reunir os seus, mas se não conseguir que me respeitem, que esperança terei com a monarquia que dissolvi?

Tem que haver uma maneira de fazê-los enxergar...

Com um empurrão, acendo a nuvem turquesa nas palmas das mãos, considerando o papel que minha magia pode desempenhar. Penso no Caveira que Amari e eu enfrentamos, no que Zélie sofreu nos braços do Caveira Prateada. Se as pessoas pudessem entender o que estava por vir, poderíamos ter uma chance. Tenho que tornar real a ameaça dos Caveiras.

Tenho que encontrar uma maneira de fazê-los *sentir*.

— Kenyon! — chama Dakarai com um grito.

O mais velho dos videntes tem um tom de voz que me faz levantar. Redondo e com uma cabeleira espessa de cachos brancos, Dakarai chama a atenção ao estender as mãos.

— Ọ̀rúnmìlà bá mi sọrọ̀. Ọ̀rúnmìlà bá mi sọrọ̀...

Enquanto Dakarai canta, o céu noturno vaza no espaço entre as palmas das mãos. Fico boquiaberto em admiração enquanto as estrelas espiralam, abrindo-se para revelar as águas do oceano. No momento em que vejo o navio dos Caveiras, meu sangue para de circular. Outra embarcação poderosa rompe as ondas, quase idêntica àquela da qual escapamos.

Inúmeros Caveiras tripulam o convés. A imagem de Dakarai é tão nítida que consigo ver o contorno de cada osso soldado nas máscaras. A visão do inimigo muda o ambiente do nosso barco em um instante. É como se o sol escurecesse no céu.

— A que distância estão? — questionou Kenyon.

O vidente cerra os olhos, buscando uma resposta à pergunta de Kenyon. Com um solavanco, os olhos de Dakarai se abrem.

— Logo além do horizonte — diz ele.

As narinas de Kenyon se dilatam. Ele sai do círculo e anda até a própria amurada do barco. Ele ergue a mão aberta, e uma chama acende.

— Preparem-se para lutar — ordena ele. — Vamos tomar o navio.

O medo me atinge como uma bala de canhão. Ao meu redor, os maji começam a se movimentar. Embora eu consiga invocar minha magia, sei que não será suficiente, que não podemos correr esse risco.

Neste momento, somos a única esperança de Orïsha.

— Kenyon, espere — chamo. — Não é hora de atacar.

— Você não é um mais velho. — Kenyon me encara com raiva. — Você não tem voz aqui.

— Não significa que eu esteja errado. — Eu me aproximo dele, mantendo minha voz firme. — Pense no que custou a nossa fuga.

— Não tínhamos nossa magia antes — intervém Nâo. — Desta vez temos força para lutar!

— Mas e se formos capturados? — insisto. — E se formos assassinados? Neste momento somos os únicos que sabem o que está acontecendo por aí. Somos os únicos que sabem o que está indo invadir nossas terras. Não podemos arriscar esse conhecimento combatendo um navio inteiro. Nosso povo precisa de nós para permanecer seguro. Eles precisam de nós para viver.

— E o que dizer do nosso povo no navio? — A voz de Nâo falha.

Ela está falando dos medos que guardo para mim. A ideia dos maji que podem estar trancafiados dentro da embarcação me causa um embrulho no estômago. Mas não muda tudo o que enfrentamos.

Olho de novo para Dakarai, observando o navio dos Caveiras entre as palmas de suas mãos.

— Consegue rastrear o navio? — pergunto. — Ver para onde ele está navegando?

Dakarai faz que sim com a cabeça, e eu esfrego os dedos enquanto um novo plano começa a tomar forma. Com as informações de Dakarai, poderíamos obter vantagem, uma que nos daria uma chance maior de sobreviver.

— Então, vamos nos esconder — decido. — Por ora, não enfrentaremos. Se conseguirmos rastrear para onde os Caveiras estão navegando, teremos uma vantagem. Poderemos reunir forças em Orïsha e montar um ataque adequado.

O olhar de Nâo desvia de mim para a chama nas mãos de Kenyon. É impossível entender o que se passa no rosto do queimador.

— Pense no seu povo — imploro. — Em *todos* eles.

A chama desaparece das mãos de Kenyon.

— Como vamos nos esconder? — pergunta o queimador.

Os maji recuam quando Nâo transmite suas instruções aos mareadores e aos ventaneiros de cada navio. Os barcos diminuem a velocidade enquanto redirecionam sua magia, mantendo-nos parados. Um grupo de acendedores dá um passo à frente em cada barco. Há silêncio quando os maji dão as mãos. Sussurram entre si enquanto as velas dos Caveiras aparecem no horizonte distante.

— Rápido! — grita Dakarai.

— *Ìmọ̀lẹ̀ tẹ̀, ìmọ́lẹ̀ kán, ìmọ́lẹ̀ dárìjọ síbíyìí...* — cantam os acendedores.

Enquanto trabalham, uma luz amarela aparece em torno de suas mãos, espalhando-se até cobrir todo o corpo. O brilho suave continua sua jornada, espalhando-se pelas três embarcações em uma onda constante.

Levo as mãos até o rosto quando a luz me envolve. O brilho amarelo se curva e refrata, girando até meus dedos sumirem diante dos meus olhos. Meus braços desaparecem em seguida, seguidos por meu peito e minhas pernas.

Respiro fundo enquanto os acendedores trabalham, apagando todos os nossos vestígios dos mares. Abaixo dos meus pés escondidos, as águas do oceano dançam. Acima da minha cabeça, a vela gigante e o mastro imponente desaparecem no ar. A magia dos acendedores cobre cada barco, nos escondendo por completo.

— Estão chegando — avisa Dakarai, seu corpanzil não mais visível a nenhum olhar.

Os acendedores ocultos diminuem o volume da voz, continuando seu canto quase em um sussurro, tão baixo que as ondas do oceano engolem o encantamento. Mas brilhos fracos rompem seu encanto, criando lampejos esporádicos de luz amarela onde nosso navio reaparece. Prendo a respiração quando o navio dos Caveiras se aproxima.

Vamos lá.

Minha pulsação troveja, palpitando entre meus ouvidos enquanto espero o navio avançar. Seus canhões passam bem ali em cima. Máscaras de bronze cintilam sobre a amurada. O som da língua dos Caveiras provoca um incômodo familiar na minha espinha. Por um momento, o cesto da gávea do nosso barco lampeja, revelando os olhos arregalados de um ventaneiro.

Mas quando o navio dos Caveiras passa pelo nosso barco, sei que os acendedores nos esconderam a tempo. Os acendedores continuam seu encantamento até que o navio inimigo desapareça à distância.

De repente, a luz amarela se rompe, revelando todos os maji e os três barcos. Os acendedores desmoronam uns sobre os outros em uma pilha. Uma poça compartilhada de suor se espalha abaixo deles.

— Ótimo trabalho — elogia Kenyon.

Os maji reúnem-se em torno de cada acendedor, trazendo-os para baixo das tendas de bambu. Inúmeras mãos oferecem-lhes comida e água fresca, agradecendo-lhes pela proteção.

À medida que nossos barcos começam a avançar pelos mares, Não caminha até a popa da embarcação. Sua testa enruga-se de desespero. Consigo sentir a tensão do que ela sacrificou, como um peso no ar.

Dakarai junta-se vindo lá da proa, a janela para a localização dos Caveiras ainda nítida entre as palmas das mãos dele.

— Nós os encontraremos — prometo. — Apenas dê tempo ao tempo.

CAPÍTULO TRINTA

ZÉLIE

O TEMPO PASSA em um fluxo suave enquanto seguimos o ponteiro vermelho da bússola para o sul. À medida que os dias se transformam em anoitecer, Amari, Tzain e eu entramos em um ritmo silencioso. Nós nos revezamos no comando do bote salva-vidas enquanto a lua minguante desaparece na noite estrelada.

Tzain transforma uma adaga em uma ponta de lança para reabastecer nosso escasso suprimento de peixes. Amari conserta um rasgo nas velas. Na décima segunda alvorada, acordo e vejo nós três dormindo sobre a pelagem de Nailah. Amari e Tzain estão deitados lado a lado. Sorrio quando as pontas dos dedos deles se tocam.

"*Encontre-a...*" A voz ancestral volta, mais alta do que nunca. Nailah se mexe quando me apoio em sua pata dourada. A voz vibra contra minha pele.

— O que está acontecendo? — Tzain se mexe.

As correntes que nos empurram mudam. O vento abandona nossas velas. Nosso bote começa a ficar à deriva.

Uma bruma retorcida surge dos dois lados, seu toque gelado causa arrepios em meus braços. Em um momento, estamos presos em uma névoa.

A luz do sol desaparece...

Levanto a bússola do Caveira Prateada, e o ponteiro vermelho gira em círculos rápidos. Amari agarra meu braço com força. Eu me preparo quando passamos pela neblina. Uma longa costa de areia preta estende-se diante de nós. Minhas narinas se dilatam em torno de um cheiro familiar de terra fresca e cinzas vulcânicas.

— É aqui? — pergunta Tzain.

— Acho que sim. — Fecho a tampa da bússola. — Chegamos à terra da garota.

Tzain salta do barco e pula nas águas escuras para nos empurrar até a costa. Ele tem que usar toda a força. É como se as águas tentassem resistir a nós.

Assim que piso nas areias pretas, uma ondulação se espalha pela terra. Pisco, sem ter certeza se consigo confiar em meus olhos. O pulso parece viajar para fora, desaparecendo atrás da bruma retorcida.

Amari junta-se a mim na praia. Ela se abaixa e pega um punhado de areia.

— Céus — suspira Amari.

Cada grão preto tem o formato de uma lua crescente.

Tzain inspeciona um grande esqueleto submerso nas águas rasas. Os ossos parecem os de um peixe, mas a estrutura curva de marfim corresponde ao tamanho de Nailah. Os cipós se entrelaçam no esqueleto como os fios de um tear. Passo os dedos pelos ossos rachados; a cabeça do peixe está separada do corpo.

É como se os cipós houvessem partido o peixe em dois.

Uma floresta cor de esmeralda se estende ao longe, tão densa que parece ser necessário o machado de Tzain para adentrarmos. As plantas dão a impressão de balançar para a frente e para trás como as ondas oceânicas, apesar de nenhuma brisa passar por ali.

Eu me atrevo a dar um passo à frente, mas alguma coisa naquela ilha me faz querer recuar. Com a bússola girando fora de controle, fecho os olhos e inspiro. Desta vez, quando tento buscar a garota, é como se ela estivesse a distância de um passo. Sinto seu perfume de mel. Meus dedos começam a faiscar.

— Vocês ouviram isso? — sussurra Amari.

Ela se vira para a floresta. Um silvo constante começa por trás das árvores. Tzain fica apavorado, e ele pega seu machado. Agarro meu bastão e estendo as lâminas.

Amari dá um passo para trás. Algo desliza em nossa direção em grande volume. As areias pretas começam a ribombar...

— Voltem para o barco! — grita Tzain. — Agora!

Mergulhamos nas águas escuras, chapinhando, e eu subo no barco. Amari aterrissa em cima de Nailah. Tzain cerra os dentes, empurrando-nos pela rebentação.

Cipós de um verde profundo se erguem das areias pretas como lanças, arremessando-se ao redor do nosso barco. Um cipó se enrola em meu braço. Grito quando ele me faz soltar o bastão.

Amari entra em ação, agarrando a arma. Com um grunhido, ela esfaqueia o cipó, que guincha alto enquanto se contorce. Tzain solta meu braço enquanto os cipós tomam conta do barco. Enrolam-se no mastro, apertando com tanta força que o quebram ao meio.

— Vamos!

Tzain me arrasta de volta para as águas. Amari segue com Nailah. Meu irmão me joga no pescoço da minha leonária, e os outros montam. Enterramos as mãos em seus pelos dourados.

— Nailah, corra! — grito.

Ela sai em disparada. Solta um rugido poderoso enquanto corre pelas areias negras. A neblina cega nosso caminho quando tentamos escapar. Os cipós atacam, vindos de todas as direções. Deslizam atrás de nós como cobras.

Um cipó brota, enrolando-se como um chicote em meu tornozelo. Seguro Nailah com todas as minhas forças. Meu irmão se vira, cortando-o com o machado. Eu me solto enquanto o cipó cortado volta para dentro da neblina.

— Depressa! — grita Tzain.

Os cipós parecem triplicar a cada segundo. Eles chegam por todos os lados. O olhar de Tzain vai de um lado para o outro, tentando encontrar o próximo antes que ataque.

— Vá em direção à floresta! — Tzain aponta. — Estão nos cercando para nos levar ao mar!

Eu guio Nailah pelo único caminho que vejo, pressionando minha cabeça em seu pescoço enquanto avançamos pela floresta. Galhos pesados passam sobre nossa cabeça. A pouca luz que havia na praia desaparece. A sinfonia de cipós sibilantes cresce.

Em seguida, gritos ondulantes correm pelo ar.

Levanto a cabeça quando as silhuetas sobem. Os ilhéus se movem de maneiras que nunca vi. Eles não só voam.

Eles planam.

Grossos cipós envolvem os galhos da floresta, catapultando os ilhéus pelos ares. Eles giram e espiralam por entre as árvores. Seus uivos ecoam à medida que se aproximam.

Mais cipós se lançam em nossa direção como flechas. Um deles acerta o tornozelo de Nailah. Minha leonária solta um uivo ao cair. Nós três voamos pelo solo macio.

Os ilhéus descem das árvores como aranhas gigantes. Os cipós baixam seus corpos firmes até o chão. Cada mulher ostenta olhos delineados. Uma larga faixa de pigmento esmeralda se estende de têmpora a têmpora. Como a garota da minha visão, compartilham a pele marrom-avermelhada. Cada uma usa o cabelo escuro em uma única trança longa.

Atrás deles, patas pesadas trovejam em nossa direção. Tzain me puxa para perto. Seis homens musculosos chegam por entre as árvores montando uma fera gigante.

Tigrenários pretos...

As lendárias montarias nos cercam em massa. Listras brancas irregulares cortam sua pelagem sedosa. Há uma linha de chifres serrilhados ao redor do pescoço de cada tigrenário como uma juba, preparada para perfurar qualquer pessoa que os enfrente.

O líder para, um homem com a constituição de um tronco de árvore. Músculos grossos ondulam sob uma espessa camada de suor. O chão treme quando ele desce de seu tigrenário preto.

Sua pele retinta está marcada com uma série de armas diferentes. O arsenal tatuado sobe pelos braços e desce pelo peito. Seus dedos brilham, e ele toca o cutelo tatuado no ombro esquerdo. Com seu toque esmeralda, a arma de tinta ganha vida. Arregalo os meus olhos quando o homem enfia a mão na pele, puxando a arma direto de seu corpo.

Tzain ergue seu machado, mas um cipó o envolve, arrancando-o de suas mãos.

O líder dá um passo à frente e levanta o cutelo acima da cabeça.

Eu me jogo na frente do meu irmão, caindo de joelhos.

— *Misericórdia!*[1] — grito.

O medalhão brilha quando falo a língua estrangeira. Ouço a palavra de novo na minha cabeça, então entendo.

Estou falando outra língua.

— *O que foi que ela disse?* — uma trança-cipó pergunta naquela língua.

Não me atrevo a levantar o olhar quando a mulher me rodeia. O medalhão decifra suas palavras.

Repito mentalmente a palavra em minha língua.

— *Misericórdia* — sussurro.

Levanto as mãos trêmulas. O brilho do medalhão se fortalece à medida que continua a me alimentar com palavras daquele outro idioma.

— *Viemos em paz.* — Minha voz treme.

Como posso explicar? Olho para a bússola de bronze amarrada ao meu cinto. Estremeço quando o guerreiro a arranca dali.

O líder vira a bússola nas mãos antes de abri-la. Ele olha para o ponteiro vermelho giratório.

— Um inimigo. — Eu pigarreio e falo na língua dele: — *Um inimigo... se aproxima.*

O rosto do líder se encrespa. Ele se curva, me inspecionando com seu olhar verde surpreendente. Observo as feições que ele compartilha com seus homens, corpos fortes, musculosos, narizes redondos e rostos quadrados.

— *Mate ela, Köa!* — grita uma trança-cipó para o líder.

O homem que chamam de Köa grunhe em resposta.

---

[1] No original em inglês, a língua estrangeira que os ilhéus de Nova Gaïa falam é o português brasileiro, provavelmente uma homenagem ao Brasil, pois, segundo entrevistas, a ideia para a série O LEGADO DE ORÏSHA surgiu durante uma visita de Tomi Adeyemi a Salvador. (N. do T.)

— *Você fala como nós?* — pergunta ele.

O medalhão vibra na minha pele, absorvendo o novo idioma.

Tento responder, mas minha garganta está tão seca que é como se eu estivesse engolindo cacos de vidro. Faço força para concordar com um aceno de cabeça. A floresta inteira parece estar suspensa no tempo.

O olhar de Köa me assola. O cutelo brilha acima da minha cabeça. O medalhão traduz sua ordem.

— *Peguem-nos!*

CAPÍTULO TRINTA E UM

AMARI

A um comando de Köa, as trança-cipós atacam. As mulheres são brutas ao nos pegarem. Arfo quando puxam minhas mãos para trás. Cipós envolvem meu torso com um silvo, prendendo meus braços na lateral do corpo.

Os ilhéus gritam comigo na língua deles. Alguém me empurra para começar a andar, mas minhas pernas estão tão dormentes que parecem feitas de cimento. Antes mesmo que eu possa tentar explicar, cipós me erguem no ar.

O que está acontecendo?

Gotas de suor escorrem pelo meu pescoço. Suspiro quando os cipós apertam meu peito. Fico suspensa até que a vegetação me pousa sobre um dos tigrenários do guerreiro. Mais cipós deslizam embaixo de mim. Criam uma sela que me segura no mesmo lugar e me prende à poderosa fera. Um guerreiro salta atrás de mim, e estremeço quando nos tocamos. Todo músculo e força, seu corpo tem a constituição de uma parede.

Todos os guerreiros do sexo masculino compartilham essa pele marrom-avermelhada, o peito nu e o cabelo preto bem cortado. Colares com presas pendem de seus pescoços largos. Os arsenais tatuados na pele vão desde abaixo das orelhas até os cintos grossos de suas calças enfeitadas com contas.

Na minha frente, Tzain grita, pedindo seu machado. Um dos guerreiros vai pegá-lo. Seu rosto quadrado se contorce em uma careta quando o metal estranho queima sua mão. Ele volta e grita com ele antes de dar um soco em seu estômago.

Estremeço quando Tzain se dobra. Meu terror atinge novos patamares. Embora minha magia queime nas pontas dos dedos, eu a forço a recuar.

É mais provável que eles matem todos nós antes que eu consiga atacar.

À nossa frente, Zélie permanece perfeitamente imóvel. O medalhão pulsa embaixo de seu xale enquanto amarram seus braços com cipós. As trança-cipós a deixam sobre o tigrenário preto de Köa.

Ela negociou alguma coisa com eles? Estendo o pescoço. *Eles entendem por que estamos aqui?*

— Zélie!

Assim que a chamo, um novo cipó envolve a minha boca. O máximo que Zélie consegue fazer é olhar para mim enquanto sou forçada a ficar calada.

Além dos guerreiros, flagro o olhar de Tzain. Como eu, eles taparam sua boca com cipós. Mas a forma como ele olha para mim é como se falasse através dos grandes olhos castanhos. Eu sinto a pergunta silenciosa, *Você está bem?*

Quero fazer que não com a cabeça. Perguntar a ele o que fizemos. Mas algo em sua preocupação me toca. Esforço-me para concordar com um aceno de cabeça.

— *Passeio!* — Köa dá a ordem.

As trança-cipós vão para as árvores. Observo, pasma, enquanto as mulheres giram no ar. Elas desaparecem dentro do mato, voando muito à frente.

Os guerreiros do sexo masculino dão tapas nos flancos de suas montarias. As feras pesadas se erguem sobre as patas traseiras. Engasgo com meus gritos quando dou um solavanco para trás. Às nossas costas, Nailah ruge, presa em um emaranhado de cipós.

Vamos para longe da praia de areia preta. Os guerreiros gritam enquanto cavalgam pelas selvas. Criaturas invisíveis uivam de volta. Os homens percorrem uma trilha invisível aos nossos olhos, passando por galhos caídos e troncos cobertos de musgo. Percorrem as selvas densas como as estradas de uma cidade. Depois de um tempo, chegamos a uma parede de cipós entrelaçados.

A rede natural se estende muito mais alto que as árvores. Um a um, os cipós começam a se desdobrar, criando um vão para os guerreiros entrarem. Um gotejar aumenta ao passo que as montarias saltam. Minhas sobrancelhas levantam-se ao ver o rio azul-turquesa brilhante escondido atrás daquela rede tecida.

Vitórias-régias gigantes flutuam pelos canais, quase tão grandes quanto o barco em que navegávamos. Batem umas nas outras, girando enquanto viajam rio abaixo. Os guerreiros deixam as montarias para pular para as plantas, adentrando mais fundo na selva.

Os cipós que me entrelaçam ao tigrenário se desfazem, e o guerreiro atrás de mim me coloca no chão. A sensação retorna às minhas pernas quando me aproximo da margem das águas correntes. Um dos guerreiros me levanta e me empurra para cima de sua vitória-régia. Fico tensa quando a água ao redor começa a borbulhar e fumegar. A planta se parte, pairando pela água como uma enguia.

Céus.

Apesar do meu medo, fico chocada com as paisagens. Flutuamos por planícies exuberantes, terraços verdes de intermináveis campos de arroz. Os agricultores montam nas costas de elefantários gigantes, usando a enorme força dos animais para trabalhar a terra. Finas camadas de neblina escorrem pelas colinas.

Aproximamo-nos de montanhas pretas cobertas de folhagem verde. Vão muito além das nuvens. Uma cachoeira espessa ruge no final do rio, e eu me preparo quando me choco com a parede branca e espumante. A coluna de gelo me encharca em um instante, mas a cidade que fica atrás da cachoeira arrebata meu coração.

Eu esperava uma tribo. No máximo, uma aldeia.

Toda a metrópole flutua.

A cidade fica dentro de um lago montanhês, estendendo-se muito além do horizonte. Teias gigantes de cipós flutuantes preenchem a água diante de nós, organizando a cidade em diferentes anéis. Canais esculpidos substituem as ruas. Um sistema entrecruzado se estende por toda a cidade.

Cabanas tramadas e campos agrícolas flutuantes se enfileiram nos círculos externos. Dentro deles ficam longos edifícios escolares. Cabanas de comerciantes ficam ao lado de edifícios legislativos. Fortalezas de trança-cipós erguem-se pela cidade.

Os aldeões circulam entre lindos templos com oferendas de velas e flores de jasmim. Seu povo circula em torno de balneários públicos cheios de águas fumegantes e pilares decorados. Um terreno inteiro forjado por cipós trançados abriga um mercado vibrante. Cada barraca é construída com a pele dura de suas grandes vitórias-régias. As pessoas passam de barraca em barraca, trocando carnes secas e peixes pendurados por pulseiras artesanais e sedas coloridas.

Atrás da cidade, ergue-se uma escultura gigante. Uma deusa com esmeraldas no lugar dos olhos. Cipós crescem ao redor de seu rosto esculpido, como cabelos, estendendo-se até as águas. Olho abaixo da vitória-régia, e vejo que estou em cima dos mesmos cipós que se espalham pelo fundo do canal. Mais esculturas continuam sob longos caules verdes, cercando-nos com a história da deusa.

— *Olha! Olha!* — grita uma criança.

O garoto fica olhando, boquiaberto, enquanto passamos. Seu dedo marrom aponta para mim no momento em que nossa vitória-régia entra no canal principal da cidade. Ele fica na beirada de um campo flutuante que abriga linhas de cúpulas tramadas, decoradas com diferentes flores silvestres.

A euforia continua a aumentar enquanto navegamos pelo canal. Dezenas de espectadores se transformam em centenas e, em poucos minutos, centenas viram milhares. As pessoas reúnem-se nas beiradas dos campos flutuantes e nos telhados de suas cabanas quadradas. Elas sobem nas colunas dos balneários. Escalam as estátuas de sua deusa para se aproximar.

As pessoas apontam para nossa pele escura. Outras ficam maravilhadas com os cabelos brancos de Zélie. Os aldeões tentam entrar nos canais, mas, antes que possam se aproximar, as trança-cipós descem dos céus, contorcendo-se nas bordas do canal, criando uma parede móvel que nos separa. Dois homens tentam escalar as paredes tramadas, mas grandes guerreiros os puxam para trás.

Tento manter a calma enquanto o caos aumenta. Köa praticamente ignora as multidões. Mantém os olhos verdes sobre o nosso destino: um vasto templo flutua no centro da cidade como uma joia da coroa, rodeado de jardins flutuantes. Estende-se por hectares de cipós entrelaçados. Degraus verde-esmeralda sobem como uma pirâmide, levando às portas douradas do templo.

Guerreiros cercam o terreno. Um novo exército de trança-cipós mantém as massas afastadas. Nossas vitórias-régias param. Köa nos tira delas, um por vez. Ficamos os três de joelhos diante dos degraus.

O silêncio se instala quando o imperador sai de lá.

CAPÍTULO TRINTA E DOIS

INAN

Quando vejo a linha costeira da minha terra natal, alguma coisa se rompe dentro de mim. Deixa-me acorrentado, levando-me de volta às noites horríveis no navio dos Caveiras. Sinto o estalo dos ossos que eles quebraram. Meu pescoço arrepia-se com a lembrança da majacita que injetavam em minhas veias. Mesmo quando pensei que podia escapar, não sabia se conseguiria voltar.

Às vezes, eu pensava que nunca mais veria minha terra natal.

Os barcos ficam em silêncio quando atracamos nas ruínas dos portos de Lagos. Nâo ergue as mãos, movendo as águas para nos levar à terra. Ela é a primeira a saltar do barco, abaixando-se para cravar as mãos no solo. Lágrimas silenciosas escorrem pelo seu rosto. Khani se junta a ela, caindo de joelhos. A curandeira põe os braços em volta dos ombros da outra mulher. Dou-lhes espaço para viverem seus lutos.

No momento em que toco o solo de Orïsha, todo o meu corpo vibra. A força da minha magia se expande como um sopro para dentro dos meus pulmões. Ele vaza de minhas mãos em fios turquesa enquanto vozes enchem minha cabeça.

Não posso acreditar!

... graças aos deuses...

... Rezo para que os clãs ainda estejam vivos...

A surpresa torna-se insuportável de tão grande. Deixo os maji desembarcarem, explorando sozinho as docas danificadas.

Lembro-me dos dias em que as docas fervilhavam, muito antes do regresso da magia. Um fluxo interminável de barcos entrava e saía do porto a cada hora. Os marinheiros carregavam caixotes cheios de víveres e especiarias estrangeiras. A prosperidade preenchia o ar. Eu costumava viajar com o almirante Kaea sobre Lula, meu leopanário da neve.

O porto por onde passo agora é uma mera sombra do que já existiu. Com exceção dos navios naufragados que espreitam logo abaixo da superfície da água, todo o local está vazio. Os armazéns em suas margens estão em ruínas.

Ao longe, o que resta do palácio real fica em uma colina. Mesmo daqui vejo suas paredes esboroadas, suas janelas quebradas, suas torres caídas. Nuvens de fumaça sobem da única casa que conheci. Encarando o palácio, sinto o peso da minha ruína.

Algo estala sob meus pés, eu me abaixo. Ossos quebrados se despedaçam, revelando a máscara de um Caveira de bronze.

"*Há sempre inimigos, Inan...*"

O aviso do meu pai retorna. Uma nova onda de vergonha me atinge como um aríete. Olho para o porto deserto e me pergunto quantos navios os Caveiras conseguiram lotar enquanto estávamos em guerra.

A visão da máscara fortalece minha determinação. Precisamos mudar a nossa sorte. Fixo meu olhar no palácio mais uma vez, apagando qualquer receio que havia sentido antes.

— *Ògún, fún mi lágbára!* — chama uma voz.

De repente, o chão muda ao meu redor. Dou um passo para trás enquanto montes de terra atravessam as tábuas quebradas. A terra erguida me aprisiona, endurecendo meus braços e pernas.

Um grande maji sai do esconderijo. A energia verde-escura brilha em torno de suas mãos. Ele avança devagar, mancando com uma perna de metal.

À medida que mais maji espiam dos armazéns danificados, reconheço o rosto de seu líder — Kâmarū, o mais velho dos terrais, um dos maji que destruiu o palácio.

— Eu não estou aqui para lutar...

Antes que eu possa terminar de falar, o terral agarra meu pescoço. Eu engasgo quando ele se abaixa, trazendo o rosto para perto do meu. Um maji sussurra meu nome, e corre o boato do rei que voltou.

— O que você fez com os maji? — rosna Kâmarū.

— Kâmarū, espere!

O chamado de Nâo tira o foco do terral. Ao ver a mais velha perdida, a raiva desaparece de seu rosto. Ele encara, confuso, enquanto Kenyon e o restante dos maji atravessa o porto.

Kâmarū solta meu pescoço para cumprimentar os outros. Lentamente, os maji se reúnem. A notícia começa a se espalhar, e seu número se multiplica.

Eles saem das ruínas destruídas do bairro dos mercadores, brotando dos becos do mercado. Uma fileira desce até mesmo das ruínas do palácio real. Cabelos brancos brilham a quilômetros de distância.

Da forma como os maji se aglomeram, a compreensão surge. Os *Iyika* estão controlando a cidade. Devem ter vencido a guerra. Não há nenhum nobre, tîtán ou soldado à vista...

BUM!

Viro a cabeça de uma vez para o norte. Uma explosão estremece no ar. Fumaça preta sobe além das muralhas de Lagos. Gritos ressoam nas árvores de ébano que cercam a cidade.

Dentro de Lagos, trombetas ressoam, e equipes de maji se reúnem no perímetro da cidade. Os encantamentos são proferidos quando invocam seu poder, preparando-se para atacar. Nuvens de gás de majacita preto encontram as plumas laranja do gás venenoso dos cânceres.

Ainda estão lutando...

Meu estômago se embrulha quando a compreensão me arrebata. Nada mudou durante o tempo em que estivemos fora.

Orïsha está tão dividida quanto antes.

De repente, a jaula de terra que me aprisiona desmorona. Despenco no chão e esfrego meu pescoço. Kâmarū está de pé sobre mim, Nâo atrás dele.

— Ele não vai matar você. — Nâo se abaixa. — Ainda não. Mas você não pode ficar aqui. Apenas os maji podem ficar na cidade.

— Onde estão os outros? — pergunto.

— Eles fugiram. Kâmarū aponta para além das fronteiras de Lagos, para as árvores de ébano. — Aqueles que querem viver ficam fora da muralha da cidade.

Faço que não com a cabeça. Não temos tempo para ficar discutindo. Se não nos unificarmos logo, deixaremos que nosso próprio fim entre em Orïsha.

— Não fui eu quem levou os maji.

Eu pego a máscara caída do Caveira. Tento entregá-lo ao terral, mas ele me empurra de volta.

— Para além da muralha. — Kâmarū permanece firme. — Não vou te dar outra chance.

Olho para Nâo. Muitos maji ainda precisam da nossa ajuda. Mas a mareadora me conduz para fora do porto, levando-me de volta aos botes salva-vidas abandonados. A presença dela me protege enquanto passamos por multidões. Cada um encara com o ódio de seu terral.

— E tudo o que Zélie disse? — digo, abaixando a voz. — E todo o progresso que fizemos?

— Zélie não está aqui — responde Nâo. — Temos que encontrar uma maneira melhor.

Nâo corta os cipós que amarram os diferentes botes salva-vidas até que um se solte. Trabalhamos para reposicionar seu mastro e sua alavanca de pilotagem. Sem escolha, embarco, preparando-me para navegar pela costa.

— Posso reunir os maji. — Nâo aponta para a batalha além das muralhas de Lagos. — Mas você precisa reunir os outros.

CAPÍTULO TRINTA E TRÊS

ZÉLIE

A simples visão do imperador silencia todos os sons. Ele se move com a força de uma montanha. Seus passos trovejam pelos tijolos esmeralda.

O imperador tem a mesma cor de pele de seu povo. Os cabelos escuros estão presos em um coque baixo. Um peitoral dourado repousa sobre seus ombros nus, decorando seu corpo com raios como o sol.

— *O que é isto?* — Sua voz profunda ressoa através do medalhão.

As palavras preenchem minha cabeça. O imperador nos examina do alto da escada, o rosto quadrado fechado em uma careta.

Forço minha respiração a se tranquilizar, entrando em sintonia com o medalhão enquanto Köa explica o que aconteceu na selva e entrega ao imperador a bússola de bronze. Observo enquanto ele inspeciona o mostrador de vidro. No instante em que Köa aponta para mim, o sangue corre e palpita em meus ouvidos.

Pense, Zélie. O momento que estive esperando vem ao meu encontro a toda velocidade, mas não estou preparada para reagir. Como vou explicar do que escapamos?

Por que esse homem acreditaria em uma única palavra que eu digo?

O imperador avança, e toda a cidade ecoa com sua descida. Quando ele chega ao fim da escada, fico olhando para as rachaduras nos degraus cor de esmeralda, incapaz de encarar seu rosto. Minha garganta fica seca quando o imperador para bem onde estou ajoelhada.

— *Olhe para mim* — ordena ele.

Eu me esforço para seguir o simples comando. A ideia de encarar o rosto do imperador é como olhar diretamente para o sol.

— *Olhe para mim se consegue me entender.*

Cerro os punhos e me forço a olhar para cima. Os olhos verde-claros queimam minha alma. A raiva irradia dele como calor.

— *Você fala a nossa língua?* — indaga ele.

De alguma forma, sei que nenhuma resposta será suficiente. Mesmo assim, extraio as palavras do medalhão, permitindo que ele me alimente com elas.

— *Há uma garota* — começo devagar. A mandíbula do imperador se contrai quando ouve o som de sua língua. — *Um inimigo se aproxima...*

O imperador levanta a mão.

— *Matem os forasteiros.*

A ordem do imperador chega tão rápido que não tenho chance de reagir. Ele se vira, subindo a escada. As pessoas rugem atrás de mim. Dois guerreiros avançam, segurando meus braços. Köa está parado no topo da escadaria.

Ele remove o cutelo de obsidiana de sua pele.

— *Por favor! Misericórdia!* — grito às costas do imperador.

Os berros abafados de Tzain ressoam enquanto Köa ataca. O guerreiro ergue a machadinha no ar. O mundo gira ao meu redor. Sinto o cheiro penetrante das cinzas.

Então eu *a* vejo.

A garota desce os degraus correndo, a saia laranja serpenteando atrás das longas pernas. Pulseiras douradas tilintam em volta dos tornozelos marrons. Um lenço cravejado de joias envolve a longa trança preta.

Seus olhos são tão luminescentes que cintilam como diamantes, muito mais brilhantes do que os que tinha visto em minhas visões. A determinação toma conta dela enquanto avança. Ela agarra a machadinha de Köa com as próprias mãos antes que ele possa me atingir.

— *Mae'e!* — grita o imperador.

A multidão inteira fica boquiaberta quando o sangue da garota escorre, mas ela não solta a lâmina.

O antigo medalhão borbulha na minha pele.

— *Os homens estão chegando* — grito para o imperador. — *Estão vindo para capturá-la.*

O SANGUE LATEJA em meus ouvidos. Aguardo no círculo da cidade deles. No momento em que declarei que os Caveiras estavam vindo atrás da garota que chamam de Mae'e, a cidade inteira entrou em frenesi.

Agora, toda a civilização observa nos assentos acima, centenas de milhares formando novas montanhas ao meu redor. O imperador está sentado em um palanque, cercado por Köa e seus guerreiros. Tzain e Amari são forçados a assistir de uma cela escavada na encosta da montanha.

Os cipós me seguram no assento de pedra, no centro. Sangue seco encharca o solo rochoso. Os segundos de vida que me restam parecem estar passando lentamente. Sem ter aonde ir, fecho os olhos e rezo.

Obedeci ao comando da voz ancestral. Recusei a oportunidade de navegar de volta para minha terra natal. Encontrei a garota que vi nos mares.

Se me matarem agora, o que isso tudo vai significar?

A multidão ruge nas arquibancadas. Não preciso do medalhão para decifrar que estão pedindo minha cabeça. A maneira como reagem a nós me faz acreditar que somos os primeiros estrangeiros a entrar em suas muralhas entremeadas. Quero gritar com eles sobre os Caveiras, fazê-los entender que estamos aqui para ajudar, e só consigo imaginar o que acontecerá a este povo se o rei Baldyr desembarcar nas suas areias pretas.

Do outro lado do círculo, um pedregulho rola. Meus pensamentos ficam paralisados quando o silêncio recai sobre as massas. Uma mulher idosa cheia de rugas está de pé, parada na entrada da caverna.

—*Yéva está aqui…*

O nome da mulher viaja em sussurros pela multidão. O pigmento dourado cobre seu pescoço e a curva de sua mandíbula. Seu cabelo forma um rio prateado que cai até a cintura. Rostos encobertos com véus emergem do manto esmeralda que adorna seus ombros frágeis. A terra inteira vibra em sua presença.

Não falo quando Yéva desliza em minha direção. Mae'e a segue pelo círculo como uma serva fiel, vestida com novas vestes esmeralda. Ela mantém o olhar faiscante fixo no chão. Ninguém emite um som sequer.

Yéva abre a palma da mão, e os cipós ao meu redor caem. O ar frio entra em meus pulmões. Eu tombo para a frente, batendo na pedra dura. Yéva acena com a mão de novo, e meu assento de pedra desliza para longe, revelando uma banheira de cristal.

Yéva tira um pedaço de lavanda de trás da orelha e o macera entre os dedos. Quando o coloca na banheira, a água começa a fumegar. Ela fixa seu olhar em mim.

— *Entre.*

Os lábios de Yéva não se movem, mas sua voz sussurra dentro da minha alma. Minhas unhas cravam-se no chão de pedra.

Essa voz...

Ela é a mulher que ouvi antes.

Eu me levanto com minhas pernas bambas. Sinto todos os olhares voltados para mim enquanto removo as calças de lã do inimigo e desamarro o xale em volta do meu peito. Mae'e fica boquiaberta ao ver o medalhão de ouro, mas Yéva não se intimida.

A mística aponta para a banheira. A água cálida queima onde os cipós arranharam minha pele. Yéva levanta a mão de Mae'e sobre as águas fumegantes. Ela fura a palma da mão com uma adaga de obsidiana, e uma única gota de sangue cai.

No momento em que atinge a água, tudo se transforma.

Yéva entoa um lamento, a multidão acima de nós começa a se alvoroçar, os olhos de diamante dela faíscam, seus cabelos prateados voam com uma rajada repentina de vento. Algo profundo possui a forma da mística. É como se doze pessoas diferentes gritassem ao mesmo tempo. O medalhão vibra em meu peito, mais poderoso do que nunca.

"Uma filha das tempestades da Grande Mãe..."
"Uma filha da forja da Grande Mãe..."
"Um pai criado com sangue..."

A ponta tripla da flecha se acende quando as palavras saem da garganta de Yéva. Nuvens de tempestade circulam acima da minha cabeça. Uma chuva forte preenche o zumbido dos meus ouvidos. Gritos ecoam pelas arquibancadas enquanto relâmpagos dourados saem de minhas mãos.

"Antes da Lua de Sangue, todos os três se unirão.
Na Pedra Velha, os corpos serão sacrificados.
Ele sentirá de novo o toque da Grande Mãe.
Os céus se abrirão mais uma vez,
E um novo deus nascerá."

CAPÍTULO TRINTA E QUATRO

ZÉLIE

Uma nova tempestade é desencadeada no momento em que Yéva desmorona. Um alvoroço se espalha pela multidão como fumaça. De repente, os aldeões se levantam, tentando invadir o círculo do centro da cidade.

— *Mantenham-nos afastados!* — ordena Köa.

As trança-cipós descem das barracas às dezenas, longos caules verdes zumbindo ao redor como tentáculos de um polvo. Dezenas de cipós rastejam, criando uma cúpula sobre o círculo da cidade, o que mantém os aldeões isolados.

Uma lâmina preta e grossa corta a nova rede de cipós, criando um buraco grande o bastante para uma pessoa passar. Um aldeão começa a descer, mas as trança-cipós reagem de imediato. Ele é envolvido como uma mosca presa em uma teia de aranha.

Entre o caos, garotas com kaftans de seda combinando correm pelo chão de pedra. Seus corpos magros se movem em perfeita harmonia. Cada uma ostenta uma longa trança escura enrolada no topo da cabeça, feito uma rosa. Como Yéva, um pigmento dourado cobre a garganta e o queixo.

Duas chegam primeiro a Yéva. Deixam o corpo dela em uma padiola trançada. Outro par me ajuda a sair da banheira de cristal. Seguram minhas mãos com um toque delicado, envolvendo meu corpo trêmulo em vestes macias.

Mais aldeões tentam rasgar e atravessar a nova cúpula de cipó. Um grupo de guerreiros me cerca dos dois lados. As meninas me guiam pela abertura em que Yéva apareceu quando o caos se instaurou.

Isso não pode estar acontecendo.

Olho para minhas mãos trêmulas. Ainda cintilam vestígios do relâmpago dourado. Quando os raios brilhantes pulsaram pelos céus, não consegui acreditar no que via. Todo o meu corpo estremeceu com a força que se libertou.

Uma dor que eu não estava preparada para enfrentar me atinge como uma das bombas dos Caveiras. No fundo, rezei para que minha magia retornasse. Se não como a dos outros maji, pelo menos quando retornasse a Orïsha.

Mas, com a presença do relâmpago dourado, sinto a verdade. Significa que a magia da vida e da morte, minha conexão com Mama e com outros ceifadores, se foi.

O rei Baldyr roubou-a com o seu medalhão.

Os céus se abrirão mais uma vez, a profecia de Yéva ecoa em meus ouvidos. *E um novo deus nascerá.*

Olho para o metal brilhante. Já não é mais o mesmo de antes. Novas veias se espalharam pela borda, penetrando minha pele.

Com as palavras de Yéva, por fim entendo o que Baldyr quer. Sei aonde devem ir os dois últimos medalhões. Se ele pegar Mae'e, vai cravar um deles no peito dela. Qualquer magia que ela exerça naturalmente sofrerá mutação, distorcendo-se de acordo com a sua vontade. Ele arrancará nossos poderes, usando o último medalhão para se transformar.

Mas se ele fizer isso...

Penso na magia dos Caveiras, na força superior concedida pelo metal-de-sangue que todos eles exercem. Já é bastante difícil deter Baldyr neste momento. Com os nossos poderes combinados, seria impossível matá-lo.

Os planos de Baldyr pairam sobre minha cabeça quando saímos da passagem e chegamos a um cais de pedra. Águas brilhantes se estendem diante de nós, ramificando-se em uma dúzia de direções diferentes. Vitórias-régias gigantes flutuam por um canal subterrâneo, pairando na corrente constante. Na beirada das docas, Tzain está com Amari. Respiro fundo quando os vejo.

— Tzain! — Eu me solto dos braços das garotas vestidas de seda e corro direto para os do meu irmão. Afasto-me para examinar os hematomas onde o guerreiro o atingiu antes. — Você está bem?

— Estou. — Ele afasta minhas mãos. — O que está acontecendo? O que aquela mulher disse?

Faço o possível para recordar todas as palavras da profecia de Yéva. Mostro para eles o medalhão que cresce e explico o que foi feito comigo.

— Ele quer poder — comento. — O poder que o tornaria páreo para um deus. O medalhão está me preparando para sua colheita. Se ele pegar Mae'e também...

Minha voz desaparece quando Yéva passa por nós três em uma maca trançada. Sua pele marrom-avermelhada perdeu toda a cor. Sua respiração escapa em ofegos. Uma onda de culpa bate quando as garotas vestidas de seda a colocam sobre uma vitória-régia. Embora a mística tenha se destacado antes, invocar a profecia destruiu seu corpo.

Mae'e emerge dos túneis. Ela vai até Yéva, ajoelhando-se perto da água.

— *Nafre* — sussurra a bênção.

Mae'e beija as mãos de Yéva. As garotas vestidas de seda partem, conduzindo Yéva por um dos canais.

No momento em que Yéva sai, Köa entra nos túneis subterrâneos. O imperador segue em seu encalço, cercado por guerreiros e uma legião de trança-cipós. A presença deles pesa o clima. Fico tensa quando se aproximam.

— *Amarre as mãos dela.* — Köa aponta para mim. — *Agora mesmo.*

À medida que as trança-cipós se movem, Mae'e se levanta. Ela para bem na minha frente.

— *Mae'e...* — começa o imperador.

— *Você não vai fazer isso!* — retruca ela.

— *Você ouviu o que Yéva disse* — insiste Köa. — *O perigo que corremos ao permitir a entrada de estranhos...*

— *Essa garota não é nossa inimiga!*

Mae'e se vira para mim, e fico hipnotizada com seu olhar de diamante. Um cipó achatado envolve a mão dela, cobrindo o corte da lâmina que ela segurou para me manter viva.

— *Eles são nossos aliados.* — Mae'e estende a mão machucada para mim, e eu a tomo. — *Aliados feridos. Eles devem ser levados aos meus templos. Por favor, imperador Jörah, permita que eu os restaure.*

Ouso olhar para o imperador. Ele gira o grosso anel de ouro no dedo indicador. É difícil entender a mensagem nas linhas em seu rosto. Os rios brilhantes batem em meio ao seu silêncio enquanto decide nosso destino.

— *As garotas podem ir* — declara.

Os ombros de Mae'e descaem de alívio. Ela aponta para as vitórias-régias, preparando-se para sair.

— *E meu irmão?* — pergunto. — *Onde ele vai ficar?*

O imperador olha para Tzain, considerando a pergunta. Ele acena para seus guerreiros com a cabeça.

— *Ele residirá com Köa e os Lâminas.*

CAPÍTULO TRINTA E CINCO

TZAIN

Os Lâminas.

A guarda pessoal do imperador Jörah. Os passos deles trovejam em uníssono. Eu me sinto como um prisioneiro marchando entre eles.

Os guerreiros ocupam o quartel de templos que circunda o palácio imperial. Cada um ostenta o símbolo de uma máscara *barong* de marfim. A lâmina em forma de folha combina com a que está tatuada no braço de todos.

Os guerreiros ficam atentos quando Köa se aproxima do portão de pedra. Ao me ver, ficam desconfiados. Um olha a lâmina curva tatuada em sua pele. Mas quando Köa dá a ordem, não têm escolha senão abrir o portão e me deixar entrar.

Além do portão, garotos treinam em praças pintadas. Os templos ressoam com o barulho de suas lutas. Ao contrário dos guerreiros graduados, todos os que treinam ostentam a cabeça raspada e calças marrons lisas. Nenhuma arma marca sua pele marrom.

Observo enquanto Köa me conduz por ali. Os garotos lutam sem qualquer cuidado, rostos franzidos e dentes arreganhados. Ossos estalam. Sangue se derrama. Mas não importa o que aconteça, eles não param.

Lutam para matar.

Em uma praça, os jovens guerreiros empunham facas de arremesso feitas de vidro preto. Enfileiram-se diante de uma linha de alvos. Quando um supervisor grita, eles as lançam. Cada arma bate com precisão, atingindo o alvo exato.

Em uma outra praça, um membro dos Lâminas fiscaliza os diferentes aprendizes. Uma cicatriz grossa atravessa o lado direito da cabeça do guerreiro. Ao contrário dos garotos, seu peito nu está coberto de armas. Observo as espadas tatuadas cruzadas sobre seu abdômen.

Quando um dos jovens guerreiros não consegue atacar, o Lâmina intervém. Agarra, pelos joelhos, o jovem que treina, mostrando-lhe como jogar um inimigo de costas.

Na quadra central, um Lâmina e um aprendiz se enfrentam. O guerreiro ostenta um bumerangue no pescoço e pesadas clavas nos braços musculosos. Um círculo de meninos se reúne quando os dedos do Lâmina brilham em verde. Os ossos estalam quando ele solta um dos porretes.

Ele ergue a arma de marfim para atacar. Embora desarmado, o aprendiz mergulha para a frente, dando tudo de si na luta. Do jeito que seus aprendizes lutam, não sei quem mais devo temer, eles ou os Caveiras.

Atrás das praças de treinamento fica o quartel dos guerreiros. Criado com cipós endurecidos, cada estrutura tramada atinge quase quinze níveis de altura. Escadas sinuosas vão dos andares inferiores até o topo. Não tenho escolha a não ser seguir Köa enquanto ele sobe.

Quando chegamos ao terceiro andar, duas dúzias de homens se levantam das camas. A maioria tem o dobro da minha idade; todos, exceto um, têm o dobro do meu tamanho. Os guerreiros protestam com a minha presença, e Köa grita de volta na língua deles.

Minha pulsação dispara quando o caminho para as escadas é bloqueado. Os surpreendentes olhos verdes dos guerreiros me alvejam como facas. É como estar preso em outra jaula.

Preciso sair daqui.

Fico tenso quando os homens se aproximam como cães, sinto-me nu entre eles, mas quando me encurralam contra a parede dos fundos, não recuo.

Não permito que os guerreiros vejam o suor que brota em minha testa.

Cada Lâmina ostenta um arsenal na pele: espadas de formato único, chicotes de osso, facas de arremesso. Meus dedos anseiam pelo cabo do meu machado.

Sem ele, não tenho qualquer chance.

— Meu machado — digo.

Köa olha para mim, piscando. A brisa da janela sopra em nosso silêncio. Aponto para a lâmina em seu braço e faço um movimento oscilante.

— Meu machado. Quero de volta.

Köa estala o pescoço e acena para um de seus homens. O guerreiro desaparece para outra sala. Depois de um momento, retorna com a única arma que possuo. Eles envolveram o cabo em uma pele de animal para evitar queimar as mãos.

O guerreiro entrega o machado a Köa, e eu estendo a mão para pegá-lo, mas ele o segura fora do meu alcance. Aquela provocação me faz voltar a ser uma criança, sozinho na quadra de agbön. Eu era filho de um humilde pescador contra os filhos da guarda de Orïsha. Diziam que eu perderia todas as partidas.

— Me dê o machado — rosno.

Meus olhos se arregalam quando Köa fala minha língua em uma cadência quebrada.

— Ou o quê? — Ele arqueia a sobrancelha. — O que… você vai… fazer?

Com um empurrão forte, ele me joga para trás. Eu tombo e caio pela janela do centro de treinamento. O ar passa por mim enquanto despenco, gritos ressoam quando aterrisso na rocha dura.

A dor atinge todas as partes do meu ser. Espasmos agudos percorrem minha espinha. Köa praticamente desliza pelos cipós, encurralando-me enquanto me contorço.

— Você quer… seu machado? — Köa balança a arma sobre minha cabeça.

Ao contrário dos outros guerreiros, sua mão não queima em contato com o metal. Os Lâminas se juntam à nossa volta.

— Pegue.

Cerro os dentes. O monstro que acordou na jaula dos Caveiras se ergue em meu abdômen. Penso em tudo o que tive que suportar, o que foi necessário para chegar àquelas terras estrangeiras.

Com um grunhido, me levanto. Não me importo com todos os olhares que pousam sobre mim. Eu estremeço com a dor e ataco, lançando-me na altura dos quadris de Köa.

Em um piscar de olhos, Köa me derruba no chão. Ele desliza, enganchando o joelho entre minhas pernas. Com uma guinada, o mundo gira, e minha cabeça bate na pedra dura.

Os outros homens riem da minha queda. Torcem por Köa em sua língua. O líder deles me encara como se eu fosse uma formiga.

Como se eu não valesse a pedra na qual estou deitado.

Eu me esforço para ficar de pé. Um rastro de sangue escorre da minha orelha direita. Ela pinga do meu pescoço, aumentando as manchas de sangue na pedra esmeralda.

Faça melhor. Seja melhor. Eu continuo. Não vou deixar Köa me derrotar. Não vou deixá-lo vencer.

Chuto suas costelas. Köa nem se mexe para segurar meu calcanhar. Com um giro de pé, ele agarra meu tornozelo. Abafo meus gritos quando bato no chão novamente.

Não sei quantas vezes eu ataco.

Quantas vezes sou jogado no chão.

Minha fúria aumenta a cada ataque fracassado. Golpeio com tudo o que tenho.

Mas quando não consigo me levantar Köa se abaixa. O guerreiro nem sequer está suando. Ele olha como se pudesse ver através de mim.

Como se pudesse sentir o quanto eu realmente estava impotente.

— Seu machado... não deixa... você forte. — Köa se força a cada palavra. — Só mostra... o quanto você... é fraco.

Köa pega o machado da mão de seus homens.

A vergonha me invade quando ele deixa cair a arma ao lado da minha cabeça.

CAPÍTULO TRINTA E SEIS

INAN

Meus pés descalços arrastam-se pelo solo rijo.

Os ventos noturnos doem na minha pele.

Ao andar pela floresta nos arredores de Lagos, nunca me senti tão exposto. Tão indefeso. Tão sozinho.

Embora eu tenha conseguido navegar pelas linhas de frente, a batalha continua atrás de mim, nas muralhas destruídas de Lagos. A devastação da guerra cerca os meus passos. A destruição me encontra a cada esquina.

Mais de metade das imponentes árvores de ébano caíram. Cavernas gigantescas cobrem a terra. Membros decepados marcam minha caminhada. Cadáveres de tîtán, soldados e maji jazem entrelaçados.

Um soldado caído ainda segura a espada. Um tîtán jaz com a coluna retorcida. Meu estômago se revira com duas crianças apanhadas em um ataque. O tronco de uma árvore rachada prende seus corpos sem vida ao chão.

A culpa me corrói por dentro. Cada corpo por onde passo me lembra de tudo o que Orïsha perdeu. Tudo o que vejo são meus erros. As falhas que permitiram que os Caveiras obtivessem sucesso em seus ataques.

Se eles invadissem a nossa costa hoje, nada os impediria. Com as nossas lutas internas, as forças deles não enfrentariam oposição. Sua matança poderia percorrer de costa a costa…

Um assobio ecoa no ar, aumentando a cada segundo. Mal tenho chance de bater no chão antes de uma lâmina de metal passar por cima de mim.

Ela colide com as árvores às minhas costas, rachando a madeira velha ao meio.

Meu coração palpita enquanto me rastejo pelo chão. As copas das árvores começam a despencar com tudo. Um trio de soldadores aparece à frente, suas armaduras douradas brilhando sob a luz da lua. Mechas brancas passam pelos cabelos. Pedaços de metal flutuam em torno de suas mãos brilhantes.

— Eu venho em paz! — grito, erguendo os braços em sinal de rendição.

Rezo para que as palavras sejam suficientes, mas quando um títán levanta a palma da mão para atacar, meus dedos ficam dormentes.

Droga!

Eu me levanto e saio correndo. O ar assobia à medida que mais lâminas são arremessadas. Ziguezagueio pelo que resta das árvores em pé. Lâminas voam pelo ar como flechas.

Uma delas arranha minha bochecha quando passa pelo meu rosto, outra erra meu flanco por um triz. Mergulho atrás de um tronco grosso para me proteger. Ouço uma série de batidas quando as lâminas atingem a casca da árvore. A náusea sobe pela minha garganta quando passo por cima de uma pilha de cadáveres. Corpos apodrecidos me protegem enquanto mais armas são arremessadas.

— Cerquem-no! — grita um soldador.

Minhas pernas ficam tensas quando me levanto, me esquivando de cada lâmina que voa. Mas quando uma delas rasga minha coxa, tombo para a frente. Nada amortece minha queda, e o ar passa por mim quando caio de cabeça em uma cratera vazia.

— Ai! — Cerro os dentes, pressionando as mãos na ferida aberta.

As botas de metal dos soldadores fazem barulho quando se aproximam. Palavras de rendição ficam presas na minha garganta.

Antes que eu consiga falar, uma mordaça de ferro envolve minha boca. Eles amarram meus tornozelos e pulsos. O mais baixo dos soldadores salta para dentro da cratera, inspecionando minha faixa branca.

— Pegamos outro. — O soldador me agarra pelos cabelos, me virando de um lado para o outro. Suas sobrancelhas quadradas se franzem quando ele me arrasta até o luar. O reconhecimento preenche seus olhos castanho-escuros.

— Sabem quem é esse? — pergunta, virando-se para os outros.

Eles fazem que não com a cabeça.

— Mande uma mensagem ao acampamento — instrui o soldador. — Encontramos o rei destronado.

Estiveram procurando por mim.

Não sei se a constatação deveria aumentar o medo ou o alívio. Os soldadores não falam enquanto me carregam pela floresta, seguindo a trilha desgastada de volta ao acampamento.

A conversa aumenta através das árvores cada vez mais escassas. Ao nos aproximarmos da orla da floresta, reconheço nosso caminho e rumamos para a única fortaleza militar nos arredores de Lagos. Eu costumava visitá-la o tempo todo antes de a magia voltar.

Talvez seja uma coisa boa, tento me tranquilizar. *Poderia ser minha chance.* Se algum nobre ou general caído definiu uma recompensa pela minha cabeça, significa que me querem vivo. Significa que posso convencê-los do que está por vir.

Ao chegarmos ao final da trilha, equipes de terrais trabalham para enterrar seus mortos. Um brilho verde-escuro se espalha pela ponta dos dedos deles. Enfiam as mãos no solo, e as sepulturas surgem às dezenas. Os novos montes ondulam à medida que se espalham pela terra.

Eu me preparo para enfrentar a fortaleza, mas ela não existe mais. Pilhas de entulho cobrem a clareira. O selo do leopanário-das-neves manchado que pendia sobre a entrada está retorcido no chão.

No lugar da fortaleza, uma nova cúpula de ferro está erguida, apenas uma fração da guarnição que existia antes. Uma equipe de titán queimadores monta guarda em frente ao único portão da cúpula. As marcas de explosão e os esqueletos carbonizados ao redor deles alertam sobre o que acontece com qualquer maji que tente se aproximar.

Ao avistar os soldadores, os tîtán trocam acenos de cabeça. Com um grito, o portão desliza para cima. Os soldadores entram rapidamente na cúpula. Estremeço quando os portões se fecham atrás de nós.

É isso? Embora esteja preso, faço o possível para avaliar o que sobrou. Algumas dezenas de tendas estão atrás das paredes da cúpula, tudo o que resta das antigas forças dos tîtán. Uma enfermaria improvisada fica na parte extrema direita do acampamento. Do outro lado, uma grande tenda serve èbà e ensopado à fila de tîtán que esperam. Um pequeno grupo treina no centro do acampamento. Explosões ressoam do lado em que um treinamento acontece, atrás das paredes de ferro da cúpula. A maioria fica em suas tendas, aproveitando a dádiva do sono antes do início da próxima batalha.

Enquanto os soldadores me carregam através do exército, todos os olhares se voltam para mim. Minha presença silencia todas as conversas. Alguns tîtán olham em estado de choque, outros olham com desprezo.

... finalmente...
... pensei que estivesse morto...
... ele se atreve a mostrar o rosto...

Suas vozes ressoam em minha cabeça quando avançamos, caminhando até a maior tenda na extremidade sul da cúpula. Ampla o suficiente para abrigar seis pessoas, a tenda é alta, cercada por uma fileira de armaduras douradas.

O trio me deixa no chão e todos ficam em posição de sentido. Uma multidão de tîtán se reúne ao nosso redor, ansiosos para ver o que acontecerá a seguir.

— General? Nós o encontramos! — diz o soldador-chefe.

Minha mente dispara quando tento pensar em quem está por trás das paredes da tenda. Pelo que me lembro, o tenente Okeke era o próximo na linha de sucessão. O robusto oficial tornou-se um domador quando a magia retornou. Mas Okeke ressentia-se de todas as minhas ordens.

Se os soldados dele estão me procurando, é apenas para arrancar minha cabeça.

Meu coração dispara quando alguém se move. Um farfalhar aumenta conforme a silhueta se aproxima da entrada. Eu me preparo para apresentar minha defesa perante ele, mas todas as palavras desaparecem da minha mente quando vejo um rosto familiar.

Mãe...

A ex-rainha sai de sua tenda com a ajuda de um cajado. Uma bandagem cobre seu olho direito. Mais curativos envolvem seu abdômen. A cor desapareceu de sua suave tez acobreada. Seus olhos âmbar são totalmente gélidos.

A última vez que estivemos juntos, eu a enganei para que ela bebesse os próprios sedativos. Eu a nocauteei para dissolver o trono de Orïsha. Sabia que ela nunca me perdoaria por traí-la.

Quando os *Iyika* atacaram o palácio, tive certeza de que havia morrido.

Mas agora minha mãe se abaixa para me encontrar. A respiração fica rasa em meu peito. Os soldadores recuam quando ela finalmente fala.

— Me dê uma razão para que eu não o mate agora.

CAPÍTULO TRINTA E SETE

INAN

Sentado dentro da tenda da minha mãe, não sei o que dizer. Ainda não consigo acreditar que ela me deixou entrar.

A maneira como olhou para mim, pensei que acabaria comigo naquele momento.

Ela manca embaixo das abas carmesim, a raiva endurecendo as rugas acima da testa. Penso nas paredes lilases que cercavam seus aposentos no palácio. Os veludos preciosos sobre sua cama. Sua coleção de gèles cravejados de joias era grande o suficiente para ocupar toda uma ala. Seu guarda-roupa transbordava de lindos vestidos e sedas coloridas.

Agora sua tenda abriga pouco mais do que rolos de bandagens, sua armadura de títán, uma pequena mesa e uma cama de metal. Nunca pensei que veria esse dia.

Mal consigo acreditar que a rainha que conheço esteja vivendo desse jeito.

Ela estremece ao sentar-se na cama. Manchas de sangue cobrem as bandagens ao redor do abdômen. Ela pega um novo rolo de bandagem, e eu me levanto na tentativa de ajudar.

— Deixe-me...

Minha mãe afasta minha mão com um golpe do cajado. Cerro os dentes contra a dor que sinto.

— É muito provável que você enrole as bandagens em volta da minha garganta.

Eu a observo quando se esforça para remover o tecido encharcado em volta da barriga. A luz da lanterna revela um corte imenso. Pele amarela e azul envolve a ferida. Suas mãos tremem quando ela troca o curativo.

— Você não tem curandeiros? — pergunto.

— Nossos curandeiros foram os primeiros a morrer — diz, a voz repleta de amargura. — Eu admiro seu povo por condenar o nosso.

Fecho os olhos e viro a cabeça. Penso em todas as sepulturas recentes fora da cúpula dos tîtán. A perda de seus curandeiros não prejudica apenas os tîtán.

Dói em qualquer um que os Caveiras possam prejudicar.

A necessidade de unificar me pressiona mais uma vez. Meus ombros ameaçam ceder sob o peso. Não podemos perder mais uma vida orïshana. Se continuarmos assim, nos destruiremos muito antes de os Caveiras invadirem.

— Eu sei que você deve me odiar.

— Odiar você? — Minha mãe suspira. — Você tem alguma ideia do que fez? Estávamos no fim da guerra! Nós esmagamos os *Iyika*! Você botou nosso reino de joelhos...

— Mesmo se eu não tivesse dissolvido o trono, eles teriam atacado. Você ainda teria essas feridas...

— Eu teria uma nação inteira atrás de mim! — ruge minha mãe. Mas quando sombras se movem fora da tenda, ela abaixa a voz. — Eu comandaria um exército unificado. Não esta mísera cúpula!

— E depois? — Atrevo-me a dar um passo à frente. — Mais corpos para enterrar? Mais culpa sem fim? As guerras que travamos contra os maji destruíram o nosso reino! Essa luta foi o que nos trouxe até aqui!

— Você continua tão tolo quanto na noite em que desapareceu. — Os olhos âmbar da mãe se estreitam. — Você e a desgraça do seu amor pelos maji...

— Não são apenas ideais, mãe! — a interrompi. — Não temos mais o privilégio de ficarmos uns contra os outros. Um inimigo está chegando. Um rei estrangeiro já está atacando nossa linha costeira!

— Você acha que eu acreditaria em uma palavra da sua boca traiçoeira? — Minha mãe levanta a mão para me dar um tapa. Eu a agarro antes que ela possa me atingir.

— Não acredite em mim — digo. — Veja você mesma!

Uma nuvem turquesa se acende em volta da minha mão antes que minha mãe possa se afastar. Minha magia nos arranca da tenda. Em um piscar de olhos, estamos de volta ao navio dos Caveiras...

— *Ah!*

Eu tombo quando um Caveira acerta meu estômago com um soco. Minha boca se enche com o gosto de cobre do meu sangue. O Caveira me acerta de novo, e eu caio no chão, despencando em cima do cadáver de um maji.

O Caveira me levanta novamente. Coloca meu rosto na altura de seus olhos de conta. Tudo o que consigo fazer é cuspir na máscara dele. O Caveira me agarra pela cabeça, esmagando-a contra as barras de ferro.

No corredor, outro Caveira pega seu machado. As runas ao longo do cabo ficam vermelhas quando o alimenta com seu sangue. O corredor encolhe diante da presença gigantesca dele. Tremores passam pelas tábuas de madeira enquanto ele caminha.

Ele ergue o machado brilhante na frente da minha cela, um aviso do que está por vir. O calor da arma queima meu rosto quando estremeço nos braços do Caveira...

Quando minha mãe se afasta, a sensação é tão forte que ela cai de joelhos e leva a mão ao peito. Pela forma como seu nariz se enruga, posso dizer que ainda sente o fedor dos mortos.

— É onde você esteve esse tempo todo? — pergunta ela, e eu faço que sim com a cabeça.

— Eles passaram luas montando incursões e ataques. Levaram Amari também.

Ao ouvir o nome de Amari, os lábios da mãe se contraem. As mãos pousam nas bandagens ao redor do abdômen.

— Como vocês escaparam? — pergunta minha mãe.

— Com os maji. Eu não teria conseguido voltar para Orïsha sem eles.

Minha mãe por fim pega minha mão enquanto eu a levo para sua cama. A fúria ainda irradia dela como calor. Mas com o conhecimento dos Caveiras, um novo inimigo entrou no seu campo de batalha.

Um que ela consegue odiar mais do que a mim.

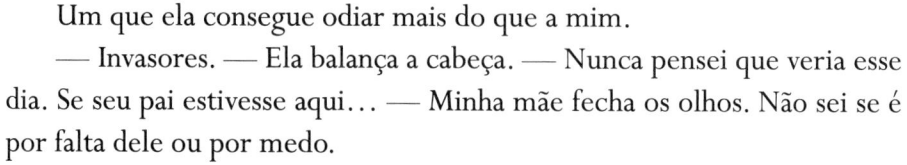

— Invasores. — Ela balança a cabeça. — Nunca pensei que veria esse dia. Se seu pai estivesse aqui... — Minha mãe fecha os olhos. Não sei se é por falta dele ou por medo.

— Se você está lutando pela Orïsha onde ele reinou, seus esforços serão em vão — declaro. — Esse reino desapareceu para sempre. Mas a chance de uma Orïsha melhor ainda existe. Precisamos dos maji, mãe. — Ajoelho-me ao lado dela. — O que resta dos soldados também. Nossa única chance de deter os Caveiras é nos opormos ao ataque juntos, unidos como um só.

— Isso nunca vai funcionar — diz minha mãe. — A luta nunca vai acabar.

— Você pode pedir um armistício? — pergunto. — Podemos deixar a batalha, apenas por uma noite?

Minha mãe olha para sua armadura de tîtán por um longo momento antes de se virar para mim.

— Dê-me alguns dias — concorda ela, com relutância. — Vou ver o que posso fazer.

CAPÍTULO TRINTA E OITO

ZÉLIE

Depois de nos separarmos dos outros, passamos pelos canais abaixo do círculo da cidade. Amari e eu nos abraçamos enquanto navegamos pelas águas brilhantes. Seguimos atrás de Mae'e, sentadas em uma vitória-régia gigante.

Pinturas de sua deusa enfeitam as paredes e os arcos acima, os pigmentos brilhantes desgastados pelo tempo. Alguns retratam a deusa nascendo do fogo, no topo da montanha. Outros retratam todo o seu corpo se espalhando em emaranhados de cipós.

Quando saímos da rede central e deixamos o centro da cidade, o conjunto de lanternas atrás de nós fica turvo. As trança-cipós patrulham os canais, mantendo o caminho livre.

Entramos em vastas extensões de água, passando por templos flutuantes e pelo mercado aberto que cerca o palácio imperial. À medida que nos dirigimos para o círculo de montanhas nos arredores da cidade, fico hipnotizada pelos rostos esculpidos na pedra preta. Em vez de um terreno rochoso, os rostos de mulheres adormecidas se erguem na direção do céu. Seus corpos entrelaçados cercam a vila flutuante como gigantes.

A escultura da deusa paira sobre todas *elas*, sua figura curva observando a cidade dos cipós com joias vibrantes no lugar dos olhos. Amari olha para mim quando a deusa passa por cima de nós. Mae'e inclina o queixo em oração.

Quando nossas vitórias-régias atracam na base das montanhas, o peso do ar muda. Algo vibra na minha pele. Os ventos sopram com sussurros do passado. É como se toda a cordilheira ganhasse vida.

Uma coleção de templos fica acima de nós, com salas douradas projetando-se da rocha da montanha. Uma pedra rola para longe, e as meninas em kaftans de seda combinando retornam e seguram lanternas nas mãos. Quando Mae'e acena com a cabeça, elas avançam juntas.

Embora Amari e eu tentemos ficar unidas, as meninas nos separam. Amari me chama quando elas a conduzem por uma entrada na encosta da montanha. A voz dela desaparece atrás da pedra preta.

Antes que eu possa perguntar para onde está indo, uma bebida parecida com mel é despejada na minha garganta. Em poucos instantes, o mundo fica confuso. Meus membros ficam tão pesados que não consigo levantá-los. Vejo quando sou carregada para o sopé da montanha.

O que é isso?

Mais velas do que eu já vi tremeluzem nas paredes verde-claras. Sua luz dança através de colunas esculpidas e arcos trabalhados em mosaicos. Os cipós cobrem cada centímetro do templo como teias de aranha, percorrendo os longos corredores, desaparecendo atrás de fontes esmeralda e estátuas da deusa esculpidas em vidro de obsidiana.

— *Apenas respire* — murmura uma das garotas.

Ela pressiona as palmas das mãos com cheiro de hibisco na minha têmpora, tentando desalojar a coroa de majacita. O metal venenoso arde ao seu toque. Ela recua as mãos com um suspiro enquanto fios de fumaça espiralam no ar. Embora peça ajuda aos outros, não importa o que tentem, o metal não se moverá. Quando grito de dor, todos desistem.

Depois de sussurros abafados, as jovens me levam para as águas mornas. Suas mãos gentis se movem pelo espaço cheio de vapor. Elas lavam a sujeira e a areia da minha pele, passam pentes esculpidos em coral em meus cabelos brancos, pegam uma fita de seda dourada, amarrando meus longos cachos brancos em uma trança alta.

Quando estou limpa, sou levada a uma sala cheia até a borda com travesseiros vermelho-escuros e cobertores verde-escuros. O calor sobe pelo piso cerâmico. Nailah está dormindo em uma cama própria, sem sinal dos cipós que a mantiveram sob controle. Pelo novo brilho de sua cabeleira dourada, posso dizer que alguém cuidou dela também.

Mae'e espera na varanda, encarando sua cidade. Depois de todo o tempo que passei vendo-a em minha mente, é estranho vê-la na vida real. Os lampejos não conseguiram capturar a graça com que ela está ali, em pé. A maneira como os ventos parecem cantar enquanto sopram em seus cabelos negros.

Eu me atrevo a ir até ela, apoiando os braços na grade da varanda. As garotas com kaftans verde-claros passam metros abaixo, cuidando dos incontáveis jardins da montanha. Do outro lado do canal, milhares de templos e cabanas entrelaçadas brilham à distância como vaga-lumes à noite. Eu inspiro com a visão.

— Você está maravilhosa. — Mae'e sorri olhando para o kaftan dourado com que suas criadas me vestiram. — Como a lua amarela.

Demoro um momento para perceber que entendo suas palavras sem a ajuda do medalhão.

— Você fala minha língua? — pergunto.

Mae'e assente.

— Todas as línguas provêm da mesma árvore. Compreender a Língua Mãe é compreender todas elas.

— Onde estamos?

— Em Nova Gaīa.

Mae'e estende a mão para suas terras. O orgulho irradia por trás de seu sorriso deslumbrante. Observo a civilização flutuante mais uma vez. Ao longe, a escultura de sua deusa se ergue alta, sua silhueta destacada contra a galáxia de estrelas. Atrás dela, avisto o palácio imperial, onde Tzain deve estar. Penso nele preso com Köa e o restante dos Lâminas. Todos os novos-gaīanos que clamaram pelas nossas cabeças.

— Estaremos seguros? — pergunto.

— Você está sob a proteção do imperador Jörah. Ninguém nesta cidade colocará a mão na sua cabeça.

— Mas e meu irmão? — insisto.

— Meu povo precisa de tempo para entender. — Mae'e toca meu ombro. — Cada vez que estranhos desembarcam em nossas costas, só trazem desespero. E, depois do que Yéva disse, estão mais do que com medo. Temem que você traga o inimigo para cá.

À menção do inimigo, vejo a caveira dourada do rei Baldyr. O medalhão pulsa em meu peito. Cerro os dentes quando novas veias se libertam do metal manchado, espalhando-se pela minha pele. O preço cobrado por este dia me atinge como uma onda quebrando. Agarro-me ao corrimão da varanda quando minhas pernas cedem.

— *Garotas!*

Mae'e corre em meu auxílio. Ela grita pelas oito garotas que chama de Criadas Verdes, mas eu faço que não com a cabeça. O medo que sinto não é algo que possam curar.

Em vez disso, Mae'e toma minha mão e me leva até a cama de almofadas. Acaricia meus cabelos com seu toque delicado. Embora tenhamos acabado de nos conhecer, derreto em seus braços.

Ela começa a cantarolar uma canção antiga. Nem mesmo o medalhão entende as palavras. As velas bruxuleantes surgem ao nosso redor. É como se as chamas berrassem com a voz dela.

— Yéva alguma vez se enganou? — pergunto em um sussurro.

— Nunca — Mae'e suspira. — Ela canaliza diretamente da própria Grande Mãe.

— Então, por que você não está com medo? — questiono. Permito que ela veja o medalhão incorporado ao meu peito. — O homem de quem ela fala não está vindo apenas atrás do seu povo. Está vindo atrás de você.

— Você duvida da nossa força. — Mae'e retorna para sua varanda e contempla suas terras. Algo endurecido surge em seu olhar de diamante. — Ao atacar Nova Gaīa, aqueles que vocês chamam de Caveiras não escolheram a guerra. Eles escolheram a aniquilação.

PARTE III

CAPÍTULO TRINTA E NOVE

AMARI

Qualquer que seja o remédio que as Criadas Verdes me deram, me deixa inconsciente durante a próxima meia-lua. Às vezes, penso que estou de volta a Lagos, segura no conforto mimado dos meus antigos aposentos. Nos breves momentos em que me mexo, as criadas de Mae'e me cercam, alimentando-me com carnes temperadas e frutas recém-colhidas. Às vezes, me preparam banho e refazem tranças em meus cachos escuros. Se não fosse pelos vislumbres do navio dos Caveiras, eu pensaria que tinha passado para uma nova vida.

Assim que saio do mar de travesseiros de cetim e cobertores tricotados, a lua crescente paira no céu estrelado. O chão abaixo de mim treme. A montanha estremece com uma força repentina antes que o abalo cesse.

Uma mesa de bronze à minha direita resiste em pé ao terremoto. Soldada ao piso de mosaico, contém um conjunto completo com chá de jasmim. As velas, que parecem nunca se apagar, tremulam nas paredes cobertas de cipós. Uma banheira quente fumega no outro cômodo, me chamando com seus lírios flutuantes e girassóis brilhantes.

Mas enquanto tomo o chá, meu olhar se desvia para a entrada de madeira do meu quarto. Coloquei o pires de cerâmica na mesa. Sedas rosa suaves deslizam pela minha pele quando abro as portas douradas.

Uma voz melódica ecoa no corredor. Sigo o som e encontro Mae'e ajoelhada diante de um magnífico retrato esculpido em toda a parede de pedra. Mais velas dançam na intrincada escultura, dando-lhe vida. A obra de arte captura todos os detalhes de Nova Gaīa, desde os campos de arroz até os canais subterrâneos. Crianças reúnem-se diante das escolas flutuantes, aldeões esculpidos estão diante do palácio imperial, com a cabeça inclinada diante de uma coroação.

No topo da escultura, vejo a deusa das suas estátuas, o maior dos rostos majestosos esculpidos nas suas montanhas. Ela abre os braços para o céu cheio de nuvens, e cipós feitos de esmeraldas brotam de suas mãos. A lava criada com rubis estilhaçados irrompe em ondas ao seu redor.

Alguma coisa na escultura me cativa. Fico surpresa com a maneira como me aproximo. É como se a deusa olhasse diretamente para mim, me enxergando como realmente sou.

— *Obrigada*. — Mae'e beija a ponta dos dedos e as oferece à deusa antes de inclinar a cabeça. Livre da trança de costume, seu cabelo preto cai em ondas pelas costas. Saias laranja flutuam ao redor de sua pele avermelhada.

Dou um passo para trás quando ela se levanta. O ar parece brilhar na presença dela. Seus olhos arregalam-se de surpresa quando se vira e me vê. Minhas bochechas coram quando percebo aquele espaço sagrado. *Que ideia foi essa?* Balanço a cabeça. Sou uma forasteira.

— Peço desculpas… — começo, mas Mae'e sorri e leva a mão ao coração.

— Você já acordou!

A melodia de sua voz faz cócegas em meus ouvidos.

— Eu não quis interromper.

— Você é minha convidada. — Mae'e faz um gesto com a mão. — Nunca poderia me interromper.

Ela fala como se estivesse hospedando uma enviada real, em vez de prisioneiros fugitivos do navio do rei Baldyr. Mae'e acena para que eu me aproxime, e ouso atender ao pedido. Seu perfume de mel me envolve enquanto o aroma de cinzas viaja pelos corredores.

— Esta é Mamãe Gaīa.

O rosto de Mae'e irradia luz quando ela fala o nome sagrado. Ela olha para a escultura como se não tivesse visto a imagem da deusa todos os dias desde que nasceu.

— Você precisa vê-la daqui — insiste Mae'e.

Um arrepio percorre minha pele quando ela me toma pelo braço e sou levada até a escultura, ficando exatamente onde estava, ajoelhada. Apesar da deusa acima de mim, me vejo olhando para Mae'e.

Ela morde o lábio inferior, e a malícia preenche seu olhar brilhante.

— Não podemos sair daqui... — Ela olha para os corredores. — Mas você deseja ver mais?

Correr pelos templos à noite traz de volta memórias esquecidas há muito tempo. Ouço a risada da minha antiga criada. Vejo os cachinhos brancos que caíam ao redor de seus olhos angulosos.

Sonhávamos em viajar para todos os cantos de Orïsha, falámos em sair dos portos de Lagos e chegar até as areias brancas de Zaria. Houve dias em que pensei que nunca sairia do palácio.

Binta sempre teve certeza de que eu conheceria o mundo.

Eu gostaria que você estivesse aqui, penso para o espírito dela. As lágrimas chegam com a beleza que me rodeia. Cipós brilhantes cobrem as colunas de pedra, arcos incrustados de joias pendem sobre nossas cabeças, azulejos verde-esmeralda preenchem as paredes, destacados com flores douradas.

Duas Criadas Verdes conduzem uma ninhada de bebês tigrenários em um gramado aberto. Dezenas de jovens montarias se engalfinham em um campo aberto. Um tigrenário preto tropeça em nosso caminho, e Mae'e o pega nos braços; ela dá um beijo em sua testa listrada antes de mandá-lo de volta para a matilha.

Observo Mae'e enquanto ela corre, extasiada pela forma como seu cabelo preto balança. Embora as Criadas Verdes se movam por todos os andares dos templos, a jovem sabe como evitá-las. Os cipós guincham e sibilam na presença dela, instruindo-a sobre quando ela pode se mover.

— Espere, espere — sussurra Mae'e quando um cipó se desenrola diante de nós. Ela aperta meu ombro quando mais Criadas Verdes passam. — *Obrigada*. — Mae'e roça o caule do cipó, que volta a se enrolar na parede.

Mae'e me puxa por um longo corredor cheio de fontes esmeralda. Quando me leva para fora de um túnel, sem querer minhas mãos são levadas ao meu peito. Outro mundo se estende diante de mim.

Os jardins suspensos são infinitos.

Uma vasta floresta no centro do templo, flores vibrantes brilham em cada arbusto, talos de alho roxos, angelônias fúcsia e azaleias em plena floração. Ameixas vermelho-escuras pairam sobre nossas cabeças. Mae'e pega uma e dá uma mordida. Um rastro de sumo escorre de seus lábios carnudos e desce pelo queixo.

Os ladrilhos de mosaico criam caminhos por toda a vegetação, circulando em torno de inúmeras fogueiras que ardem dentro das esculturas de Mamãe Gaīa. Um rio atravessa a vasta floresta, deslizando sobre o basalto liso.

Mae'e pega uma lanterna e me conduz pelos jardins. Enquanto caminhamos, vejo o rosto de Mamãe Gaīa em todos os lugares para onde olho, encarando fixamente das estátuas e dos rostos atrás das cachoeiras. Sua figura ergue-se nas fontes cintilantes. Eu a vejo nos pássaros que cantam. Sinto a vida dela pulsando dentro das folhas.

— Essa é a minha parte favorita da ilha. — Mae'e fecha os olhos e inspira. Sigo seu exemplo, absorvendo o doce perfume. — É possível sentir o espírito dela em todos os lugares. Você consegue ouvi-la no ar.

— Ela está em tudo? — questiono.

Mae'e faz que sim com a cabeça.

— Ela é a Raiz-Mãe. Toda a Nova Gaīa deriva dela.

Mae'e vai até uma escultura de Mamãe Gaīa esculpida em vidro preto. Seus ombros recaem com o deslumbre. Observo tudo o que nos rodeia: os jardins suspensos, os templos, a cidade dos cipós. Mal consigo acreditar que toda a Nova Gaīa cresceu a partir de um único ser.

— Neste momento, Yéva mantém nossa ligação com a fonte da nossa civilização. Como hierofanta sagrada, Yéva vem conectando meu povo à Raiz-Mãe por quase duzentos anos.

— *Duzentos* anos? — Fico maravilhada, e Mae'e sorri.

— Como descendente direta de Mamãe Gaīa, Yéva cresce como as árvores. Mas o tempo dela está chegando ao fim. Em breve, seus deveres sagrados recairão sobre mim.

Pela primeira vez na noite, a serenidade abandona os olhos de Mae'e. Por um momento, entendo o que ela deve significar para seu povo, o ser sagrado que rei Baldyr ameaça capturar. É claro que o povo temia a nossa chegada.

O que será de Nova Gaīa se Baldyr aprisionar seu coração?

— Meu povo espera que eu os ajude com isso. É meu dever mantê-los em segurança. Quando vocês chegaram, tive tanta certeza de que nós venceríamos. Mas a montanha começou a tremer. — Mae'e se vira para mim, e os olhos dela invadem minha alma. — Nas últimas noites, eu tive sonhos — sussurra. — Eu vi a Lua de Sangue.

Os cipós deslizam para perto de nós enquanto Mae'e se recosta. Eles a envolvem, quase como se tomassem a futura hierofanta nos braços. O perfume de lavanda vaza do jardim em ondas, e Mae'e se tranquiliza ao inalar o aroma doce.

— Me diga. — Sua leveza desaparece. — Devemos temê-los?

— Deviam estar apavorados.

Fico surpresa com minha própria sinceridade.

No entanto, algumas semanas passadas na segurança de suas montanhas não apagam tudo o que tivemos de enfrentar. Nem todos os maji que não conseguiram escapar das correntes dos Caveiras.

— Ele caçou minha amiga pela terra inteira. Ele nem sequer se importou com quantos de nosso povo ele machucaria. E com o que Yéva disse…

— Minha voz diminui até desaparecer. — Não sei como é possível detê-lo.

Mae'e volta a ficar de joelhos. Continua a rezar diante de Mamãe Gaïa.

— Pelo que você reza? — perguntou em um sussurro.

— Peço proteção — responde ela, baixinho.

Embora a ação seja estranha, eu me junto a ela no chão, pensando em todos aqueles que amo, e inclino a cabeça, rezando por eles.

CAPÍTULO QUARENTA

INAN

Esperando na floresta nos arredores de Lagos, preparo-me para o que está por vir.

Uma brisa calma sopra entre as árvores de ébano.

A lua crescente brilha sobre a nossa clareira.

Os maji reúnem-se em um círculo atrás de mim. Embora tenhamos concordado em depor as armas por uma noite, minhas mãos começam a suar. Sinto nos meus ossos.

Todos ainda estão com a guarda alta.

Vai dar certo. Eu fortaleço meu pensamento. *Precisa dar certo.* Eu me preparo para as palavras que precisarei compartilhar, o aviso fatal que o povo de Orïsha precisa ouvir.

A cada dia que passa, sinto o ataque iminente dos Caveiras, imagino seus navios poderosos atravessando as águas revoltas, suas formas monstruosas invadindo os portos de Lagos. Seus machados brilhantes destroçando cada orïshano em seu caminho.

Precisamos começar a preparar as nossas defesas, combinar as nossas forças para reunir informações. Não há mais tempo a perder. Ou nos unificamos e trabalhamos juntos ou deixamos que os Caveiras assumam.

Parece que estamos esperando faz horas. Fico preocupado se nenhum outro orïshano aparecerá, mas aí uma tocha bruxuleante desponta entre as árvores escuras. Devagar, as pessoas vão chegando.

Agarro-me à máscara do Caveira enquanto o rastro de tochas segue pela clareira. As chamas iluminam o que resta da guarda orïshana, os mesmos homens que eu costumava comandar marcham em fileiras intermitentes, olhando para mim com um ódio que queima como um ferro em brasa.

Suas forças diminuíram nas últimas luas. Seus ombros curvam-se com o peso das batalhas que travaram. Os soldados exibem talas de madeira e bandagens manchadas de sangue. As cinzas cobrem os selos orïshanos em seus peitorais.

Do outro lado da clareira, chegam os primeiros tîtán, com suas armaduras douradas e listras brancas cintilando embaixo da lua crescente. Embora seu número seja pequeno, movem-se com uma confiança diferente. Minha mãe chega à frente dos tîtán com a ajuda de seu cajado, majestosa mesmo na ausência de sua coroa.

A presença dos tîtán é como um barril de pólvora. Vejo como seria fácil acender a centelha. Com um estalar de dedos de minha mãe, poderiam atacar. Atrás de mim, os maji dão um passo adiante, prontos para avançar.

Apesar do risco, assumo meu lugar no centro da clareira. Olho para o céu e rezo para que as palavras certas saiam dos meus lábios. Preciso agir antes que o armistício se transforme em uma batalha que ninguém conseguirá vencer.

— Da última vez que estive diante de uma multidão como esta, renunciei à minha coroa — declaro. — Falhei como seu rei. Falhei porque não consegui criar em Orïsha a frente unificada que sempre foi necessária. Mas agora… — Olho para a máscara do Caveira, lembrando-me do que está em jogo. — Agora não temos escolha. Ou nos unimos ou perdemos tudo.

Levanto a máscara bem alto, andando pelo círculo para que todos possam ver. Uma soldado estende a mão para a máscara, e eu a entrego para ela. Suas sobrancelhas se franzem quando ela toca os ossos quebrados.

— Um inimigo está chegando. — Aponto para a máscara. — Um inimigo já está aqui. Permitimos que a nossa outrora grande nação fosse destruída pela guerra. Enquanto lutamos entre nós, eles invadiram nossas terras, em busca do poder contido dentro de um maji.

— Por que devemos nos importar com o que acontece com os maji?

Minha mãe expressa a questão que deve estar na mente de todo tîtán e soldado. Atrás de mim, as mãos de uma queimadora acendem uma chama. Ergo a mão para impedi-la, implorando com os olhos.

— Eles não vão parar nos maji. — Eu me volto para os tîtán. — Eles pretendem reger todos nós. Nossa melhor chance de detê-los é nos unirmos. Neste momento, precisamos uns dos outros.

— Podemos detê-los sozinhos — grita outro tîtán. — Podemos reunir os maji nós mesmos!

— Você nos ameaça depois de tudo o que sofremos? — Nâo avança.

— Antes vocês que nós! — responde um soldado com um grito.

A frágil paz estilhaça-se como vidro. O armistício começa a se desfazer diante dos meus olhos. De repente, todos se movimentam para atacar. Os maji avançam pela esquerda, os tîtán pela direita.

— Ìpè inú igbó, ẹ yí mi ká báyìí...

Hienárias invocadas por domadores nos cercam por todos os lados.

— Babalúayé, a ké pè ọ́ báyìí...

Nuvens de gás laranja giram nas mãos dos cânceres.

Um trio de maji vestidos de roxo se põe à frente.

À medida que cantam, os reanimados se levantam.

— Ataquem! — grita minha mãe.

O chão treme quando ela invoca seu poder. A luz verde envolve seu corpo como uma chama.

A guarda orïshana pega em armas quando todos avançam para o centro da clareira.

— Parem!

Uma força surge dentro de mim, uma onda prestes a subir. Se uma gota de sangue sequer se derramar, estará tudo acabado. Se isso acontecer, os Caveiras já podem declarar vitória sobre essas terras.

— Eu disse parem! — ribomba a minha voz.

Fecho os olhos e estendo as mãos. A magia jorra de mim como um rio. Nuvens turquesa inundam a terra, pegando todos os orïshanos como moscas em uma teia de aranha...

Tambores batem no ar, um estrondo se espalha embaixo dos nossos pés. De repente, viramos para a direita. Algo sacode as árvores restantes.

— O que é isso? — grita minha mãe.

Sou tomado pelo terror.

Minhas mãos caem na lateral do corpo quando um bando selvagem de Caveiras se aproxima.

— Corram! — grito.

Dezenas de Caveiras preenchem a clareira de uma só vez, com cicatrizes nítidas em seus peitos inchados. As máscaras de bronze brilham ao luar, e as formas colossais atravessam com violência o terreno.

Os homens rugem quando avançam com as armas vermelhas, preparadas e prontas para atacar. Um Caveira golpeia com seu machado brilhante, derrubando uma tropa inteira de soldados de uma só vez. Outro Caveira levanta seu martelo. Os maji que atacam são destroçados em um instante.

— *Òrìṣà iná, fún mi ní iná.*

Kenyon avança, correntes de fogo girando em suas mãos. Suas chamas disparam em direção a um Caveira, como uma bala de canhão, que grita enquanto sua pele arde e ele é queimado vivo.

Mas antes que possa golpear de novo, outro Caveira avança, e os olhos de Kenyon se arregalam quando ele recebe a martelada no peito. Aquela força quebra todos os ossos, seu corpo voa contra uma árvore, e ele bate nela com tanta intensidade que o tronco explode.

— Inan! — ruge minha mãe.

Eu viro a cabeça para a esquerda. O chão treme quando minha mãe abre grutas na terra. Ela tenta enterrar os Caveiras que avançam, mas, com a força que têm, eles saltam sobre os buracos abertos. Um Caveira a agarra pelo pescoço e, com um estalo, minha mãe cai no chão.

Seus olhos permanecem abertos quando ela se junta aos mortos.

Observo quando os Caveiras trazem o inferno para a terra, assolando todas as almas na clareira. Os soldados que tentam lutar têm suas lâminas partidas ao meio. Os maji que tentam fugir não conseguem escapar dos Caveiras transformados.

Corpo após corpo cai no chão, encharcando a terra de sangue. Apenas quando os Caveiras dão o seu grito de vitória é que fecho os olhos, lembrando-me das nuvens turquesa.

— Pelos céus! — ofega minha mãe, voltando à vida com a magia da minha mente.

Sua confusão combina com a do restante da clareira quando as nuvens azul-turquesa retornam para mim, trazendo todos de volta ao momento anterior ao ataque dos Caveiras.

De repente, o bando dos Caveiras desaparece. Minhas projeções desaparecem no ar. Quando minha magia se esvai, mal consigo ficar de pé. As veias saltam contra a minha pele, o suor encharca minha túnica.

— É contra isso que vocês vão lutar — arfo. — Esse é o inimigo que vocês enfrentarão. Os Caveiras são uma força implacável e unificada que serve ao seu rei com um propósito. Por esse rei, eles caçaram nosso povo sem remorso.

Ao ver a face inteira do inimigo, sinto a oportunidade no ar. Minhas palavras assumem uma nova força.

A chance de uma verdadeira unificação está aqui.

— Este não é o momento de ficarmos divididos. — Caminho ao redor, fitando os olhos de cada combatente. — Não podemos olhar um para o outro e ver maji, soldados e tîtán. Temos que ser orïshanos agora, unidos como um só. Vocês estão comigo?

Nâo é a primeira a dar um passo à frente. Olho para ela, e trocamos um aceno de cabeça. Uma fila de maji segue atrás dela, e os soldados avançam em seguida. Mas os tîtán não se movem.

Todos olham para minha mãe.

Um pesado silêncio paira no ar enquanto esperamos para ver que caminho ela seguirá.

Apesar do que está por vir, minha mãe não tem motivos para lutar ao meu lado. Mas mesmo ela dá um passo à frente, enfileirando os tîtán.

Observo nossa nova coalizão, sorrindo ao perceber que novos planos preenchem minha mente. Não há tempo a perder.

— Ao trabalho — grito eu.

CAPÍTULO QUARENTA E UM

ZÉLIE

— Yéva nos disse para encontrá-la no topo da montanha — grita Mae'e para mim do alto da plataforma.

Nós duas continuamos nossa subida em espiral até a rocha preta do Monte Gaīa, percorrendo uma trilha bastante utilizada. Um emaranhado de cipós se estende desde o sopé da montanha. Eu me agarro a eles sempre que a montanha começa a tremer. A cidade de Nova Gaīa cintila quilômetros abaixo, com suas águas brancas brilhando embaixo do sol escaldante.

Já se passou meia-lua desde a nossa chegada, mas multidões ainda protestam em frente ao palácio do imperador Jörah, pedindo que sejamos expulsos. O medo da profecia de Yéva paira sobre as nossas cabeças como uma nuvem.

Cada vez que reencontro meu irmão, novas cicatrizes e hematomas cobrem sua pele. Tzain não me diz contra quem luta dia após dia, mas vejo a maneira como ele encara Köa e o restante de seus homens. Mae'e insiste que seu povo mudará de ideia, mas, quanto mais ficarmos, mais o ódio deles aumentará.

A meu pedido, Mae'e enviou emissários a Orïsha para trazer informações sobre Inan. Todos os dias espero por notícias. Não sei se ele foi capaz de unificar uma força de combate, nem mesmo se ele e os outros conseguiram voltar ao porto de Lagos.

Fora destas terras, o rei Baldyr ainda está caçando meu coração. E não sei quando a Lua de Sangue surgirá. Olho para a lua crescente prateada que pende no céu, e a caveira dourada de Baldyr preenche minha mente.

Nos veremos outra vez. Sua promessa retorna para mim, fazendo meu estômago embrulhar. As veias do medalhão se espalharam por meu peito, enterrando-se nas costelas e alcançando a base do pescoço.

Escapei dos Caveiras. Encontrei a garota. No entanto, não me sinto mais perto da derrota deles ou da volta para casa. Estou cada vez com menos tempo.

Preciso encontrar uma maneira de mudar o destino da nossa guerra.

— Precisamos nos apressar — grita Mae'e quando chego a uma abertura na pedra. — Yéva está ficando cada vez mais cansada. Não ficará disposta por muito tempo. — Ela abre a palma da mão, e os cipós ao redor da montanha ganham vida, formando uma escada.

— Você consegue saber daqui? — pergunto enquanto subo.

— Eu vejo muitas coisas. — Mae'e aponta para seus olhos brilhantes. — Mas Yéva sente tudo. Sua conexão com a Raiz-Mãe permite que ela sinta a ilha inteira de uma só vez. Foi ela quem alertou o imperador Jörah e os Lâminas quando seu barco atracou nas nossas praias.

Paro e me lembro do arrepio que passou pela sola dos meus pés quando pisei na areia preta. As trança-cipós apareceram em um instante. Yéva deve tê-las enviado para lá.

Mais perguntas surgem à medida que nos aproximamos do topo da montanha. Minha pulsação começa a disparar. Não a vejo desde aquele dia, no círculo do centro da cidade.

O que ela quer comigo agora?

Mae'e me puxa para a última saliência, e meus pés ficam aquecidos ao atravessar a pedra preta. Yéva está no centro da cratera vulcânica, olhando diretamente para o sol ofuscante.

A própria montanha parece se tranquilizar embaixo dela. Os rostos com véus que se estendem por sua capa esmeralda sussurram enquanto se movem ao vento. Um círculo de cipós desliza a seus pés.

Na presença dela, tenho dificuldade de falar.

— O que eu faço? — sussurro para Mae'e.

Yéva não vira as costas para o sol. Nem sequer faz menção de que percebeu nossa chegada.

— Não faça nada — arfa Mae'e. — Só precisa esperar.

Mae'e me deixa na cratera, voltando para a beirada da montanha. Sigo suas instruções enquanto o sol forma um arco acima de nós, ignorando o esforço das minhas pernas.

Enquanto isso, Yéva não se mexe. O ar dança através de seus cabelos prateados. Meus ombros começam a relaxar quando ouço o barulho de cipós rastejantes se aproximando. Olho para baixo quando os cipós formam um círculo ao meu redor, conectando-me ao círculo em que Yéva está.

Em um piscar de olhos, o peso do ar muda. Apesar de permanecer imóvel, sinto o leve toque da ponta dos dedos de Yéva. Meu esqueleto vira chumbo. O medalhão pulsa através da minha pele.

— *O que você sentiu quando ele escolheu você?*

Murmura a montanha. A voz ancestral me atrai como as marés. Antes que eu perceba, estou em pé, ao lado dela. A força atrativa de sua aura me envolve, estrangulando-me como os cipós.

— *O que você sentiu quando ele escolheu você?*

Sua pergunta não proferida ressoa pelo chão mais uma vez. Ela me força a ficar de joelhos. Olho para o medalhão em meu peito.

— Isso me escolheu? — pergunto em um sussurro.

— *O metal deles tem vida.* — Yéva mantém os olhos no sol. — *Tem um espírito. Uma alma. Alimenta-se do seu ser. Está se alimentando de você agora.*

Yéva agita as mãos, e o medalhão ancestral esquenta. Novas veias brotam do metal dourado, espalhando-se pela minha pele escura como as raízes de uma árvore. Coço como se pudesse arrancar o medalhão do peito, mas as veias continuam a se alastrar.

— *O metal-de-sangue deles prepara você para a colheita. Suas raízes crescerão até dominar sua alma. Você será a maior arma dele. Com o poder das tempestades, ele acabará com civilizações.*

De repente, vejo meu reino em chamas. Dos vastos campos de grãos de Minna às cabanas de pedra de Ibadan. Nossos templos. Nosso povo. Nossa língua.

Tudo o que conheci desaparece em meio às chamas.

Não há maji. Nem tîtán. Nem nobres, tampouco kosidán. Minha pátria fica estéril, destruída pelo poder que tenho dentro de mim.

— Como posso impedir isso? — arfo com toda a dor. — Me diga como impedir isso!

Fico ofegante com a visão. Fecho os olhos, tentando afastar as imagens.

— *Você precisa lutar.* —Yéva finalmente olha para mim. O mundo permanece no centro do seu olhar. — *Você deve pegar o poder que ele busca colher de sua alma e usá-lo você mesma. Erga-se!*

Yéva me rodeia, afiada como um falcão-de-peito-vermelho. Prendo a respiração enquanto ela caminha. Seu passo largo podia arrancar sangue.

— *Diga-me o que você ouve.*

Meu corpo começa a tremer. O trovão ressoa na minha cabeça.

— *Diga-me o que você ouve!*

A montanha estremece com a voz de Yéva.

— Um trovão! — grito como resposta.

Yéva estende as mãos. De repente, a montanha desaparece. Tudo escurece em um instante. É como se ela bloqueasse o sol por completo.

— *Agora, respire.*

Yéva encaixa e pressiona dois dedos abaixo do meu diafragma, e o medalhão acende no meu peito. Uma onda como um raio pulsa através da minha pele. Olho para minhas mãos vibrantes, suspensas em uma névoa preta.

— *Sinta.* — A voz de Yéva vibra através da minha alma. — *Puxe lá de dentro.*

Meus ossos tremem com o poder que o rei Baldyr caça. A tempestade que ele despertou no meu sangue.

— *Quando você enfrentar o rei deles, deve liberar aquela onda. Esse poder é nossa única esperança.*

Yéva bate palmas, e eu pisco. Em um instante, saio do transe. O sol reaparece com um brilho ofuscante. O céu azul me encara lá de cima.

Eu me vejo de joelhos no centro da cratera, agarrada ao chão. As veias douradas ao redor do medalhão vibram em meu peito, ainda pulsando com o poder do comando.

Yéva está com Mae'e na beirada da montanha. Embora estivesse feroz momentos antes, agora tem que se apoiar em Mae'e para ficar em pé. Aos poucos, percebo que ninguém mais sabe o que ela compartilhou.

O peso do que está por vir fica apenas comigo.

Levanto minha mão e forço — nenhum poder surge. Como vou derrotar o rei deles se não consigo invocar o raio dourado sozinha?

— Por favor. — Me levanto enquanto Yéva se vira para sair. — Mostre-me como lutar.

Apesar da exaustão, Yéva estende as mãos. Eu me preparo, permitindo que ela me leve de volta à escuridão.

CAPÍTULO QUARENTA E DOIS

INAN

Nas semanas seguintes ao cessar-fogo, Orïsha se transforma diante dos meus olhos. A notícia da chegada iminente dos Caveiras se espalha por todos os territórios. Orïshanos vêm de todo o reino, trazendo seus talentos para a frente de batalha.

Com os poderes dos maji e dos tîtán combinados, fortificamos Lagos por todos os flancos. Os domadores invocam animais selvagens para criar uma legião de montarias treinadas. Um grande cercado é erguido para abrigar as intermináveis hordas de elegantes guepardanários, corpulentos pantenários e raros elefantários de presas pretas. A anciã que eles chamam de Na'imah mostra aos tîtán como aumentar as feras, criando montarias grandes o suficiente para atacar uma legião inteira de Caveiras.

No porto, Nâo lidera os mareadores, afastando as águas para que outros possam erguer defesas. Kâmarū e os terrais moldam a areia em pontas endurecidas grandes o suficiente para rasgar o fundo do navio Caveira que se aproximar. Atrás deles, um esquadrão de soldados trabalha de forma diligente para estabelecer um caminho de bombas flutuantes.

Na costa, os soldados criam canhões especiais para os queimadores dispararem ataques de longo alcance. Com a pólvora coletada, os queimadores geram explosões letais. O próprio ar queima com o poder de suas chamas.

Fora de Lagos, minha mãe trabalha com sua tropa de tîtán. Eu observo enquanto eles levantam a terra. Trabalhando dia após dia, criaram uma nova cordilheira, cercando a cidade. Uma única passagem permite que os combatentes cheguem à frente, ao mesmo tempo que abre um caminho para os aldeões mais vulneráveis saírem.

— E se os Caveiras conseguirem ultrapassar nossas defesas? — questiono.

Minha mãe afasta todos do caminho, as mãos brilhando com a luz verde. Com um aperto de seu punho cerrado, a terra treme. As rochas se erguem, fechando a passagem.

— Se for preciso, podemos derrubar a montanha. Eles não conseguirão fugir.

Coloco uma das mãos em seu ombro, e ela ainda se irrita com meu toque. Mas, depois de um momento, acaba por agarrar minha mão, permitindo que os dedos descansem sobre os meus.

— Você se saiu bem. Devia estar orgulhoso.

— Não sou eu. — Faço que não com a cabeça. — Somos todos nós.

Depois de lutar tanto tempo por uma Orïsha unificada, mal posso acreditar que chegamos tão longe. Sem a guerra, vejo os sonhos que eu tinha para o meu povo se tornarem realidade. Todas as esperanças que pensei terem morrido.

Com nossa nova parceria, temos algo que pode durar mais que o ataque dos Caveiras. O início de uma nova nação, onde as pessoas são verdadeiras aliadas umas das outras. Mas para virarmos essa Orïsha, primeiro precisamos sobreviver.

Se os Caveiras atracarem em nossas praias, terão que ser destruídos.

Por instinto, estendo a mão para o pergaminho desgastado no bolso de trás, trazendo-o à luz. Quando os emissários de Nova Gaïa chegaram ao porto de Lagos com um navio trançado com cipós, eu não sabia o que esperar. Por um momento, pensei que estávamos sob ataque.

Em vez disso, as belezas de pele avermelhada surgiram vestidas com trajes de seda laranja, procurando-me com este pergaminho na mão. Imediatamente reconheci a escrita de Amari. Eu me debrucei sobre suas palavras, que detalhavam tudo o que os outros haviam descoberto.

Ao terminar minha ronda por Lagos, olho novamente para as palavras da profecia de Yéva.

> *Uma filha das tempestades da Grande Mãe...*
> *Uma filha da forja da Grande Mãe...*
> *Um pai criado do sangue...*
> *Antes da Lua de Sangue, todos os três se unirão.*
> *Na Pedra Velha os corpos serão sacrificados.*
> *Ele sentirá de novo o toque da Grande Mãe.*
> *Os céus se abrirão mais uma vez,*
> *E um novo deus nascerá.*

Olho para trás e vejo todas as defesas que levantamos. Com tudo à nossa disposição agora, sei que podemos enfrentar bem essa luta. No entanto, ainda não sei se será suficiente.

Se Baldyr conseguir o que procura, até onde irá seu poder?

— Sobre o que está pensando?

Minha mãe me examina com os olhos âmbar que partilhamos.

— Lagos está protegida. — Olho novamente para a cidade. — Com esse estreito montanhoso, Orïsha tem uma chance.

— Então, e depois?

Enrolo o pergaminho, andando na direção dos portos de Lagos.

— É hora de partir para o ataque.

Quando a noite cai, Nâo, Dakarai e eu já estamos bem longe no mar. Desde que unimos forças, não houve um dia em que a mareadora não me implorasse para sair e ir atrás dos Caveiras.

As semanas em casa fizeram com que Nâo ficasse em forma de novo. Os músculos esbeltos que carregava antes da captura dos Caveiras retornaram. Embora sua magia já fosse forte, ela exerce seus dons com uma nova fúria.

Uma nova camada de suor brilha sobre suas tatuagens quando ela comanda as águas ao redor de nosso navio, iluminadas com um brilho verde-azulado. Criada por um soldador para nos dar velocidade, a embarcação fina nos permite navegar pelo oceano como um deslizar. Com a tripulação reduzida, praticamente voamos.

Dakarai está sentado à frente do barco, usando um mapa desenhado para traçar nosso caminho. De acordo com sua visão, o navio dos Caveiras atracou em uma ilha a poucos dias de navegação de onde aquele em que estávamos naufragou. No momento, é nossa única pista de onde os Caveiras estão.

Se pudermos derrotá-los antes da Lua de Sangue...

Embora não saiba quando a Lua de Sangue vai se erguer, minha mente dispara, pensando no que poderemos encontrar. Desde o primeiro momento em que enfrentamos os Caveiras, eles estavam em vantagem. Quem sabe quanto tempo trabalharam com os mercenários, procurando Zélie e invadindo nossas terras.

Com informações, temos uma abertura. Com o conhecimento certo, podemos levar a luta até eles. Orïsha terá uma chance de prosperar.

Zélie terá uma chance de viver.

Minhas mãos se fecham com força contra a murada do barco enquanto o pensamento em Zélie me domina, lembrando-me do peso insuportável do terror que ela carregava dentro de si. Penso na minha promessa de mantê-la segura, na oportunidade que tenho agora de expiar meus erros.

Tenho que encontrar uma maneira de ser digno dela. De Zélie e da coroa que uma vez tive. Tenho que ser melhor.

Tenho que ser o rei que não pude ser antes.

— Chegamos.

As palavras de Dakarai me tiraram do devaneio. Nâo abaixa as mãos com um aceno rápido, e a luz verde-azulada que a cerca desaparece. Nossa embarcação para imediatamente. Agarro o mastro de ferro para não despencar para fora do barco. Os emissários de Nova Gaïa param ao nosso lado, ansiosos para ver os Caveiras com seus próprios olhos.

Um arquipélago fica poucos quilômetros à frente, repleto de cavernas e vegetação densa. Três navios Caveira estão na baía em forma de lua crescente. A visão faz meu estômago revirar, sinto espasmos de dor fantasma na mão que eles quebraram. Eu escondo meu punho trêmulo.

Longas rampas estendem-se de cada embarcação, criando caminhos para as costas rochosas da ilha. Os Caveiras movem-se livremente para cima e para baixo nas pranchas de madeira. As águas pretas batem sob seus pés enquanto descarregam uma longa fila de barris e caixotes.

— Consegue nos levar para mais perto? — pergunto em um sussurro.

Uma luz verde-azulada mais suave envolve as mãos de Nâo enquanto ela nos guia em direção à costa. Ficamos longe o suficiente para evitar sermos avistados, navegando pelas fronteiras da ilha.

Diferentes fogueiras alinham-se na costa. Caveiras reúnem-se em torno das chamas dançantes. Eles brindam uns aos outros com garrafas de vidro, o hidromel fluindo como água. Outros Caveiras ficam desmaiados em tendas comuns, de bruços na areia.

— O que vamos fazer? — pergunta Nâo, me olhando.

Observo a ilha, buscando um plano. Um dos navios dos Caveiras se prepara para partir do porto comercial. Suas velas vermelhas ondulam, ostentando os selos ornamentados que marcam as Tribos de Baldeírik.

— Você consegue me mostrar quais navios passarão pela baía? — pergunto a Dakarai.

O mais velho dos videntes abre as palmas das mãos.

— *Ọ́rúnmìlà bá mi sọ̀rọ̀. Ọ́rúnmìlà bá mi sọ̀rọ̀...*

Quando Dakarai canta, uma luz prateada envolve suas mãos. Ela gira em uma espiral vibrante até que o porto comercial diante de nós aparece entre as palmas das mãos.

Observamos quando o tempo acelera através da magia de Dakarai. O sol nasce e se põe no céu. Diferentes navios entram e saem dos portos comerciais, revelando os padrões de navegação dos Caveiras.

A lua cheia desaparece na escuridão. Incontáveis baús e contêineres se movem dos navios para as areias. Preocupo-me em não encontrar o que estou buscando quando o vir: um navio mais poderoso que todos os outros.

Encontrei você.

Eu me curvo, chegando o mais perto que posso da magia de Dakarai. Com o triplo do tamanho de qualquer um dos outros navios dos Caveiras, o navio do rei Baldyr se move como uma fortaleza no mar. Suas velas douradas tremulam ao vento. Inúmeros escudos coloridos decoram as laterais do navio, brilhando sobre as ondas que quebram como escamas.

— O que significa isso? — pergunta Nâo.

Observo o céu noturno onde a lua cheia paira acima de nós.

— Sabemos quando o rei Baldyr chegará — respondo. — Significa que temos uma chance de aniquilá-lo.

— Mas estamos prontos? — indaga Dakarai. Olho para trás, para os emissários de Nova Gaïa; um deles está esboçando uma imagem da ilha e dos Caveiras.

— Não estamos — respondo. — Mas eles estão.

CAPÍTULO QUARENTA E TRÊS

AMARI

— Tem certeza disso?

Mae'e ignora minha pergunta enquanto me veste com o kaftan da mesma cor pálida de uma hera que suas Criadas Verdes usam. Ela coloca um véu de contas sobre meu rosto, escondendo-me de todos.

— Você precisa ver — insiste ela. — E não há melhor momento que este. As Criadas acabaram de cuidar de suas raízes. Confie em mim, vai funcionar.

Sigo logo atrás quando Mae'e nos conduz para fora de seus templos, passando embaixo dos intermináveis arcos. Quando chegamos ao sopé, um trovão ressoa acima. Olho para as nuvens escuras.

Zélie e Yéva continuam treinando, lutam apesar do tremor da montanha. Embora residamos nos templos de Mae'e, não a vejo há semanas.

Nem sei se ela dorme.

Parece uma tolice me esgueirar até lá com o perigo que me espera, mas não tenho coragem de tirar o sorriso de Mae'e. Com o passar das semanas, sinto o peso da luta que se aproxima. Pende sobre seus ombros, pesado como a noite.

Embora o imperador Jörah tenha ordenado que Zélie e eu permanecêssemos nos templos, ninguém me impede quando subimos a bordo de uma vitória-régia flutuante. Mae'e faz pressão com a mão na parte inferior da planta, e a água borbulha por baixo. A fumaça sobe no ar quando partimos do sopé da montanha.

Meu coração acelera ao voltarmos ao centro da cidade de Nova Gaĩa. A civilização cintila à luz da manhã. Quando nos juntamos à rede central de canais, os aldeões se curvam quando Mae'e passa flutuando.

— Eu falei para você — sussurra Mae'e. — Tudo o que precisa fazer é ficar quieta.

Junto as mãos e endireito a coluna do jeito que vi as Criadas Verdes fazerem antes. Seguimos pelos cipós flutuantes, rumo ao anel interno. Música animada preenche o ar ao passarmos pelo final do mercado. Observo um quarteto tocando agogôs e bumbos duplos. As pessoas batem palmas no ritmo, juntando-se à música.

Os aromas de canela e pimenta-do-reino me envolvem. Passamos por barracas de comida cheias de mangas maduras e mamões frescos. Jarros de açaí ficam ao lado dos cajus. Fico com água na boca com os pratos de arroz e feijão preto.

Passando pelo mercado, mulheres andam com cestos cheios de flores silvestres. Observo quando as jogam em uma pilha vibrante. Os perfumistas sentam-se em círculos enquanto trabalham, macerando pétalas individuais em seus frascos pintados de cores vivas.

O palácio imperial ergue-se atrás de nós quando passamos navegando pelo mercado, chegando aos templos e aos movimentados banhos públicos. Não quero que a viagem acabe.

Então, chegamos à Raiz-Mãe.

— Pelos céus... — suspiro.

Nossa vitória-régia para diante de uma árvore diferente de todas que já vi. Raízes grossas e com vários metros de largura passam umas sobre as outras, às centenas. Formam o corpo de uma mulher com os braços bem abertos e a cabeça voltada para o céu.

As raízes criam uma vasta cúpula ao seu redor. À medida que sigo o caminho delas, a conexão fica clara — cada cipó da cidade se origina daqui.

Velas espalham-se por todo o espaço sagrado. Os novos-gaīanos deixam guirlandas trançadas aos pés da Raiz-Mãe. Na presença de Mae'e, seu povo limpa a área, permitindo que a futura hierofanta comungue com a Raiz-Mãe em particular.

Olho para a escultura trançada, pensando em tudo o que Mae'e compartilhou. Mae'e está diante da mulher de cipós. Velas tremeluzem contra sua pele morena enquanto ela fita os olhos da Raiz-Mãe.

— Ela nasceu da montanha — fala Mae'e baixinho. — A única vez em que entrou em erupção. Filha da terra, ela se libertou da lava. Rocha derretida escorria de sua forma enegrecida. Mas ela nasceu com a Visão. — Mae'e olha para mim, e suas íris de diamante brilham. — Ela conseguiu ver como seria a nossa civilização. Sabia que cabia a ela concretizar isso.

— Como ela fez isso? — questiono.

Mae'e afasta-se da escultura e pega um punhado de terra. Ela respira fundo e depois expira. A luz verde brilha por trás de suas pálpebras trêmulas à medida que mais luz preenche o espaço entre o solo.

Devagar, um novo botão de flor emerge, desenrolando-se até se tornar um cipó completo. Ela balança para a frente e para trás. Sorrio quando toca no meu ombro.

— É chamada de "sopro de vida" — explica Mae'e. — Mamãe Gaīa cultivou cada cipó com amor. Transformou campos de lava em solo fértil. Esculpiu os próprios ossos, atribuindo a eles a vida necessária para desenvolver nossos primeiros guerreiros.

— Os Lâminas? — pergunto, e Mae'e assente com a cabeça.

— Toda a nossa civilização. Tudo começou com ela.

Mae'e remove um colar com uma esmeralda brilhante no centro. Usa o novo cipó para prendê-la no pescoço da Raiz-Mãe. Dou-lhe espaço quando ela fica de joelhos, os lábios movimentando-se rapidamente em oração silenciosa.

— E a sua magia? — pergunta Mae'e quando termina.

Mas eu fico paralisada à menção da minha magia. Os erros do passado surgem diante dos meus olhos, estrangulando-me como um dos cipós de Nova Gaīa.

Vejo o momento em que destruí Ramaya para me tornar a mais velha dos conectores; a maneira como usei minha magia para paralisar Tzain quando ele tentou salvar a própria irmã do ataque que ordenei a Ibadan. Ainda há tanta coisa que preciso compensar.

Não sei como reparar todos os meus erros.

— Falei algo de errado? — questiona Mae'e.

— Não. — Nego com a cabeça. — Só que… minha magia causa dor, não vem de um lugar tão bonito.

— Eu serei a juíza nesse caso. — Mae'e guia o cipó para me dar um empurrãozinho adiante.

— Mae'e.

— Você não consegue me amedrontar — insiste ela. — Por favor, eu gostaria de ver!

Começo a recuar, mas Inan me vem à mente. Lembro-me da paisagem onírica que uma vez compartilhamos, as palavras do encantamento começam a fazer cócegas em minha orelha.

— Há uma coisa que podemos tentar… — começo com cautela. — Mas nunca experimentei fazer isso com outra pessoa.

Sento-me no chão quente e estendo as duas mãos. Os lábios castanhos de Mae'e curvam-se em um sorriso. Ela abaixa o cipó e se aproxima. Os aromas de mel e cinzas envolvem meu nariz.

Minha pele estremece quando Mae'e coloca as palmas das mãos sobre as minhas. Ela se move para levantar meu véu.

— Ainda é perigoso demais! — digo, me apressando para impedi-la, mas Mae'e dá um tapa em minha mão.

— Estamos só nós duas aqui!

Meu rosto fica corado quando seus dedos roçam minhas bochechas. Ela prende o véu sobre minhas orelhas, virando-me para a Raiz-Mãe para que ninguém mais possa ver. Olho para o ser sagrado lá em cima, o próprio coração da Nova Gaĩa.

O poder irradia da Raiz-Mãe como calor. Fecho os olhos, deixando a conexão tomar conta de mim, me agarro à beleza de sua magia enquanto a minha se liberta.

Um poder que não invocava há luas se agita dentro de mim, um arrepio percorre minha pele; a onda familiar me carrega de volta, lembrando-me do grande poder que eu costumava ter.

Mae'e arfa quando a nuvem azul-escura envolve nossas mãos. Ela esfria como gelo, subindo pelos nossos braços. Quando chega à cabeça, tudo desaparece. Mae'e me aperta com força quando toda a civilização de Nova Gaïa desaparece.

Olho para minhas mãos e não há cicatrizes nem nenhum sinal do sangue que derramei. Uma brisa suave sopra pela minha mecha branca. Inalo o ar com cheiro de canela, e é como se eu pudesse respirar de verdade.

Campos de flores azuis nos cercam. Eu sorrio para o mar familiar. Roço os dedos nas pétalas aveludadas, lembrando-me de quando minha magia corria livremente.

— Minha Deusa! — exclama Mae'e.

Seu olhar de diamante brilha com intensidade. As sedas coloridas foram substituídas por brancos suaves. Ela salta pelo vasto campo.

Sua risada melódica ecoa pelo ar. Mae'e corre de volta para mim, enganchando o braço no meu, e nós giramos várias vezes até cairmos no canteiro macio.

— Esse é o seu dom? — indaga Mae'e.

Suas bochechas coram quando ela estende as mãos. Nuvens espessas nos envolvem como montanhas. Deitamo-nos sobre as flores, suspensas em uma névoa. O tempo se estende além do horizonte. É como se eu ficasse dias com ela.

— Uma parte dele — explico. — Há chance de podermos fazer mais.

Mordo o lábio, lembrando-me das vezes em que Inan me contou como Zélie afetou sua paisagem onírica. Quando Zélie entrou, conseguiu construir florestas e cachoeiras. Será que Mae'e e eu poderíamos fazer o mesmo?

— Feche os olhos — oriento à futura hierofanta. — Imagine o que você mais deseja ver.

— Qualquer coisa? — questiona Mae'e, e eu concordo com a cabeça.

— Qualquer coisa mesmo.

Ela cerra os olhos e respira fundo. A brisa muda, separando as nuvens. O campo de flores azuis desaparece. Tudo fica límpido para revelar todo o céu noturno. Fico maravilhada com o arranjo de estrelas que nos rodeia emitindo sua luz. Aglomerados densos irradiam um brilho poderoso. Cometas passam muito baixo.

O olhar de diamante de Mae'e brilha quando se dá conta do impossível. Nuvens de gás roxo profundo espalham-se por toda parte. Uma galáxia espirala através da expansão profunda, atraindo tudo para sua órbita, desaparecendo em um rodopiante buraco negro.

As estrelas giram ao nosso redor, cada vez mais rápido, ganhando velocidade. Mae'e toma minha mão enquanto o céu noturno começa a escorrer.

— Ai! — arfa Mae'e.

Ela aperta minhas mãos. Ela vira-se quando nos vemos sentadas embaixo da Raiz-Mãe, exatamente onde estávamos antes de decolar.

— Isso foi incrível! — Mae'e se segura para manter a voz baixa. — Foi a coisa mais linda que já vi! Sempre sonhei em navegar com as estrelas, mas nunca imaginei que pudesse ser real!

De repente, ela solta minhas mãos. Meus olhos arregalam-se quando Mae'e agarra minhas bochechas. A maneira como olha para mim faz com que todos os pensamentos se confundam na minha cabeça.

Não sei o que pensar.

— Obrigada — sussurra ela.

Meu coração palpita dentro do peito.

— Por nada. — Engasgo com as palavras.

Mae'e começa a se inclinar para a frente...

— Mae'e!

Viramo-nos para ver as verdadeiras Criadas Verdes reunidas no cais do santuário. Mae'e levanta-se quando elas começam a falar rapidamente, o novo-gaïano avançando rápido demais para que eu possa acompanhá-las.

Quando terminam, Mae'e volta até mim. Meu coração ainda palpita forte, como um beija-flor tentando escapar da gaiola.

— O que foi? — questiono.

— É seu irmão. — As sobrancelhas de Mae'e se erguem. — Ele está aqui.

CAPÍTULO QUARENTA E QUATRO

INAN

Como cresci no palácio real, a sala de guerra do meu pai era uma constante. Ele mantinha-me ao seu lado. Percorri todos os mapas de seu escritório até memorizar a localização de cada cidade, cada fortaleza, cada porto e cada campo de grãos.

Estudei meu reino como a palma da minha mão. Houve luas em que dormi mais embaixo da mesa dele do que na minha cama. Achei que, se eu pudesse sentir a vastidão dele em meu âmago, nunca poderia fracassar.

Esse conhecimento de Orïsha era tudo de que precisava para vencer.

Em todas aquelas noites, nunca falamos do rei Baldyr e das Tribos de Baldeírik, não havia mapas da cidade oculta dos cipós. Todos aqueles anos passados em uma preparação, mas não creio que meu pai alguma vez pudesse ter imaginado tudo aquilo.

Apesar da carta de Amari, minha cabeça ainda está zonza diante da vastidão de Nova Gaïa. Fico embasbacado ali, na sala do trono do imperador Jörah. Tapeçarias trançadas nos cercam, exibindo as histórias de Mamãe Gaïa e do nascimento daquela grande nação.

O teto contém uma abóbada dourada dos imperadores do passado. Uma imponente estátua do imperador Jörah segurando o sol se ergue no fundo da sala. A luz é filtrada pelos vitrais. A fumaça do incenso preenche o ar com os doces aromas de jasmim e tangerina.

Emissários e vassalos andam ao redor do trono de vidro de obsidiana de Jörah, realçado com grossas esmeraldas e entalhes dourados de seus tigrenários negros. Os guerreiros tatuados que chamam de Lâminas estão de guarda. Fora do palácio, o poder das trança-cipós da cidade surpreende.

As marcas dos dons dos novos-gaïanos estão por toda parte. Fico maravilhado com toda a força sob seu comando. Toda a civilização está unida, já preparada para se defender dos Caveiras.

A ideia do que preciso proteger na minha terra natal me fortalece. Orïsha acabou de começar a prosperar de novo. Preciso ter o imperador Jörah do meu lado.

Preciso que ele dê à minha nação uma oportunidade de lutar.

— Inan! — Ouço a voz de Amari.

Ela corre, um borrão em meio àquela grandiosidade dourada. Ela me abraça com tanta força que quase caímos no chão.

— Eu não acredito. — Lágrimas de alegria escorrem pelo rosto da minha irmã. — Eu tinha certeza... — Ela soluça, e eu sorrio.

— Você não chorou tanto nem quando eu fui embora.

— Você não entende. — Amari balança a cabeça. Ela enxuga os olhos no kaftan e respira fundo. — Você chegou até aqui. Significa que realmente podemos ir para casa.

— Vamos para casa. — Aperto o braço dela. — Só precisamos derrubar alguns Caveiras.

Viro-me para encontrar a figura imponente de Tzain. Fico surpreso com a maneira como ele cresceu. Sempre foi grandalhão, mas seus músculos carregam uma nova definição e um novo tom. Os braços dele estão cheios de cicatrizes.

— Você voltou — diz ele.

— Como você está se saindo? — pergunto.

Seu olhar escuro percorre a sala do trono, pousando nos Lâminas.

— Nunca pensei que diria isso, mas estou feliz que você esteja aqui.

Tzain e Amari sentam-se enquanto explico tudo o que aconteceu depois que zarpamos. A rápida viagem para casa, o cessar-fogo na guerra, o fato de a nossa mãe estar viva.

— Ela está do nosso lado? — As sobrancelhas de Amari se franzem. — Mesmo depois de tudo que aconteceu?

— Todos estão unidos. — Eu concordo com a cabeça. — Ficam mais fortes a cada dia. Se os Caveiras atacarem, estaremos prontos. Mas temos uma chance de atacar primeiro...

De repente, todos se levantam, e eu me viro em direção à porta. A futura hierofanta entra na sala: a garota deslumbrante que chamam de Mae'e.

Alta e esbelta, os trajes de seda amarela vibrantes esvoaçam ao redor a cada passo que dá. Uma fileira de jovens vestidas de verde a acompanha. A roupa delas combina com a de Amari.

Mas quando Zélie chega, fico cego. Vestida com sedas esmeralda cintilantes, ela é luminescente. A visão dela faz a sala parar. As sedas cobrem sua cabeça, criando um véu suave ao redor da pele escura.

— Inan...

A maneira como ela fala meu nome faz meu coração parar de bater. Fico surpreso quando ela realmente sorri. Zélie vem em nossa direção, mas Mae'e redireciona seu caminho, apontando para o assento à direita do imperador. Quando Mae'e se senta à sua esquerda, a assembleia começa.

O imperador Jörah olha para mim pela primeira vez naquele dia inteiro. Fico tenso sob seu olhar verde pálido. Ele fala comigo na língua deles.

— O que você veio compartilhar? — traduz Mae'e.

Levanto-me da cadeira e inclino a cabeça em respeito.

— Nosso povo localizou o rei Baldyr.

A vida desaparece dos olhos de Zélie, como se um buraco se abrisse dentro dela. Seus dedos permanecem sobre o medalhão enquanto ela espera que eu continue.

— Eles ocuparam um arquipélago ao sul de suas fronteiras. Esperamos que atraquem aqui amanhã à noite.

Estendo o grande mapa pelo chão, que se desenrola para mostrar a nação insular de Nova Gaïa, as vastas terras de Orïsha e as fronteiras de Baldeírik. Aponto para o arquipélago, quase no centro das águas partilhadas das nossas nações.

— Eles o usam como porto de embarque — explico. — Um lugar dos Caveiras para o inventário completo do rei Baldyr.

O imperador Jörah permanece firme enquanto Mae'e traduz. Ele absorve cada palavra como uma esponja. Falo por quase meia hora antes que ele finalmente responda.

— O rei estará lá amanhã à noite? — Mae'e traduz sua primeira pergunta.

— Nossos videntes verificaram; o navio dele atraca depois da meia-noite.

Eu me preparo para pedir o que preciso. A verdadeira razão pela qual viajei até aqui. A velocidade de suas embarcações, a força de suas trança-cipós, o poder dos Lâminas.

— Nós dois estamos equipados para defender nossas terras. Sabemos que o rei Baldyr busca arrancar o poder de Zélie e Mae'e na Lua de Sangue. Mas agora temos uma chance de atacar antes que ele tenha uma chance de invadir.

Meu olhar vai do imperador Jörah para Zélie enquanto Mae'e traduz.

É nossa única esperança.

A única maneira de mantê-la em segurança.

— Reúna um exército, imperador Jörah — continuo. — Uma força brutal a que o rei Baldyr não conseguirá resistir. Com um exército, protegeremos todo o seu povo e os nossos territórios.

— Um exército inteiro? — Mae'e traduz as palavras do imperador. — Para eliminar apenas um rei?

— As forças do rei são excelentes. — Eu confirmo com a cabeça. — E ainda não sabemos a extensão do poder que ele está caçando, ou o poder que possui agora. Se quisermos eliminá-los de uma vez por todas, precisaremos de um exército.

Momentos passam enquanto o imperador Jörah delibera com seus soldados. Sou forçado a esperar em silêncio. Zélie permanece ao lado do imperador. Pela maneira como seu olhar se move entre cada pessoa, percebo que ela entende a língua deles.

Ao anoitecer, o imperador Jörah finalmente se levanta. Sinto um frio na barriga enquanto espero pela resposta dele.

— Tomei uma decisão — traduz Mae'e. — Mandaremos os nossos melhores para retornarmos com a cabeça do rei Baldyr.

— Espere! — Tento dar um passo à frente, mas os Lâminas me obrigam a recuar. — Uma equipe tática pequena não funcionará. Se vamos atacar, precisa ser uma batalha à qual eles não conseguirão resistir!

O imperador Jörah franze a testa. Atrás de Mae'e, Jörah faz que não com a cabeça.

— Meu povo não sobreviveu por milênios revelando nossa estratégia. Levaremos uma pequena equipe, pois ela é tudo de que precisamos.

Quando o dedo de Jörah aponta para Zélie, todo o salão fica paralisado. Os olhos prateados de Zélie se arregalam, e ela, que estava ajoelhada, se levanta.

— Por que eu? — pergunta ela.

— Não há outra forma. — Mae'e olha entre nós quatro. — Ela é a única que viu o rosto dele, a única em quem o imperador Jörah confia para identificar o rei...

— Não vão levar minha irmã.

Tzain estende a mão para pegar seu machado. Mas em um segundo, os Lâminas nos cercam.

— Não! — Zélie se joga da plataforma de tijolos. Ela entra na frente do irmão e dos maiores guerreiros do imperador Jörah.

— Eu vou. — Seus olhos vibram com a realidade do que ela acabou de dizer. — Yéva me preparou para isso. Estou pronta para enfrentá-lo de novo.

CAPÍTULO QUARENTA E CINCO

TZAIN

— Fomos de uma jaula para outra.

Caminho de um lado para o outro pela sala de espera onde nos colocaram, incapaz de ficar parado. As paredes da câmara de detenção estão repletas de esmeraldas e pérolas, lanternas douradas balançam acima de nossa cabeça.

Os cipós passam pelas janelas abertas, retorcendo-se em padrões cruzados pelo chão. Luto contra a parte de mim que quer destruir todas elas.

— Talvez funcione? — Amari olha entre mim e seu irmão. — Ele disse que darão o melhor de si...

— Precisamos de mais do que o melhor deles. — Inan se levanta da cadeira. Quase consigo ouvir as engrenagens funcionando em sua cabeça. — Se não conseguirmos que ele envie um exército, devíamos pelo menos estar lá. O imperador não sabe o que está enfrentando.

Enquanto Inan fala, não consigo parar de pensar na minha irmã, não consigo esquecer a expressão vazia no olhar dela quando a levaram embora. Havia tanta coisa que não conseguimos dizer.

Era como se estivessem levando minha irmã para o túmulo.

— Precisamos de um barco — falo alto. — Um forte o suficiente para nos levar até lá.

— Nunca nos concederão um — responde Amari.

— Então, vamos roubar um — digo.

— Os novos-gaīanos já não confiam em nós apenas pelo que somos! — retruca Amari. — Se os desobedecermos agora, poderemos perder o pouco de confiança que temos. Talvez até nos expulsem de suas terras!

— Temos uma chance. — Inan se aproxima de nós. — Uma chance de acabar com isso em nossos termos. Se não os impedirmos agora... — Sua voz desaparece, e ele olha para o céu aberto. Neste momento, a lua crescente pende no céu. Cada dia que passa nos aproxima mais da Lua de Sangue. Se ela se erguer...

Não. Faço que não com a cabeça. Não posso me permitir pensar assim.

Não me importo com o que será preciso.

Não vou deixar Zélie cair nas mãos do rei Baldyr.

— Os Lâminas têm barcos. — Penso nos arsenais quadrados que ficam atrás do quartel dos soldados. — Sempre há guardas diante dos portões, mas, com sua magia, talvez consigamos entrar.

— Você quer atacar os Lâminas? — As sobrancelhas de Amari se levantam. — Você não vai sair vivo!

— Eles estão com minha irmã! — exclamo. — O que eu posso fazer?

— Tzain, mesmo que conseguíssemos um barco, o que importa se não... — Amari se esforça para falar. — Se não...

— Se não o quê?

Pela primeira vez desde o massacre de Ibadan, realmente olho para Amari e fico impressionado com a maneira como ela se adapta. Desde que chegou a Nova Gaīa, transformou-se completamente. Com os cabelos trançados e os trajes de seda verde, se parece com uma das criadas de Mae'e.

Amari olha para o chão, e seus lábios tremem quando a verdade sai deles.

— E se não formos fortes o bastante para ajudar?

Amari expressa a questão que eu me recusava a enfrentar. O insulto que Köa lança sobre mim toda vez que me joga no chão. Eu não tenho escolha.

Se não for forte o suficiente, minha irmã caçula morre.

— A ideia de enfrentar os Caveiras... — Amari leva a mão à garganta, e eu fecho os olhos com força. Cerro os dentes com as lembranças das longas e solitárias noites antes do nosso ataque. — Senti como se estivéssemos presos naquelas jaulas para sempre — Ela expira. — Eu achava que nunca acabaria. Escapamos com vida por pouco. O que temos a acrescentar ao melhor de que dispõe o imperador Jörah?

— Não deixe esse lugar fazer você pensar que é fraca.

Amari olha para mim, e seus olhos âmbar cintilam. Apesar do quanto eu quero mantê-la sob controle, não consigo lutar contra o jeito que ela ainda faz com que eu me sinta. O amor que enterrei dentro de mim.

— Você ainda é uma combatente, Amari. Você ainda é *amiga* dela. Zélie precisa de você. — Olho para Inan. — Ela precisa de todos nós.

A garota pousa a mão no meu peito, e meus ombros relaxam com seu toque. Parece uma boa decisão estar com ela de novo. Se não por amor, pela amizade verdadeira.

— Tudo bem. — Amari inclina a cabeça, mordendo o lábio inferior com o início de uma ideia. — Esqueçam os Lâminas. Atacá-los não é o caminho.

Ela atravessa a sala dourada e põe a mão nas portas de latão. Com um forte empurrão, elas se abrem.

— Venham. — Amari puxa o véu para baixo. — Por enquanto, somos convidados. Não prisioneiros.

Apesar de nossa liberdade, cada passo que damos no palácio imperial parece como andar sobre um vidro fino. Aonde quer que vamos, os servos nos encaram. Não sei se já me senti tão como um peixe fora d'água.

— Olhe para a frente — Amari me instrui em um sussurro.

Ela mantém o queixo erguido e os ombros para trás, a confiança tramada em seu andar majestoso. Observo com admiração quando cumprimenta os criados em sua língua nativa. Até se move como os novos-gaīanos, gingando como se tivesse passado a vida inteira embaixo da segurança dos cipós da cidade. Nunca pareceu tão em paz. Começo a me perguntar se algum dia partirá.

— Por aqui.

Seguimos a antiga princesa de Orïsha através de grossos pilares de pedra, passando por piscinas cristalinas e alojamentos de empregados. Caminhamos por um campo inteiro repleto de elefantários pastando. Percorremos salões de banquetes decorados com tigelas de cerâmica com arroz e ensopado de frutos do mar.

Quando deixamos os jardins dos fundos para trás, Amari aponta para um ancoradouro nas águas do canal. Embarcações esguias tramadas com cipós estão amarradas ao cais, prontas para zarpar.

— Chamam de videiras — explica Amari. — Levam mais de meio ano para serem criadas. Os cipós são arrancados dos jardins suspensos da hierofanta. Devem voar através das águas.

— Como podemos pilotá-las? — pergunto.

— Não podemos. — Congelamos ao som da nossa língua colorida com a melodia do sotaque do novo-gaīano. — Só podem ser conduzidas pelas trança-cipós.

Mae'e aparece atrás de nós com os braços longos cruzados. Amari fica assustada. Meus músculos ficam tensos enquanto ela olha para nós três.

— Jörah poderia pedir sua cabeça — sussurra. — Ou pior! — Mae'e agarra o pulso de Amari. — Você sabe como meu povo tem medo de vocês! Vocês poderiam ter sido mortos!

— Mae'e, por favor. — Amari toma as mãos da garota. — Eu vi os Caveiras com meus olhos. Se Jörah não enviar um exército, precisaremos estar lá para proteger Zélie.

— Ajude-nos — pede Inan junto com ela. — Se não for por Zélie, então pelo seu povo. Por você mesma. Um pequeno exército não poderá parar os Caveiras. Precisamos de todos os combatentes que pudermos conseguir.

Mae'e olha para trás. Um grupo patrulheiro de trança-cipós se aproxima. Ela gira as pulseiras enquanto pensa no que fazer.

— Por favor — imploro. — Não mande minha irmã para lá sozinha.

Mae'e respira fundo. Os cipós começam a deslizar ao redor de Mae'e enquanto ela embarca.

— Rápido. — diz, olhando para as trança-cipós que se aproximam. — Subam!

CAPÍTULO QUARENTA E SEIS

ZÉLIE

A brisa marítima chicoteia minhas tranças brancas. A lua crescente brilha lá em cima. Avançamos por águas agitadas sobre as videiras dos novos-gaīanos.

Duas trança-cipós trabalham no navio "instantâneo" em que cruzamos o mar. Uma delas trança os cipós escuros para criar velas de diferentes tamanhos, enquanto outra trabalha para moldar a embarcação que pilotamos. Suas sobrancelhas se unem em concentração enquanto ela mexe com os cipós como se fossem teclas de um *balafon*. Em dado momento, o casco da videira se expande para enfrentar uma onda poderosa. No próximo, ele se estreita, fazendo com que ganhemos velocidade. Seguro o medalhão enquanto disparamos a toda velocidade pelos mares.

É isso. Eu me preparo para o que será necessário para acabar com toda essa situação. Os segredos que Yéva compartilhou comigo no topo da montanha voltam, retumbando dentro de mim como a pedra em que estávamos em pé.

Vejo a destruição de Orïsha, conto os esqueletos de todo o meu povo arrasado. O rei Baldyr estará lá hoje à noite.

Talvez seja a única chance que terei de acabar com essa guerra.

Você precisa lutar. A voz ancestral de Yéva ressoa em meus ouvidos. *Você deve pegar o poder que ele busca colher de sua alma e usá-lo você mesma.*

Olho para a proa do navio, onde Jörah está com Köa e outros cinco Lâminas. Os braços largos do imperador estão cruzados sobre o peito. Ele me prometeu que traria o seu melhor.

Cada guerreiro é construído como um boi, aguardando sem se incomodar com a missão para a qual embarcou. Eles seguem seu imperador sem hesitar. A convicção deles me faz querer acreditar que não há o que temer.

Mas as veias do medalhão vibram no meu peito. Yéva não mediu palavras. Não posso confiar nos outros.

A derrota do rei Baldyr depende de mim.

Fecho os olhos e tento evocar o som do trovão em meus ouvidos, mas somente o silêncio responde à minha invocação. Tento extrair o raio dourado que se libertou no círculo do centro da cidade, mas nada acontece.

Embora eu tenha praticado, ainda não convoquei meu poder sem o toque de Yéva. Uma onda de pânico surge no meu íntimo.

Se eu pudesse usar um encantamento...

Olho para a lua crescente. Não há nada que eu não daria para sentir minha magia novamente. Tudo isso seria muito diferente se eu tivesse o poder dos meus reanimados, a habilidade de ressuscitar os espíritos dos mortos.

Quando minha magia retornou pela primeira vez, os reanimados eram o encantamento de ceifador que eu dominava. Os espíritos dos mortos sempre responderam à minha invocação.

Agora, tenho dificuldade em usar qualquer poder.

— Zélie.

O imperador Jörah me chama pelo nome. Eu me afasto das águas para encará-lo. É estranho vê-lo fora do palácio imperial. Livre de seu manto dourado, ele é despojado de tudo, exceto das calças pretas.

Jörah me estende meu bastão. Envolvo meus dedos em torno das lâminas cruzadas. A arma me dá conforto, mas sei que não será suficiente para derrubar o rei Baldyr.

— Não se preocupe. — Jörah parece ler minha mente. — Você está aqui apenas para confirmar a identidade do rei deles. Vai ficar atrás de mim.

Arqueio a sobrancelha, porque o orïshano sai de seus lábios flutuando com uma precisão surpreendente.

— O senhor aprendeu nossa língua? — pergunto.

— Você permitiria que estrangeiros entrassem em seu reino sem entender suas palavras?

— Meu reino? — Quase rio. — Não acho que o senhor entendeu. O rapazinho que entregou os mapas... é a coisa mais próxima de um rei que nossa nação tem.

— Um rei sem coroa nem exército? — Jörah inclina a cabeça. — Eu sei o que vejo. Quem lidera é *você*.

Olho para trás, para as águas, e penso em Orïsha, lembrando-me de todas as diferentes pessoas que costumavam passear pela aldeia de Ilorin. Pela primeira vez, a luta que preciso travar não é apenas pelos maji.

Vejo os tîtán com suas mechas brancas, os kosidán de cabelos pretos, de quem sempre me ressenti. Mesmo os próprios soldados que me caçaram durante anos são as pessoas pelas quais agora preciso encontrar forças para lutar.

— Depois dessa noite, você poderá retornar vitoriosa. — Jörah insiste. — Seu povo ficará orgulhoso.

Quero acreditar em suas palavras, mas quanto mais nos aproximamos, mais atormentada me sinto.

— E se não for o suficiente? — Atrevo-me a falar dos meus medos. — E se precisássemos lançar um ataque maior?

— Aponte o rei deles. — Jörah se abaixa, permitindo-me ver o fervor em seu olhar verde-claro. — E eu lhe garanto... vou trazer para você sua caveira dourada.

◆ ·· ✴ · ◆ ● ◎ ● ◆ · ✴ ·· ◆

QUANDO FINALMENTE CHEGAMOS ao arquipélago, sinto um frio imenso na minha barriga. É como se o navio que afundamos nos mares tivesse ressuscitado dos mortos. Um novo monstro com múltiplas cabeças brotando.

Sete embarcações estão estacionadas na baía da ilhota, suas bandeiras vermelhas tremulam durante a noite. Mais Caveiras do que eu já vi passeiam pelos conveses, descarregando seus navios.

Guerreiros como aqueles que nos atormentaram caminham pelas costas rochosas, passam por fogueiras e tendas ruins. Minha pele se arrepia ao ver as máscaras de bronze.

Sendo forçada a enfrentar o inimigo novamente, vejo tudo vermelho, sinto o gosto do sangue que derramaram. A coroa de majacita arrepia minha têmpora, lembrando-me de todas as maneiras por que sofri no navio deles.

Use-o. Agarro meu bastão. As palavras de Yéva ecoam dentro de mim mais uma vez. Tento encontrar a raiva que Oya me concedeu no navio, lembro-me de cada um dos maji que não conseguiu fugir, penso em cada pessoa do meu povo lançada ao mar. Da forma como os Caveiras nos viram morrer de fome e sangrar.

Uma mão pesada pousa sobre a minha. Meus dedos estalam ao toque de Jörah.

— *Não tenha medo* — diz ele em sua língua. — *Isso vai terminar agora.*

Metade da noite passa enquanto esperamos o rei Baldyr atracar. Sem sua presença, seus homens ficam desenfreados, tratando o local como se fosse a própria ilha dos pecados. Eles jogam. Festejam. Bebem.

Os Caveiras ficam tão embriagados que mal conseguem ficar de pé. Torço uma das pontas do meu bastão. Assim que começo a me preocupar com a possibilidade de a informação de Inan estar errada, uma trombeta soa alto.

HA-UOOOOOO!

O som familiar causa um embrulho no meu estômago. A última vez que ouvi aquela trombeta, ela estava tocando para alertar os Caveiras da nossa fuga.

Eu me levanto e me junto aos homens na proa do navio. O metal em meu peito vibra.

Sinto o rei Baldyr antes de ver seu rosto em um navio com o triplo do tamanho dos outros. Centenas de escudos coloridos brilham nas laterais do barco, fazendo com que pareçam as escamas de uma montaria magnífica. As muitas velas brilham em ouro, decoradas com imagens da máscara dourada de Baldyr.

Jörah fica boquiaberto diante da fortaleza que flutua no oceano. A poderosa embarcação se move pela água como um dos machados dos Caveiras, cortando os próprios mares. Seus múltiplos andares ardem com as tochas de um exército. A escultura de um homem feito de nuvens tempestuosas serve como figura de proa do navio, esculpida em seu metal-de-sangue carmesim.

Com a chegada de seu rei, os Caveiras na praia encerram sua devassidão. Homens que estavam desmaiados na areia agora estão em posição de sentido, outros saem das tendas aos tropeções. Todos correm para vestir de novo suas máscaras.

Quando o navio de Baldyr atraca, uma ponte levadiça rangente despenca sobre a areia.

Cada Caveira se ajoelha quando o rei Baldyr aparece.

Você.

O rei Baldyr está no topo da ponte levadiça, com o peito nu e a máscara dourada erguida. Sua presença é como um chicote estalando no ar. Ele exerce o poder sobre seus homens com um simples olhar.

Enquanto caminha, a coroa de majacita arde cravada na minha pele. O cheiro de hidromel preenche minhas narinas. De repente, me vejo trancafiada nos aposentos do Caveira Prateada, lutando para escapar dele.

— É ele — digo.

— Tem certeza? — questiona Jörah. — Mesmo com a máscara?

Não posso explicar que nunca serei capaz de esquecer o cambaleio no andar de Baldyr, a inclinação das runas pretas talhadas em sua pele clara.

— Tenho certeza. — Faço que sim com a cabeça.

O rei Baldyr desce a rampa. Suas botas pesadas ribombam a cada passo. O sangue escorre de suas grandes mãos, e eu rezo para que não seja o de um maji capturado.

Baldyr se reúne com alguns Caveiras na areia, trocando palavras que não conseguimos ouvir. Com uma tocha, ele entra na floresta. A luz de sua tocha desaparece por uma trilha de terra que segue na direção de uma caverna no outro lado da ilha.

Jörah coloca uma máscara preta sobre a cabeça e reúne seus melhores homens.

Eu me preparo quando ele dá o comando final.

—*Vamos entrar.*

CAPÍTULO QUARENTA E SETE

TZAIN

A videira de Mae'e avança pelos mares agitados. Eu me preparo enquanto navegamos. A futura hierofanta faz o trabalho de pelo menos duas de suas trança-cipós, seus músculos ficam tensos enquanto ela comanda os cipós selvagens.

Uma faixa de luz se derrama através das estrelas, elas cintilam no alto conosco navegando embaixo da lua crescente. Olho para cada ponto cintilante, e me esforço para manter a calma.

Sei que Mae'e nos carrega o mais rápido que consegue, mas cada segundo que passa me enche de pavor. O rei Baldyr está logo adiante.

Preciso falar com Zélie antes dele.

— Tem certeza de que esse é o caminho? — grita Inan mais alto que o rugido dos ventos chicoteantes.

— Nossas videiras têm uma assinatura — responde Mae'e. — É como uma batida de coração em meus ouvidos. As videiras que eles usaram estão perto.

Estou chegando, penso para alcançar o espírito de Zélie. Rezo para que ela consiga me sentir, mesmo tão longe. Todas as emoções que senti no navio dos Caveiras avançaram de novo. Não consigo acreditar o quão perto ela está de cair novamente nas mãos deles.

Agarro o cabo do meu machado. Segurando-o agora, não consigo deixar de pensar em como lutam os Lâminas. Toda a sua força vem de dentro, desde a habilidade de lutar até as próprias armas que tiram da pele.

Ainda odeio a sensação do machado do Caveira em minha mão. Eu sei que tudo o que será necessário é meu sangue para que a arma desperte o monstro que me tornei naquele navio. No entanto, sei que não tenho escolha.

Para salvar minha irmã, tenho que fazer o que for preciso.

— Chegamos. — Mae'e descansa as mãos. Os cipós chicoteantes da videira caem no mar quando ficamos à deriva diante de um arquipélago.

Oito navios dos Caveiras flutuam em águas escuras. O monstro em meu coração exala de novo. Pela primeira vez, vejo o poder do navio do rei Baldyr. Penso no que seria necessário para destruí-lo.

Longe da praia, tochas marcham pela floresta escura como formigas-de-fogo. Eles desaparecem embaixo do teto de uma caverna.

— Lá! — Eu os aponto para Mae'e. — Leve-nos para perto.

Embora o suor grude as vestes de Mae'e em sua pele marrom, ela se esforça para avançar. Com um movimento das mãos esbeltas, os cipós do barco serpenteiam pelas águas, arrastando nossa embarcação na direção da costa.

Salto do barco, pousando os pés descalços na areia fria.

— Aonde você vai? — chama Inan.

Olho para o teto da caverna.

— Estou seguindo um palpite. Acho que Zélie está lá.

— Eu vou com você! — Amari tenta se levantar, mas Inan a impede de sair do barco flutuante.

— O rei Baldyr está próximo. — Inan faz que não com a cabeça. — Não podemos deixar Mae'e sozinha.

Embora o peito de Mae'e esteja arfando com a longa jornada, a futura hierofanta estreita seu olhar de diamante.

— *Eu* trouxe vocês até aqui — começa ela. — Eu posso me proteger...

— Ele tem razão — interrompe Amari. — Não podemos arriscar que você seja pega. Além disso, você precisa descansar.

Ela toca as costas da mão na testa de Mae'e. Algo não falado é transmitido entre elas.

Volto-me para a floresta enquanto Inan desembarca, tentando ignorar a dor em meu coração.

— Fiquem longe da costa — diz Inan. — Se tudo correr bem, nos encontraremos aqui.

Com isso, Inan e eu partimos. Caminhamos em silêncio, atravessando a praia deserta. Nuvens cobrem os finos raios do luar acima, árvores perversas apontam para as estrelas.

Enquanto nossos pés pisam na areia, penso que não sei se já estivemos sozinhos antes. Sempre imaginei que, se eu ficasse tão perto Inan assim, envolveria seu pescoço com meus dedos.

O sangue de Baba ainda está nas mãos dele.

Pela maneira como me olha, Inan parece sentir o que está se passando dentro de mim. Não sei se é por causa de sua magia ou se ele consegue ler a expressão severa em meus olhos.

— Eu fiz uma promessa à sua irmã — diz, rompendo nosso silêncio. — Na época em que estávamos presos no porão dos Caveiras. Jurei que ela voltaria para Orïsha. Quero prometer o mesmo a você.

Olho para o antigo rei.

— Acha que isso vai compensar o que perdemos?

— Sei que não posso compensar meus erros — suspira Inan. — Eu nunca conseguirei consertar as coisas, mas a luta contra os Caveiras uniu o povo. A Orïsha para o qual vocês retornarão pode ser melhor do que aquela que vocês deixaram.

Inan me estende a mão, e eu hesito em apertar. Todas aquelas luas como meu inimigo, apenas para acabar como meu aliado? Mas entre os Caveiras e os Lâminas, sei que não tenho escolha.

Ele é uma das pessoas que protegerá Zélie com a vida.

— Abaixe! — sibila Inan.

Ele me empurra para a areia. Esperamos, completamente imóveis, enquanto um grupo de Caveiras sai da caverna. Quando passam, Inan observa a trilha que suas tochas percorrem. Parece que leva de volta à praia onde seus barcos estão atracados.

Nós nos levantamos, mas Inan não continua em direção à caverna.

— Aonde você vai? — pergunto enquanto ele segue os Caveiras.

— Parar o navio do rei Baldyr!

CAPÍTULO QUARENTA E OITO

ZÉLIE

As trança-cipós se movem como enguias. Em um piscar de olhos, levam nossa videira até o ponto mais extremo da ilha. Novos cipós se estendem como fios, ancorando-nos à costa rochosa.

Ao pisar na areia, faço o possível para me preparar para o que está por vir. O medalhão aquece em meu peito enquanto a cantiga ancestral de Yéva ressoa em meus ouvidos.

Sinta, ela sussurra. *Puxe lá de dentro. Quando você enfrentar o rei deles, deve liberar aquela onda. Reunir esse poder é nossa única esperança.*

Um tremor surge em minha mão. Tento escondê-lo cerrando os punhos. O medalhão continua a aquecer enquanto tento alcançar a centelha dourada.

— Não precisará disso. — O imperador Jörah fala na minha língua. Não sei se ele consegue sentir o que estou tentando fazer.

— Yéva disse...

— Confie em nós. — Os dedos grossos de Jörah roçam meu queixo quando ele coloca uma máscara preta sobre a minha cabeça. Os Lâminas também usam máscaras. — E não fique para trás.

Os novos-gaīanos se movem como lobos, uma matilha silenciosa em caça. Seus passos são longos e poderosos. Esforço-me para acompanhar.

Nós nos movemos embaixo da cobertura de árvores escuras. Suas sombras retorcidas encobrem nossa abordagem. Percorremos um bom caminho pela floresta sem nenhum obstáculo.

No meio de uma trilha batida, um trio de Caveiras monta guarda. Eles olham através das árvores, conversando entre si, passando uma garrafa de hidromel entre eles. Os outros estão quase dormindo.

Estendo as lâminas serrilhadas do meu bastão. Ainda não nos viram.

Mas antes que eu possa pensar em atacar, os Lâminas atacam.

Um guerreiro puxa facas debaixo da orelha. Com um movimento brusco, ele as crava na garganta dos Caveiras. Outros guerreiros avançam, pegando os corpos que caem e pousando-os devagar no chão.

Mais duas tochas vêm em nossa direção. Köa puxa, da nuca, um bastão coberto de espinhos e, logo que os Caveiras surgem, Köa golpeia. Com um arco maldoso, ele estoura a cabeça de cada Caveira.

Observo, sem fôlego, enquanto os novos-gaīanos continuam seu ataque silencioso. O próximo Caveira que encontramos tenta pegar seu martelo e ativar toda a sua força, mas antes que ele possa atacar, Jörah quebra seu pescoço.

Os Lâminas eliminam todos os Caveiras que encontramos. O impulso deles só aumenta à medida que nos aproximamos da caverna. Os sete homens trabalham em ritmo constante, arrastando corpos para fora da trilha na floresta para não serem descobertos.

Está funcionando...

Mantenho meu bastão nas mãos, embora não tenha a chance de atacar. Depois de tudo que Yéva falou, eu tinha certeza de que essa luta dependeria de mim. Mas os Lâminas fazem jus ao nome: são lâminas ao vento. Nada fica no caminho deles.

Mesmo desconfiando, começo a acreditar que eles podem derrotar os Caveiras. Imagino Köa estraçalhando a máscara dourada do rei Baldyr com seu bastão. Com a morte de Baldyr, meu povo estará seguro.

Posso finalmente voltar para minha terra natal.

Chegamos à caverna, e Köa despacha os três Caveiras de guarda. Quando seus corpos são escondidos, o imperador levanta a mão. Os Lâminas se aproximam, criando uma formação em V com o seu imperador à frente.

De dentro da caverna, luzes de tochas brilham contra a rocha cinzenta. A voz do rei Baldyr ecoa lá dentro. Eu me preparo para enfrentar o homem que está caçando meu coração.

Os homens de Jörah entram na caverna.

Então, começa o massacre.

CAPÍTULO QUARENTA E NOVE

INAN

Embora eu tenha enxergado o navio de guerra do rei Baldyr na visão de Dakarai, vê-lo de perto me enche de admiração. A embarcação é como uma montanha ancorada na baía em forma de lua crescente. Diversos tripulantes ocupam plataformas infinitas.

Observando o movimento dos Caveiras, vejo meu caminho até o navio, mas não posso avançar como estou. Examino a costa em busca de um disfarce.

Tenho que encontrar uma maneira de me misturar.

Ando na ponta dos pés pela areia, na direção das margens da floresta. Caveiras bêbados circulam pela costa. Um guerreiro corpulento para a poucos metros de distância, resmungando enquanto abaixa as calças.

Eu avanço, cravando uma lâmina em sua garganta antes que ele tenha a chance de gritar por socorro. Os olhos castanhos do Caveira se arregalam enquanto o sangue escorre pelo peito nu.

Ele despenca de cabeça na areia.

Sem tempo a perder, arrasto o corpo do guerreiro para trás das árvores. Arranco sua máscara e encaixo o crânio humano em meu nariz. O metal frio estremece contra minha pele, a sensação me dá vontade de vomitar. Eu me forço a segurar a bile.

Roubo o pesado casaco de couro do Caveira, e isso abafa meu corpo. Sua cauda se arrasta pela areia enquanto ando com um passo instável, saindo das árvores.

O cheiro do Caveira me sufoca. Tento limpar o sangue das mãos. Caminhando em praias abertas, vejo-me cercado pelo inimigo. *Misture-se*, lembro a mim mesmo.

Finjo tropeçar quando subo a ponte levadiça até o navio do rei Baldyr. Tremores percorrem meu corpo a cada passo, mal posso acreditar quando chego ao convés superior. Luto contra a vontade de olhar para trás quando cada Caveira passa.

Foco, Inan! Conforme me movo, algumas partes do navio de Baldyr me parecem familiares. Desço a fila de botes salva-vidas amarrados ao convés. Um par de Caveiras conduz montarias estrangeiras para fora do cercado dos animais. Eles andam como feras acorrentadas que eu nunca vi antes. Fico boquiaberto com um pássaro amarelo grande o suficiente para cavalgar. Outro Caveira enjaula um par de raposas brancas como a neve, cada uma com nove caudas balançando.

Faço o possível para me manter nas laterais, passando por canhões reluzentes até encontrar uma porta que leva ao convés inferior. Quando tenho certeza de que ninguém está olhando, deslizo pela arcada, descendo para os níveis mais inferiores do barco.

Instantaneamente, sou atingido pelo fedor da morte. Cerro os dentes a cada jaula por que passo. Embora as celas estejam vazias, sangue fresco penetra no chão de madeira. A cada algema aberta, vejo os exércitos de Baldyr desembarcando nas costas de Orïsha.

Mas se pudermos detê-lo aqui...

Marcho em frente, procurando aquilo de que preciso. Se os homens de Jörah não conseguirem derrotar as forças de Baldyr, posso pelo menos destruir seu navio.

Aprofundo-me na embarcação, descendo diretamente até o quarto nível. Viro uma esquina quando sinto o cheiro — o cheiro de enxofre do óleo explosivo deles.

Abro a porta e encontro o precioso óleo preto em barris, que enchem o porão de madeira. Ando entre as fileiras organizadas, perfurando cada barril que encontro. O cheiro de enxofre faz meu nariz arder quando o óleo preto se espalha pelo chão.

É isso. Dou um passo para trás, olhando para a base do meu ataque. Há combustível mais do que o suficiente para fazer o navio explodir. Só preciso de uma maneira de acender o pavio.

Esgueiro-me para sair do espaço e procuro pelos corredores. Meus passos ecoam nas tábuas antigas do piso. Mantenho os olhos abertos em busca de uma tocha, mas antes que consiga encontrar uma, dois Caveiras tagarelas se aproximam.

Sem escolha, viro a esquina. O sangue lateja entre minhas orelhas quando subo correndo os degraus. O casaco e a máscara são suficientes para me cobrir, mas não resistirão ao olhar firme de um Caveira.

Quando volto ao convés, o suor afrouxa o aperto da máscara de bronze, que ameaça escorregar do meu rosto. Fico tenso quando outra dupla de Caveiras passa. Um deles me olha por tempo demais para eu me sentir confortável.

Vá para a floresta. Passo pelo campo minado de Caveiras, que esperavam entre mim e a ponte levadiça. Na floresta, conseguirei aguardar o embarque do rei Baldyr. Posso encontrar uma maneira de acender o pavio. Mas ao me aproximar da ponte levadiça, eu estaco. Não consigo me mover quando o capitão do navio cruza meu caminho.

Mais um.

Um novo Caveira Prateada atravessa o navio, seguindo para os níveis superiores da embarcação. Carrega rolos de pergaminhos nas mãos, desaparecendo em uma sala com paredes de mármore e uma porta carmesim.

Embora a ponte levadiça esteja à vista, não consigo lutar contra a vontade de entrar lá. Não cheguei a entrar nos aposentos do capitão no navio do qual fugimos. Não consigo nem imaginar quais informações poderiam conter.

Mantenho a cabeça baixa enquanto subo a escada. Quando chego ao andar mais alto, carrego algumas caixas que se enfileiram no convés. Leva alguns momentos para o Caveira Prateada emergir. Quando ele sai da sala, avanço, agarrando a maçaneta antes que a porta se tranque.

A sala do capitão é como uma biblioteca de guerra. Pergaminhos alinham-se em todas as paredes.

Ando pela sala, cercado por mais mapas do que consigo contar; alguns deles mostram os seis territórios de seu reino tribal, outros mostram suas rotas comerciais.

Um pergaminho ilustra suas vastas frotas navais. Pego-o da mesa, enrolo-o e o enfio no cós da calça.

Mas quando encontro o maior mapa deles, meus dedos começam a coçar. Pendurado na parede oposta, o mapa contém nações do nosso mundo que eu nunca vi. As Ilhas de Samæra. O Estreito de Palantar. As aldeias unidas de uma terra chamada Sutōrī. Linhas vermelho-escuras marcam os planos de conquista dos Caveiras. Vou até a parede, seguindo o caminho deles com a mão.

O horror desperta quando vejo as nações circuladas em vermelho. Os locais onde o ataque do rei Baldyr começará após a Lua de Sangue.

A ilha de Nova Gaïa.

E o reino caído de Orïsha.

CAPÍTULO CINQUENTA

ZÉLIE

No momento em que os Lâminas entram na caverna, ressoam os gritos de batalha.

Uma linha de sangue escorre da entrada do covil.

Meu coração palpita forte contra o medalhão quando olho lá para dentro.

Embora pegos de surpresa, os Caveiras reagem rapidamente. À medida que suas armas brilham em vermelho, seus músculos incham, seus corpos largos se expandem ainda mais. Runas esculpem o peito dos Caveiras quando seu físico se transforma. O chão treme enquanto os Caveiras de bronze atacam.

Os Lâminas se movem com uma velocidade difícil de definir por seus inimigos. Um Lâmina se esquiva enquanto um Caveira golpeia com seu martelo, e a arma atravessa a parede da caverna. Pedras e destroços voam quando o guerreiro rodopia, cravando sua lâmina branca no coração do Caveira.

Outro deles ataca Köa com seu machado, e o guerreiro puxa um *barong* de marfim da lateral do abdômen. Ele corta um Caveira bem no centro, antes de se virar para esfaquear outro. Corpo por corpo, ele segue destroçando-os. O líder dos Lâminas evoca uma raiva cruel, mas nem ele se compara à ferocidade que Jörah demonstra.

O imperador se move como uma montanha, dominando todos os Caveiras em seu caminho. A luz verde brilha nos dedos do imperador quando ele saca uma lâmina de dente de tubarão do tamanho da sua cabeça, agarrando o cabo dourado da arma. Um Caveira levanta seu machado para atacar e golpear.

Antes que possa atacar, Jörah o estripa como um porco.

Estamos vencendo...

Sangue quente escorre embaixo dos meus pés quando me atrevo a entrar na caverna. Do jeito que os Lâminas se movem, não vejo o que poderá detê-los. Mas o aviso de Yéva ainda ressoa em meus ouvidos.

— *Protejam o rei!* — grita um Caveira em sua língua.

É quando finalmente o vejo. O rei Baldyr está sentado em uma pedra no fundo da caverna, com as mãos em concha sobre o cabo de seu machado de batalha. Embora seus homens estejam sendo massacrados diante dele, ele não reage.

Estar tão perto do Caveira novamente faz meu sangue gelar. Minhas mãos tremem além do meu controle, meu peito dói com a lembrança do medalhão que ele enfiou na minha pele, o próprio metal me mudando por dentro.

Pela primeira vez desde que cheguei a Nova Gaīa, o som de um trovão pulsa em meus ouvidos. As veias do medalhão começam a esquentar. Os ventos chicoteiam ao meu redor, soprando minha máscara para longe.

Ao me ver, os olhos do rei Baldyr se arregalam. Ele se levanta no fundo da caverna.

— *Merle...* — murmura ele, mas, ainda assim, sua voz causa arrepios na minha espinha. Apesar de sua máscara dourada, sinto seu sorriso. Uma fome invade seus olhos castanhos. — *Você voltou!* — ruge Baldyr.

Na minha frente, Jörah despacha o último Caveira. Os Lâminas se reagrupam em torno de seu imperador, retomando a formação em V que mantinham antes. Avançam como uma unidade, preparando-se para arrancar a caveira dourada do rei Baldyr.

Jörah arranca sua máscara. Com um xingamento, o imperador arreganha os dentes. Ele ergue a lâmina de dente de tubarão...

— *Blóðseiðr* — ordena o rei Baldyr.

A paralisia me atinge no momento em que o rei Baldyr pronuncia essas palavras. Um arrepio como gelo sobe pelas minhas pernas, descendo pelos braços. O bastão cai da minha mão, ecoando enquanto rola pelo solo rochoso.

O que está acontecendo?

O medalhão dourado queima minha pele. Cerro os dentes quando sinto a carne ardendo. A luz vermelha sai rodopiando da minha pele como fumaça. Um poder familiar brota da ponta dos meus dedos.

Minhas mãos se elevam sem que eu consiga controlar. Meus pés se levantam da pedra enquanto meu pescoço se inclina para trás. A magia que não sentia desde que estava em Orïsha sacode dentro de meus ossos.

Uma luz carmesim se espalha pela ponta dos meus dedos, reanimando os Caveiras caídos. Minha magia.

Ele está usando minha magia.

Ele está no controle.

— Jörah, corra! — grito.

Não posso lutar contra o poder que se liberta.

Jörah e os Lâminas se reúnem, ficando de costas um para o outro enquanto os Caveiras mortos se erguem ao redor deles, arrastando seus corpos do chão. Pescoços voltam ao lugar. Ossos se curvam. A luz vermelha vaza por trás das máscaras de bronze.

— *Corram!* — berro.

Os Caveiras reanimados atacam de uma vez, movendo-se como nenhum humano consegue. Atacam como montarias raivosas. Os Lâminas lutam para se defender.

Um deles grita quando um Caveira arranca seu coração.

Outro vê uma lâmina curva ser cravada em sua garganta.

Eles causam um inferno na terra, destruindo os melhores guerreiros de Jörah sem qualquer consideração.

Não! Tento resistir, mas minha magia se solta da minha pele em uma inundação sem fim.

O rei Baldyr sai do fundo da caverna. Marcha em meio ao caos, completamente ileso.

— Zélie! — grita Jörah.

Mas não há nada que o imperador possa fazer quando Baldyr me pega pelo braço e me arrasta.

CAPÍTULO CINQUENTA E UM

TZAIN

Gritos ecoam quando eu avanço pela floresta. De repente, a brisa para. Algo de obscuro passa pelo solo árido.

As árvores pretas começam a se contorcer.

Ao meu redor, Caveiras mortos se erguem, seus ossos estalando quando são reanimados. Eles olham para mim com cabeças retorcidas. Um Caveira desengancha seu machado, levantando-o para atacar.

Nada me impede quando mergulho na batalha. Rolo embaixo da lâmina do primeiro Caveira, passando meu machado em seu pescoço antes que tenha a chance de se virar. Sua cabeça rola pelo chão.

Mais dois Caveiras ressuscitados me atacam por trás. Com um rugido, parto os dois ao meio de uma vez. Seus martelos brilhantes caem das mãos, e seu sangue cobre as árvores retorcidas.

Quando os Caveiras avançam juntos, sinto todo o tempo gasto me exercitando com Köa e os Lâminas em suas praças de treinamento. As cicatrizes ao longo dos meus braços ondulam com uma nova força. Meu corpo se move com precisão mortal.

No entanto, as lembranças do navio despertam enquanto luto contra os Caveiras ressuscitados. Vindas do nada, elas rastejam para fora de mim. Vejo cada membro decepado.

Sinto o sangue que caiu como chuva.

Não quero recorrer ao poder do inimigo novamente, não estou pronto para perder o controle. No entanto, mais Caveiras emergem da floresta. Muitos para eu enfrentar sozinho.

— *Não!*

Ouço o grito da minha irmã e viro a cabeça em direção à caverna.

— Zélie? — grito.

Meu coração dá um salto quando seus gritos aumentam. Olho para o machado e não vejo outro caminho. Faço um talho na minha mão ao longo da lâmina e agarro o cabo.

Blóðseiðr.

Um arrepio percorre meu corpo quando as palavras estrangeiras ressoam em meus ouvidos. O cabo do machado se aquece, alimentando-se do meu sangue. Uma nova energia surge de dentro de mim. Um brilho vermelho envolve meu machado quando ele volta à vida.

O monstro que me tornei no navio ergue aquela cabeça feia de novo.

— *Argh!*

Saio em disparada. Abro meu coração à ira, sinto o poder do machado como fogo no meu sangue, cortando cada Caveira ressuscitado em meu caminho.

A força do meu golpe lança seus corpos colossais contra as árvores. As máscaras de bronze voam quando eles caem. Com o machado despertado, não há como me impedir.

Nada pode me derrubar.

Mas enquanto parto a toda velocidade pela trilha da floresta, minha visão começa a ficar embaçada. Eu me esforço para manter a mente limpa. O frenesi que não consigo controlar aumenta, a sede de sangue do machado domina minha vontade.

Quando entro na caverna, Zélie não está lá. Köa, Jörah e um Lâmina mascarado lutam com todas as suas forças. Mais de duas dúzias de Caveiras ressuscitados causam estragos. Eles se movem como feras raivosas, quase saltitando pela caverna.

Jörah luta, defendendo as costas. Sangue escorre dos dentes do imperador ferido enquanto empunha sua lâmina de dente de tubarão.

À sua frente, Köa passa o *barong* de marfim na garganta de um Caveira ressuscitado. Gira para atacar outro, mas o Caveira ressuscitado acerta um machado na lateral de sua coxa. Ele arreganha os dentes quando despenca no chão. O Lâmina mascarado corre para defendê-lo.

— *Demônio!* — grita o Lâmina mascarado.

Ele ergue seu bastão de marfim, mas, quando vai atacar, leva uma martelada na cabeça. O sangue carmesim voa quando seu crânio é estourado.

Embora tudo em mim queira correr atrás de Zélie, entro na luta com o machado erguido. Um Caveira ressuscitado pula em mim, e eu golpeio, acertando a abominação no ar. Prendo-o no chão antes de decepar sua cabeça.

Outro Caveira ressuscitado me ataca com seu martelo, e eu me defendo com minha arma. Com um arco poderoso, corto seus braços antes de abrir sua barriga.

Quando derrubo cada Caveira, cânticos estrangeiros enchem minha cabeça. Minha visão fica turva mais uma vez. Eu pisco e vejo vermelho.

Eu me perco no delírio, não consigo distinguir amigo de inimigo.

Quando o último Caveira cai, perco todo o controle.

— *Ah!*

Golpeio Köa com a força de doze homens. O líder dos Lâminas se joga no chão. Uma fratura se abre na rocha dura quando minha lâmina colide com a pedra.

— *Parado!* — grita Köa. — Chega!

Minhas mãos tremem, mas não consigo parar, e o machado ataca sem precisar do meu comando. Köa mal tem chance de mergulhar antes que meu machado atravesse a parede.

O imperador Jörah corre em minha direção. Com um grito, nossas armas se chocam. A lâmina de dente de tubarão cai de suas mãos quando ele voa para o fundo da caverna. O imperador cai no chão, com as mãos abraçando as costelas.

Köa arrasta seu corpo ferido pela caverna. Ele se coloca entre mim e o imperador e ergue sua lâmina de marfim. Embora algo em meu íntimo grite para parar, meus pés avançam para cima dos dois.

O machado me obriga a ir adiante. Seu metal carmesim clama por mais sangue. Mais mortes. Mais carnificina. Seu brilho vermelho se expande quando o levanto sobre a cabeça...

— Tzain, não!

O grito de Amari ressoa às minhas costas.

Uma luz azul voa de sua mão, congelando-me no lugar. Cada músculo enrijece ao mesmo tempo. Uma dor aguda atormenta meu cérebro.

Com um solavanco, vou ao chão. O machado cai quando minhas mãos partem para minhas têmporas. A luz vermelha abandona meus olhos, minha visão fica novamente focada.

Desperto para o horror quando observo a cena. Incontáveis corpos me cercam. Do outro lado da caverna, Köa observa com seus olhos verdes arregalados. A mão de Jörah ainda está ao redor da barriga. Ele se esforça para ajudar Köa a se levantar.

— Temos que ir! — Amari se aproxima de mim.

Sua magia se dissipa, e a sensação retorna. Ela me ajuda quando cambaleio até ficar em pé. As narinas de Köa se dilatam quando encaixo o machado nas costas.

A culpa pesa sobre mim como uma âncora quando fugimos da caverna.

CAPÍTULO CINQUENTA E DOIS

ZÉLIE

— Me solte! — grito.

O rei Baldyr me arrasta pela costa. Caveiras surgem de suas fogueiras quando passo. Olham para mim como se eu fosse um mito ganhando vida.

A magia que o rei Baldyr comanda se contorce dentro de mim, como facas correndo pelo meu sangue. Lamento o dom do meu povo, manchado pelo miserável metal-de-sangue de Baldyr.

— *Eu sabia que veria você novamente* — murmura Baldyr em sua língua. Seu hálito fede a sangue. — *Não importa para onde você corra. Com esse medalhão, você está fadada a voltar para os meus braços.*

O próprio medalhão de que ele fala vibra em meu peito. É como se sentisse a presença do seu dono. Nuvens de tempestade começam a se formar, faíscas de relâmpagos brilham através delas. Baldyr ergue os olhos para a visão, e um zelo perigoso preenche seu olhar castanho.

Lute, Zélie.

Quero chutar, me contorcer, me debater, dar um soco. Sem outra arma, dou uma cotovelada na nuca do homem. Agarro sua máscara dourada.

Baldyr solta meu braço, e eu tento correr, mas ele me agarra. Luto enquanto ele me joga por cima do ombro, sem se intimidar com meus ataques.

— Você escapou de mim uma vez, *Merle* — fala ele em orïshano. — Não vai me escapar de novo.

Cada palavra dele me consome, a insistência de que eu pertenço a ele.

Ao nosso redor, os Caveiras se movem, correm para subir a bordo de seus navios. Não vou ser levada sozinha com Baldyr para a capital, Iarlaith.

Estarei cercada por seus homens.

Sinta.

As palavras de Yéva voltam para mim no meio do caos. Sou levada de volta ao nosso treinamento no cume do Monte Gaīa. Quando fecho os olhos, a pedra vulcânica aquece os meus pés descalços, o círculo de cipós se fecha ao meu redor.

Yéva sabia que chegaria a esse ponto, sabia que ninguém mais seria capaz de me salvar, não importando o que fizesse. Baldyr usou minha magia contra meus aliados.

Eu tenho que usar sua própria magia contra ele.

Sinta!

Com minha magia de ceifadora girando dentro de mim, sinto um caminho que não havia conseguido invocar antes. O medalhão pulsa em meu peito enquanto invoco esse poder. Um estrondo profundo no meu âmago.

Use-o, Zélie!

O trovão ressoa acima, ecoando em meus ouvidos. Uma chuva forte começa a cair. Cerro os dentes quando um calor intenso percorre minhas costelas antes de subir pelo meu pescoço.

O rei Baldyr interrompe sua subida no meio da ponte levadiça. Seus olhos se arregalam quando percebe o que está por vir.

— Não! — ruge o Caveira.

Com um último empurrão, o raio dourado se liberta, saindo da minha garganta aos estalos, em faíscas brilhantes. O rei Baldyr grita, surpreendido pela explosão.

Caio no chão enquanto meu raio atravessa a embarcação como uma lança. O cheiro de enxofre vaza pelo ar. Meu relâmpago acende uma chama no convés inferior. Em um lampejo, o fogo se expande.

Em seguida, o mundo inteiro explode.

CAPÍTULO CINQUENTA E TRÊS

INAN

No momento em que o raio de Zélie atinge o convés inferior, a armadilha que montei se inflama. Um incêndio brilhante começa a engolir o navio. O fundo da embarcação do rei Baldyr é destroçado.

Corpos voam em meio ao caos. A fumaça preta preenche o ar. O chão abaixo de mim balança. A máscara de bronze cai do meu rosto enquanto voo até a borda do navio.

— *Þjófr!*

O Caveira Prateada aponta para mim. Ele olha os mapas na minha cintura, tenta se lançar sobre mim, mas as tábuas quebram embaixo de seus pés. Ele despenca para o fundo do navio, caindo dentro das chamas.

— Zélie! — grito por cima da amurada.

Ela está inconsciente, de bruços na parte rasa da praia. Algas emaranham-se em suas tranças brancas. Uma luz vibrante pulsa através da água ao seu redor.

Corro para tomar impulso e salto do navio, e o navio do rei Baldyr desmorona enquanto estou no alto. O ar desaparece durante a minha queda. Meu corpo mergulha nas águas agitadas.

O casaco de couro do Caveira me arrasta pela correnteza, e eu empurro a vestimenta para me libertar. Chego à superfície e respiro fundo antes de submergir de novo para nadar.

Vamos lá. Quero fazer com que meus braços batam mais rápido. Que minhas pernas chutem com mais força. Nado passando por Caveiras em apuros e escombros em chamas, esforçando-me para voltar a Zélie.

Quando chego até ela, eu a tomo em meus braços. Sua cabeça pende quando ela recobra e perde a consciência de novo. O medalhão tremeluz em seu peito. Relâmpagos dourados faíscam nas pontas dos dedos.

Gritos aumentam atrás de nós quando chego à costa. Os Caveiras começam a desembarcar do navio para correr até o rei ferido, que está semiconsciente na ponte levadiça quebrada. As chamas envolvem seu braço esquerdo, queimando-o.

Outros nos perseguem floresta adentro. Seguro Zélie com força enquanto corremos por entre as árvores retorcidas. Corpos desmembrados cobrem a trilha arenosa. O caminho até o extremo sul da ilha surge a distância.

Eu luto para ir mais rápido, mas os Caveiras ainda estão se aproximando cada vez mais. Um deles se lança sobre mim, e eu caio no chão. O corpo de Zélie desliza pela areia. O cruel guerreiro levanta uma machadinha acima da minha cabeça.

Então, ouço um grito.

— *Não!*

Mae'e vem correndo da costa com os braços estendidos. Grossos cipós serpenteiam na areia, estrangulando o Caveira antes que ele possa atacar.

No extremo oposto da floresta, Amari também avança. Minha irmã estende as palmas das mãos. Meus lábios abrem-se quando a luz azul de sua magia de conectora se intensifica de novo.

— Rá! — Amari esgarça os dentes, e sua magia é liberada.

Nuvens turquesa atingem o rosto do bando de Caveiras, que tocam as têmporas enquanto ela os força a ficar de joelhos.

No entanto, mais inimigos começam a chegar. Estão em muitos para lutarmos contra eles. Machados vermelhos brilhantes tremeluzem como tochas quando as armas ganham vida.

Os Caveiras transformados avançam pelas árvores retorcidas, destruindo-as. É como se todas as oito tripulações nos atacassem ao mesmo tempo. Se não fugirmos agora, a nossa esperança de fuga desaparecerá.

— Vamos! — grito eu.

Pego Zélie no colo de novo quando corremos, meu coração martelando contra o peito.

Nossos pés produzem um baque surdo na areia. O chão treme atrás de nós.

Tzain corre atrás de Amari, carregando Köa, ferido, com o imperador Jörah. Unimos forças com eles enquanto corremos para a praia. Quando Jörah avista Mae'e, sua pele marrom-avermelhada assume um tom vermelho-escuro.

— *O que você está fazendo aqui?!* — ruge o imperador para Mae'e na língua deles.

Mesmo sem entendê-los, compreendo o medo dele. Mas Mae'e não tem chance de responder. A futura hierofanta força-se a seguir em frente.

Mae'e estende os braços, fazendo com que nossa videira ganhe vida. Seus cipós se libertam da areia. Enrolam-se no corpo inconsciente de Zélie, puxando-a para dentro.

A videira que o imperador Jörah levou à ilha avança rapidamente até a costa. Os cipós disparam e se prendem ao barco de Mae'e. O tempo passa enquanto entramos nos barcos unidos. Ao nosso redor, os Caveiras se juntam.

Eles saem da floresta enlouquecidos. Mais de cem avançam em arco em nossa direção ao mesmo tempo.

— Corram! — grita Amari.

Com um empurrão, Mae'e nos força a entrar no mar. Os cipós chicoteiam as águas escuras, deixando os Caveiras rugindo atrás de nós.

PARTE IV

CAPÍTULO CINQUENTA E QUATRO

AMARI

A viagem de volta a Nova Gaīa parece durar uma vida inteira. Meu corpo ainda treme por causa da horda de Caveiras da qual escapamos. Zélie continua inconsciente.

Não há vida por trás de seus olhos prateados.

Tzain embala a irmã contra o peito. O sangue de cada Caveira com quem ele lutou cobre sua pele escura. Tudo em mim anseia por confortá-lo, mas não sei o que dizer.

Nunca o tinha visto agir dessa forma.

A única conversa ocorre entre Jörah e Mae'e. Embora eu esteja começando a entender a língua dos novos-gaīanos, eles gritam quase rápido demais para que eu possa acompanhá-los.

— *Você coloca nosso povo em perigo...* — começa Jörah.

— *Eu segui a Visão!* — interrompe Mae'e.

— *Você se coloca em perigo...*

— *Nós salvamos sua vida!*

O imperador repreende Mae'e por deixar a segurança de seu templo, mas ela não recua. Fico olhando para os brilhos de luz azul em volta das minhas mãos.

Já faz muito tempo desde que senti toda a intensidade da minha magia, todo o poder sob meu comando. Depois de ser presa pelos Caveiras, esqueci como era deixar meus inimigos de joelhos, de me conectar com suas mentes, de ver o que viam...

O chão estremece com as patas pesadas de seus ursos blindados. Os Caveiras de bronze criam um mar sobre suas planícies áridas. Um grito preenche a noite negra.

— Fyrir Föður Stormanna!

O canto ressoa de costa a costa enquanto todas as seis tribos descem para a capital, Iarlaith. Os guerreiros esperam em longas filas diante das galdrasmiðar. *Com movimentos das mãos, as feiticeiras vestidas de peles esculpem novas runas nos peitos dos Caveiras, preparando-os para a Lua de Sangue em dez dias.*

Todo esse tempo temi o que aconteceria se fôssemos recapturados. Senti a ameaça de ser colocada de volta nas correntes deles. No entanto, na mente deles, senti a determinação, a adoração inabalável pelo seu rei. Sua raiva animalesca, preparada para destroçar todas as civilizações em seu caminho. Não há como negar agora. Os Caveiras estão prontos para invadir.

Preciso manter Zélie e Mae'e em segurança.

Quando finalmente chegamos de novo à ilha, sua densa folhagem se abre como um leque. Nossa videira desce pelos rios escondidos, passando zunindo pelas vitórias-régias flutuantes. Atravessamos a floresta exuberante, saudados mais uma vez pela sua sinfonia floral e pelo leve cheiro de cinzas. Passamos pelas muralhas que cercam a cidade, e o ar do lago beija meu rosto. A videira navega pelos canais vazios, avançando a toda velocidade em direção ao Monte Gaīa.

— *Chamem Yéva!* — grita Mae'e.

Ela é a primeira a desembarcar. Suas saias esvoaçam quando ela começa a correr pelo sopé do Monte Gaīa.

Quando saio da videira, caio de joelhos na pedra preta. Junto minhas mãos e rezo.

— Por favor — sussurro para o espírito de Mamãe Gaīa. — Por favor, salve-a!

As Criadas Verdes saem apressadas do templo. Yéva vem caminhando pesadamente atrás deles. Seis meninas levam o imperador Jörah e Köa em padiolas de tecido. As duas últimas ajudam Mae'e.

Cipós retiram o corpo de Zélie dos braços ensanguentados de Tzain. Yéva agita as mãos, e um túnel se abre na base da montanha, revelando uma escadaria de puro vidro de obsidiana. Yéva conduz as atendentes para baixo, e elas desaparecem no subsolo com o corpo de Zélie. Tzain faz menção de segui-las, mas Mae'e o segura.

— Homens não podem entrar embaixo do Monte Gaīa.

Tzain exala um suspiro pesado. Temo que ele resista. Mas ele larga o machado no chão e cai de joelhos.

— Ela vai ficar bem? — pergunta ele.

Mae'e permanece em silêncio. Ela não quer mentir. Tzain vira-se para mim, com lágrimas nos olhos cor de mogno.

— Amari, você vai com ela?

Mae'e pega minha mão e corremos. Eu a sigo, descendo os degraus em espiral. O suor acumula-se em minha testa. O mundo abaixo da superfície do Monte Gaīa fica mais quente à medida que descemos.

Águas impetuosas fluem. O vapor enche o ar, criando grossas paredes brancas. Chegamos ao fundo e entramos em uma nascente natural. A água brilha com esmeraldas do tamanho de mangas. Mae'e junta-se a Yéva e levam a padiola de Zélie até o lago.

Por favor. Eu me preparo. Espero atrás das Criadas Verdes, com a mão cerrada sobre o peito enquanto as novas-gaīanas trabalham. Mae'e desfaz as tranças do cabelo de Zélie. Os longos cachos ondulados fluem livremente.

Yéva estende os braços trêmulos. Eles se erguem como se ela levantasse a própria terra. A pedra abaixo de nós começa a zumbir. As esmeraldas a seus pés acendem.

— *Mamãe Gaīa, nós vamos até você.*

Suas vozes ecoam pelas muralhas do Monte Gaīa. A força faz os cabelos da minha nuca se arrepiarem. As águas esmeralda ficam turbulentas, e o ar começa a ficar rarefeito. O canto sagrado das novas-gaīanas enche meus ouvidos.

Ouça-nos agora.
Exigimos seus fogos de cura.
Suas águas sagradas precisam de você agora…

As veias saltam na pele de Yéva e de Mae'e quando cantam. O brilho de diamante em seus olhos se transforma, adquirindo um brilho novo e poderoso. O corpo de Yéva começa a doer. A mística cai de joelhos.

Restaure nossas terras.
Traga novos caminhos.
Os antigos reviveram.
Permita que seu Espírito reine.

As místicas sacodem as paredes da montanha, o estrondo ecoa longe. Eu me refugio em um canto quando as reverberações passam pelos meus ossos. Toda a cidade de Nova Gaïa treme com o poder que as mulheres invocam.

A água brilha tanto que preciso desviar o olhar.

Então, um suspiro enche o ar.

Os olhos prateados de Zélie abrem-se quando Yéva desfalece de uma vez por todas.

CAPÍTULO CINQUENTA E CINCO

INAN

O silêncio paira no ar acima de nós.

É esmagador como a nossa derrota.

Os planos que arrisquei a vida para implementar passam pela minha cabeça. Eu sabia que precisávamos de um exército.

Sem Zélie, não teria havido Caveiras ressuscitados. As forças combinadas do imperador Jörah podiam ter derrubado os outros navios. Nossa guerra podia ter terminado esta noite. Em vez disso, ficamos esperando para ver se ela ainda vive.

Olho para a sala do trono do imperador: Jörah e Köa estão parados nas portas, aguardando notícias do Monte Gaīa. Quando chegamos ao palácio imperial, as Criadas Verdes se puseram a trabalhar, espalhando ervas e óleos no chão de tijolos esmeralda. Moeram uma mistura, usando a pasta para estancar os ferimentos de Jörah e Köa. Quando o sangramento finalmente parou, enfaixaram os braços dos líderes com folhas de bananeira cobertas por cipós trançados. O único som que preenchia a sala era o de mãos trabalhando.

Tzain está sentado na parede oposta, olhando para o machado em suas mãos. Quando as Criadas tentaram ajudá-lo, descobriram que nem uma gota de sangue em sua pele escura pertencia-lhe.

Ainda não sei o que aconteceu na caverna. Os ombros de Tzain parecem encolhidos de vergonha. E, enquanto isso, o líder dos Lâminas mantém Tzain sob seu surpreendente olhar verde.

Incapaz de ficar parado, vou até as janelas do palácio. Os gritos dos novos-gaīanos atravessam os vitrais coloridos. Em nosso breve regresso, a notícia do nosso ataque fracassado correu pela cidade. O fato de o imperador Jörah ter sido ferido causou um caos em suas terras. Os atendentes do palácio ficaram atordoados com a morte dos melhores Lâminas do imperador. Os próprios cipós parecem estar de cabeça baixa.

Antes, tudo o que tínhamos era nossa palavra. Éramos os arautos cruéis da profecia de Yéva. Mas agora algo mudou. Os novos-gaīanos entendem que a ameaça é real.

Os Caveiras estão chegando, os Caveiras estão quase aqui. Vozes que antes clamavam pela nossa morte agora clamam para que as salvemos.

Três batidas fortes me arrancam dos meus pensamentos. Tzain levanta-se. Jörah abre a porta e encontra duas Criadas Verdes. Reconheço os rostos das meninas que levaram Zélie.

— *Imperador* — começa uma das criadas.

Eu me aproximo enquanto eles trocam palavras. Jörah fecha a porta e se vira para nós.

— Ela está viva.

A notícia bate como uma onda. Tzain vira-se para a parede, escondendo-se de todos nós. O suspiro que eu nem sabia que estava prendendo é liberado do meu peito. No entanto, o peso do que descobri no navio de guerra do rei Baldyr me mantém nervoso. Não temos muito tempo.

Segundo Amari, a Lua de Sangue se erguerá em dez dias.

— Preciso mostrar uma coisa a vocês.

Pego os pergaminhos em minha cintura. Todos ainda estão molhados devido a meu mergulho no mar. Aproveito o tempo para desenrolá-los com cuidado, estendendo-os delicadamente no chão de ladrilhos.

Os homens se reúnem ao meu redor. Linhas fundas aparecem na testa de Jörah quando ele avista o mapa de Nova Gaīa. Mostra os detalhes da ilha em forma de lua crescente, a densa floresta que cobre a terra, as montanhas vulcânicas que cercam a cidade flutuante e até mesmo os templos da hierofanta.

— Onde você conseguiu isso? — questiona Jörah.

— No navio do rei Baldyr — respondo. Aponto para o segundo mapa, permitindo que vejam as fronteiras ocidentais de Baldeírik. — Pretendem atacar na véspera da Lua de Sangue. Dentro de dez dias. Eles têm uma frota de mais de cem navios preparados para atacar os nossos territórios.

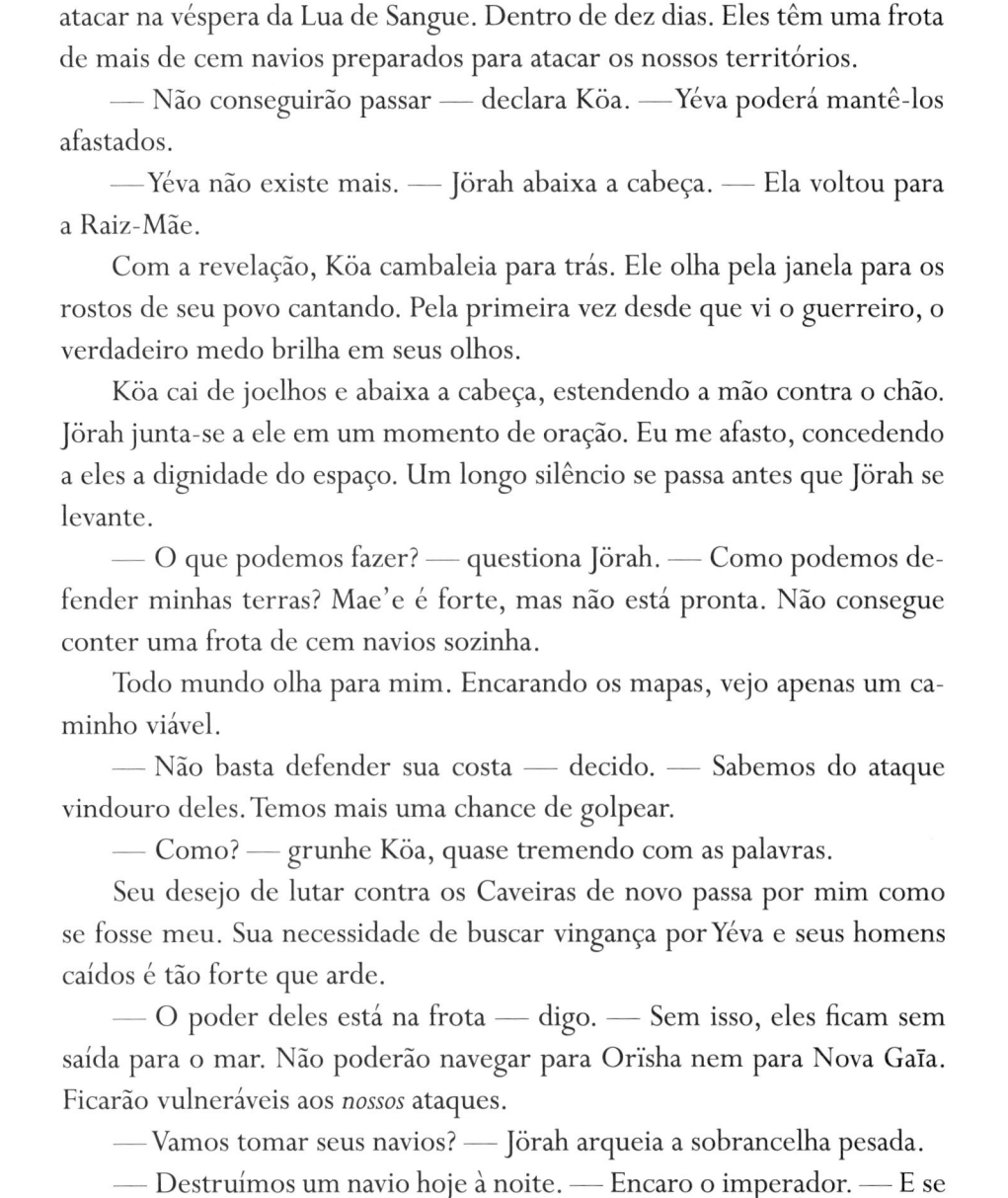

— Não conseguirão passar — declara Köa. — Yéva poderá mantê-los afastados.

— Yéva não existe mais. — Jörah abaixa a cabeça. — Ela voltou para a Raiz-Mãe.

Com a revelação, Köa cambaleia para trás. Ele olha pela janela para os rostos de seu povo cantando. Pela primeira vez desde que vi o guerreiro, o verdadeiro medo brilha em seus olhos.

Köa cai de joelhos e abaixa a cabeça, estendendo a mão contra o chão. Jörah junta-se a ele em um momento de oração. Eu me afasto, concedendo a eles a dignidade do espaço. Um longo silêncio se passa antes que Jörah se levante.

— O que podemos fazer? — questiona Jörah. — Como podemos defender minhas terras? Mae'e é forte, mas não está pronta. Não consegue conter uma frota de cem navios sozinha.

Todo mundo olha para mim. Encarando os mapas, vejo apenas um caminho viável.

— Não basta defender sua costa — decido. — Sabemos do ataque vindouro deles. Temos mais uma chance de golpear.

— Como? — grunhe Köa, quase tremendo com as palavras.

Seu desejo de lutar contra os Caveiras de novo passa por mim como se fosse meu. Sua necessidade de buscar vingança por Yéva e seus homens caídos é tão forte que arde.

— O poder deles está na frota — digo. — Sem isso, eles ficam sem saída para o mar. Não poderão navegar para Orïsha nem para Nova Gaīa. Ficarão vulneráveis aos *nossos* ataques.

— Vamos tomar seus navios? — Jörah arqueia a sobrancelha pesada.

— Destruímos um navio hoje à noite. — Encaro o imperador. — E se pudéssemos fazer isso com toda a frota?

CAPÍTULO CINQUENTA E SEIS

TZAIN

Köa não fala quando saímos da sala do trono. O guerreiro avança pelos corredores, ignorando o fato de estar mancando da perna direita. Durante todo o meu tempo em Nova Gaïa, vi o poder dele. Sua confiança. Seu escárnio.

Esta é a primeira vez que sinto o calor de sua raiva.

Ao nosso redor, o povo de Nova Gaïa lamenta a perda dos seus guerreiros e de sua hierofanta sagrada. Os criados amontoam-se para se abraçar. Os servos caem no chão coberto de cipós e choram. Até as crianças ficam de joelhos.

Tudo o que antes parecia impenetrável desmorona diante dos meus olhos. O plano de ataque de Inan passa pela minha cabeça. Temos uma última chance de deter os Caveiras antes que venham até nós com tudo o que têm. Mas como vou lutar se não consigo manter o controle?

A vergonha me invade ao pensar no que fiz na caverna. Espero que Köa retalie, mas ele olha adiante.

Quando chegamos ao quartel dos Lâminas, todas as forças aguardam nas praças. Köa cambaleia e para diante de seus guerreiros. Seu rosto se contorce, e eu sinto seu desespero.

— *Saiam!* — grita ele.

De repente, seus guerreiros voltam para seus alojamentos. Tento acompanhar, mas ele me empurra de volta.

E lá vamos nós.

Fico surpreso por Köa não querer público. Mesmo que aquela noite tivesse sido uma vitória, eu esperaria que ele retaliasse. A luz verde brilha ao redor de seus dedos manchados de sangue quando enfia a mão na pele, puxando seu *barong* de marfim.

— Lute comigo! — exige o Lâmina.

Ele aponta para o meu machado, mas eu faço que não com a cabeça.

Köa vem até mim tão rapidamente que não tenho tempo de sair do caminho e grito quando o *barong* corta meu flanco.

— Lute comigo — repete Köa. — Pegue seu machado.

Algo selvagem baila nos olhos do guerreiro. Algo que eu nunca tinha visto antes. Não sei se é devido à perda seus homens ou porque eu o ataquei e a Jörah na caverna. Mas não vou morder sua isca.

Não ativarei o poder que não posso controlar.

— Köa...

Ele ataca, e eu estendo meu machado de uma vez, desviando a lâmina de seu *barong*. Köa salta para trás e muda de forma, vindo em minha direção novamente.

A praça de treinamento ecoa quando sua lâmina de marfim se choca contra o metal carmesim dos Caveiras. Sinto o peso imenso dos soldados observando dos alojamentos. Os trainees com sua cabeça raspada espiam nossa batalha por trás do arsenal. Köa não desiste. Ele me ataca com tudo o que tem.

— Onde está sua força? — O guerreiro esgarça os dentes. — Onde está a sua dignidade? Você jura proteger sua irmã com o metal do inimigo?

Ele ataca de novo, e eu por fim entendo a origem de sua raiva, o machado que continuo empunhando. Mas ele não entende.

Não sei que poder tenho sem ele.

— Quando você não tem mais nada... — O guerreiro me ataca. — Quando o mundo tira tudo de você, é aí que você aprende quem realmente é! É aí que você encontra sua verdadeira força!

Köa avança, e nossas lâminas se encontram no ar. Meus braços tremem quando ele tenta me derrubar.

— O mundo já te destruiu, Tzain?

Köa golpeia novamente, e vejo aquela noite lenta e fatídica. Os guardas que arrombaram a nossa porta. A agonia no rosto de Baba quando quebraram suas costas. As mãos de Mama se estendendo para mim, buscando ajuda. O sangue escorrendo pelo rosto de Zélie.

— Ele te destruiu, Tzain!

Vejo o momento em que perdi Baba para sempre. A flecha que atravessou seu peito. A poça quente de sangue que vazou de seu corpo. Os últimos suspiros de vida que deu em minhas mãos.

— Ele te destruiu, Tzain!

Eu golpeio e vejo minha irmã, quando os Caveiras a levaram embora. Sinto como mutilaram o corpo dela. Sinto toda a dor que gostaria de poder tirar dela.

— Rá! — grito.

O machado do Caveira se parte ao meio quando caio de joelhos. As lágrimas que guardo dentro de mim escorrem livremente. Meu corpo arfa enquanto elas caem.

A dor do meu passado vaza através de mim, derramando-se no chão de tijolos esmeralda. Essa compreensão me atinge como um martelo.

Minha vida tem sido uma guerra infinita.

Köa vem até mim. O guerreiro levanta a mão. Espero que ataque, mas, em vez disso, ele pousa a mão no meu ombro. Ele se abaixa, fitando-me nos olhos.

— *Esta* é a sua força. — Ele aperta meu ombro. — Este é o poder que você tem.

Os Lâminas caminham no ritmo quando avançamos pelas selvas fora da cidade. A espessa cobertura verde paira no alto. O solo úmido se achata embaixo de nossos pés descalços.

Köa lidera o caminho de todos os seus homens, andando sem parar apesar de estar mancando. Não sei aonde está me levando, não sei o peso do que fiz. Mas, pela primeira vez nas luas, não sinto a atração do metal-de-sangue.

O domínio que os Caveiras tinham sobre mim desapareceu.

— *Um irmão de osso!* — cantam os Lâminas enquanto caminhamos. — *Um irmão de osso!*

Depois de todo o tempo gasto em treinamento, reconheço as palavras.

Um irmão de osso.

Chegamos a uma clareira com uma rocha achatada e castigada pelas intempéries, no centro. Todos os Lâminas ficam em círculo. Tento me juntar a eles, mas um deles me empurra para dentro da clareira. Köa está parado na pedra, com os braços cruzados.

— *Um irmão de osso!*

Um arrepio percorre meu pescoço enquanto caminho para o centro. Um círculo de tochas de pedra se acende no momento em que entro. As chamas dançam nos rostos dos guerreiros, suas sombras agigantando-se atrás deles.

Köa aponta para a pedra, e eu me deito. Seus dedos brilham em verde quando ele remove seu *barong* de marfim. Outro Lâmina entra com uma bandeja de suprimentos. Examino o vaso de pedra cheio de tinta preta derretida e a agulha de vidro de obsidiana, pronta para perfurar minha pele.

— Sério?

Não consigo esconder a esperança em minha voz quando observo o arsenal no peito de Köa. O líder me encara, interrompendo-me com seu olhar verde.

— *Você está pronto para lutar com seu próprio poder?* — questiona em sua língua.

Olho para o *barong* de marfim em suas mãos, considerando todo o peso de sua pergunta. Tudo que eu queria era manter minha irmã segura. Para mantê-la fora do alcance de Baldyr, eu estava disposto a fazer o que fosse necessário. Mas o homem que me tornei naquela caverna é alguém que nunca mais quero ser. Quero lutar com tudo de mim.

Quero liberar o poder escondido em minha própria força.

— *Estou pronto* — afirmo na língua dele também.

Os cantos dos lábios de Köa se contraem ao som do novo-gaīano. Ele faz um gesto para os Lâminas, e eles se preparam. Dois guerreiros agarram meus tornozelos. Mais dois agarram meus pulsos. Meus batimentos se aceleram quando Köa fica de pé sobre mim, procurando com seu *barong* de marfim.

Um calor estranho passa pelo meu torso como uma cobra. Uma das minhas costelas começa a brilhar. Köa não dá chance de me preparar.

Meus olhos se arregalam quando ele enfia a agulha de obsidiana direto no osso.

— *Ai!*

Os Lâminas me seguram com força enquanto a agulha preta se enterra. No momento em que a agulha atinge a costela, o brilho se intensifica. Köa alcança o vaso de pedra com tinta derretida.

— *Um irmão de osso!* — grita Köa.

Ele deixa o vaso de pedra escorrer. Mal consigo respirar quando o líquido derretido atravessa meu corpo, queimando minha carne. Minha pele se molda e se remodela diante dos meus olhos, revelando meu esqueleto. Os Lâminas se esforçam para me segurar quando uma rachadura profunda ondula através da costela brilhante.

Köa enfia a mão dentro do meu corpo, e meu corpo treme. Ele puxa a costela encharcada de tinta. Os outros Lâminas gritam quando o osso é cravado na minha mão.

— Encontre sua força! — diz ele na minha língua.

Eu me vejo correndo atrás de Zélie. Sinto o corpo de Baba sangrando em meus braços. O peso da minha armadura quando quis proteger Amari. A borracha fria da minha antiga bola de agbön.

Vejo cada Caveira que matei, cada guarda que cortei com minha lâmina. Mas então vejo o sorriso de Mama.

Todo o resto desaparece...

— *Meu menininho doce!*

O rosto de Mama se ilumina quando lhe entrego o copo-de-leite preto. Embora a incomode, ela se senta na cama. Ela estremece, e meu sorriso desaparece.

— *Me desculpe* — sussurro as palavras.

A dor dela é minha culpa. Eu me afoguei no lago da montanha. A magia do sangue que mamãe usou para me trazer de volta quase tirou sua vida.

— Não se desculpe, meu amor. — *Mama faz um gesto para mim, e eu pego a flor, encaixando-a atrás da orelha dela.* — Você é o meu coração. — *Ela toca minhas bochechas.* —Você é a minha força.

A luz da costela brilha tanto que atravessa toda a clareira. Estalos preenchem o ar à medida que ela cresce, assumindo uma nova forma. A costela única se torce e se expande, transformando-se em um machado de osso. Com meio metro de comprimento, o cabo se estende como uma espinha. Com cabeça dupla, lâminas largas e em forma de gancho brilham nos dois lados.

Aperto o cabo de marfim. Meu peito sobe e desce enquanto minha pele se remodela. Embora nenhuma voz preencha minha cabeça, sinto o poder que exerça com o metal-de-sangue do Caveira.

Köa ergue minha mão no ar. Os Lâminas rugem de volta.

— *Um irmão de osso!* — entoam eles em uníssono.

Uma emoção percorre meu corpo quando todos se amontoam no círculo.

CAPÍTULO CINQUENTA E SETE

ZÉLIE

No cume do Monte Gaīa, sinto o coração dela bater bem lá embaixo. O mundo mudou desde que acordei da sua fonte sagrada. Sinto a vida nos cipós ao meu redor.

A perda de Yéva paira sobre a cidade como as nuvens de uma tempestade. Todo novo-gaīano está vestido de branco. Uma fila interminável espera diante da Raiz-Mãe no centro da cidade para prestar suas homenagens. Sussurram palavras de gratidão nos cipós como se a hierofanta falecida pudesse ouvir.

A culpa pesa cada vez que respiro. Às vezes, fico preocupada que Yéva tenha cometido um erro. Na ausência dela, as criadas conversam comigo. Falam comigo. Buscam respostas que não consigo dar. Yéva estava com seu povo havia quase duzentos anos.

Usou sua última luz para me manter aqui.

Se eu tivesse sido forte o suficiente...

O arrependimento me corrói. Não estaríamos aqui se eu tivesse conseguido manter o controle. Meu estômago se contorce com o raio dourado preso dentro dele. Eu ouço as palavras que o rei Baldyr sussurrou, que descem tremendo pela minha espinha.

Blóðseiðr.

Meus dedos roçam no medalhão em meu peito. É como se o rei Baldyr estivesse por cima do meu ombro, olhando para a cidade de Nova Gaīa.

A presença dele me assombra, embora estejamos a oceanos de distância.

Ainda consigo sentir a paralisia que me atingiu quando ele invocou o juramento de sangue, a queimadura do medalhão sendo ativada sob seu comando. Anseio por recuperar a magia arrancada da minha pele, os poderes que usou para reanimar seus homens caídos.

Suas ações profanaram todos os atos sagrados dos ceifadores que já conheci, magia destinada apenas a ser usada sobre espíritos presos entre esta vida e o próximo mundo. Com esse poder sobre mim, não sei como revidar.

Não sei o que fazer se ele atracar na costa de Nova Gaīa e atacar.

Conforme os dias passam e a Lua de Sangue se aproxima, a cidade se prepara para travar a guerra. Os Lâminas treinam como feras, seus gritos de batalha ecoam em suas praças de treinamento. Todas as noites eles entram na selva para ativar seus mais novos guerreiros, tatuando novas armas na pele nua dos aprendizes.

Algumas trança-cipós trabalham dia e noite para criar novas videiras para o ataque, remodelando as embarcações para adicionar mais passageiros. Suas adições triplicam a velocidade das naus, permitindo-nos seguir a toda velocidade até as terras do rei Baldyr.

Outras trança-cipós trabalham para erguer novas fortalezas ao redor das fronteiras de Nova Gaīa. Grossas torres de cipós se erguem na orla da praia. Eles se revezam praticando suas defesas, usando cipós alongados para capturar peixes enormes do oceano como se fossem os navios dos Caveiras.

Mas de todos os preparativos feitos, estou maravilhada com as Criadas Verdes. Elas trabalham em equipes para construir uma rede subterrânea de cipós. Movem-se de campo em campo, tecendo novos pontos de fuga pela cidade flutuante que levam até as areias negras.

Observando-as trabalhar, quero ficar forte, manter nossos povos em segurança. Mas, toda vez que penso em enfrentar o rei Baldyr, sinto um nó em minha garganta.

Parece que sou a única pessoa em nossas terras que não está preparada para o combate.

— Aí está você!

Eu me viro e encontro Mae'e parada na trilha da montanha, toda de branco como os outros de seu povo. Algo mudou dentro dela desde a morte de Yéva. Uma rigidez invadiu seu olhar de diamante.

A nova hierofanta se junta a mim no centro do cume. Ela entrelaça os dedos nos meus, observando os preparativos em sua cidade.

— Jörah deu sua palavra — continua Mae'e. — Suas forças partem em três dias. Querem que fiquemos aqui.

— Você discorda? — pergunto.

— Não deixarei meu povo batalhar na linha de frente. Precisamos derrubar o rei Baldyr antes que ele tenha a chance de entrar nestas terras. — Mae'e se vira para mim, e seus olhos de diamante cintilam. — Prometa-me que ficará ao meu lado.

— Você não entende. — Eu me afasto. — Você não estava naquela caverna. Sou o motivo por que Jörah e Köa ficaram feridos. A razão por que aqueles guerreiros foram mortos...

— Também é a razão por que o acertamos em cheio — diz Mae'e, insistindo. — Quando tudo mais falhou, *você* teve força suficiente para atacar.

— Mas e se ele assumir o controle?

— Você lutará com ele! — responde Mae'e. — Você fez isso antes. Pode fazer de novo!

Mae'e abre as palmas das mãos, e dezenas de cipós se abrem através da rocha negra. Elas se contorcem no ar, controlando uma força que ela não exercia antes.

— O que você está fazendo? — Eu recuo.

Antes que eu possa reagir, os cipós avançam de uma vez. Eu mergulho para o lado quando os cipós atingem o lugar onde eu estava como lanças. Rachaduras se abriram na pedra da montanha. Os cipós recuam e vão direto para o meu peito. Quase caio da beirada da montanha na tentativa de escapar.

— Mae'e, pare!

A hierofanta se move com uma ferocidade que nunca vi. Antes que eu possa me esquivar de novo, os cipós de Mae'e se agarram ao meu torso com toda a força. Eles me erguem no ar e me espremem.

— Ele quer colher o seu coração, Zélie! — grita Mae'e. — Não o contrário.

Mae'e balança a mão novamente, e o medalhão sacode em meu peito. Cerro os dentes quando ele queima.

A magia se contorce, saindo da minha pele em listras vermelhas, libertando-se das minhas veias. O rei Baldyr está diante de mim, com sangue escorrendo de seu crânio dourado.

— *Lute!* — A voz de Mae'e sofre uma mutação. Seus novos poderes inflam diante dos meus olhos.

Meu corpo começa a doer. A montanha começa a sacudir.

Um lampejo de raiva cresce em mim, e eu ataco. Agarro o poder dentro de mim, pensando no meu povo, no povo de Mae'e.

No rei Baldyr, e em como ele deve morrer.

Um rugido sai da minha garganta. O medalhão ilumina meus trajes de seda branca. Uma corrente percorre meus braços em raios finos e ofuscantes, saindo das pontas dos meus dedos. Pequenos raios saem do meu corpo em curvas, como cobras, girando no céu enquanto o relâmpago dourado desperta lá dentro. Com pressa, relâmpagos rasgam os cipós, libertando-me.

Eu olho para cima enquanto os raios desaparecem. Uma nova camada de suor cobre minha pele. Quando forço, outro raio dourado escapa da minha garganta, alcançando as nuvens.

— Você não é a arma para a colheita dele. — Mae'e se curva. — Você é a força que trará o fim dele!

Eu me ponho de pé e abro os braços.

— De novo.

CAPÍTULO CINQUENTA E OITO

ZÉLIE

Na véspera de partirmos para Baldeírik, os uivos dos novos-gaīanos ressoam nos cipós fora do centro da cidade. O tom agudo estremece meus ossos. Colunas de fogo se erguem noite adentro, enfrentando as estrelas.

Mae'e e eu esperamos diante da cachoeira de Nova Gaīa, nos preparando para embarcar em uma das duas videiras que flutuarão pelos canais da cidade. Quando vejo meu reflexo na água azul-turquesa, minha respiração falha.

Não reconheço a garota que me encara de volta.

Desde o momento em que deixei o cume, as criadas de Mae'e me prepararam para reunir o povo sob a lua da meia-noite. Elas me mergulharam em banheiras de cristal, encharcando-me em suas águas brilhantes. Seus dedos ágeis fizeram uma coleção de tranças brancas em meus cabelos, tramando nelas safiras amarelas e colares de pérolas douradas.

Quando meu cabelo estava penteado, e meu corpo, limpo, uma garota chegou a meus aposentos, a Criada Verde mais velha que já tinha visto. A tarde virou noite com a mulher marcando minha pele: pintando trilhas de luz em ouro cintilante. Essas mesmas marcas fazem brilhar minhas vestes transparentes, cravejadas de cristais citrinos reluzentes e sóis brilhantes esculpidos em apatita amarela.

A mesma garota retorna com a peça final. Encaixa uma teia de diamantes amarelo-canário sobre minha cabeça como um véu.

— Você está deslumbrante.

Reconheço os passos lentos do rapaz que conheci como um principezinho. Eu me viro e encontro Inan atrás de mim, em trajes reais. Um novo manto brilha sobre sua pele acobreada, decorada com raios como o sol. Os novos-gaīanos abraçaram Inan pelos serviços prestados.

Inan me oferece a mão, e eu a tomo, permitindo que me guie até a segunda videira. Ele me encara enquanto esperamos para sair. Abre a boca para falar, mas outra trombeta toca.

A videira de Mae'e zarpa. Eu inspiro quando a minha segue. Mais colunas de fogo se lançam nos ares.

A procissão de guerra começa.

A visão de Nova Gaīa me deixa sem fôlego. O povo de Mae'e se alinha nos canais, vestido de vermelho da cabeça aos pés. Combinam com sua nova hierofanta sagrada, uma visão em profundas saias escarlate e um lenço ornado com rubis brilhantes cobrindo seus cabelos pretos.

Os novos-gaīanos caem de joelhos quando passamos, cabeças baixas, lábios recitando baixinho uma oração. Uma garotinha sai do lado de sua mãe, tira do peito uma boneca de Mamãe Gaīa e me oferece.

Os novos-gaīanos seguem o exemplo dela, estendendo bênçãos ao longo de nossa jornada. Mangas maduras. Pétalas de rosa secas e paus de canela. Muitos oferecem velas acesas de tangerina.

Cada Lâmina segue atrás de nós na nova frota de videiras que as trança-cipós construíram enquanto flutuamos através das bênçãos de milhares. Os guerreiros usam tinta preta no rosto e no peito nu, marfim em pó marca seu esqueleto, grossas linhas vermelhas são pintadas embaixo dos olhos.

Quando chegamos ao sopé do Monte Gaīa, o imperador Jörah nos encontra. Tal como seus homens, a pintura tribal cobre sua pele marrom-avermelhada. Um pesado manto de esqueleto repousa sobre seus ombros largos. O imperador partilha com eles a vontade inquebrantável, visível em seus olhos angulares.

Jörah estende a mão para mim. O trovão estronda acima de nós quando ele encosta na palma da minha. Absorvo a vastidão do seu povo — a baía dos Lâminas, as águas com infinitas velas acesas, os canais ladeados de vermelho. As trança-cipós ficam penduradas como aranhas, circulando acima de nossas cabeças.

Jörah dá um passo adiante. Permanece firme como a montanha atrás dele.

— *O dia chegou.* — Sua voz baixa se amplifica. — *Enfrentamos uma ameaça diferente de todas as que já conhecemos. Uma que pode aniquilar nosso povo. Nossa Raiz-Mãe. Nosso lar. Esta noite nos uniremos.* — O imperador levanta os braços. — *Rezaremos à Mamãe Gaīa para que abençoe as nossas terras. Amanhã destruiremos o inimigo! Nós vamos em frente! Nós lutaremos! Nós venceremos!*

Em resposta ao poderoso grito do imperador Jörah, os novos-gaīanos cantam. Suas vozes reverberam pelas montanhas.

— *Nós vamos em frente! Nós lutaremos! Nós venceremos! Nós vamos em frente! Nós lutaremos! Nós venceremos!*

Mae'e levanta a mão, e toda a multidão fica em silêncio. Ela pousa a palma da mão no ombro de Jörah.

— *Eu gostaria de falar.*

O vento nem sequer sopra quando Mae'e assume o palco central. A cidade está tão silenciosa que consigo ouvir o eco dos seus pés descalços caminhando sobre a pedra da montanha.

— *Eu testemunhei quem é nosso inimigo.* — Sua voz é firme. — *Eu vi a magia que eles têm. Estamos na iminência de uma batalha séria. Uma que pode custar mais de nossas vidas sagradas.*

Mae'e espera que suas palavras cheguem aos lugares mais distantes da cidade. A energia ao redor muda. Os cipós começam a se enrolar.

— *Mas a batalha que travaremos...* — Uma onda de paixão irrompe dentro dela. — *Vai devastar a nação deles!*

Mae'e dá um soco no ar. Os novos-gaīanos rugem em resposta.

— *Não esqueçamos quem somos!* — Seus olhos de diamante faíscam. — *Não esqueçamos do fogo sagrado com que fomos forjados! Somos filhas e filhos de Nova Gaīa!*

Mae'e parece a própria deusa que zela por seus templos. Seu fogo divino percorre toda a multidão, seu discurso leva seu povo ao frenesi. O terror transforma-se em sede de sangue.

— *Ela nos enviou aliados!* — Mae'e pega meu braço. Não estou preparada quando ela o ergue. — *Aquela que carrega o poder das tempestades no sangue!*

Mae'e se vira para mim, seus olhos cintilantes me desafiam a falar. Olho para a multidão, e meu peito se expande em admiração. Mal consigo acreditar onde estou, que as pessoas me olhariam com tamanha esperança em uma terra estrangeira.

— *Nós lutaremos por você, Nova Gaīa!* — grito na língua deles. O povo berra com tanta força que o clamor se propaga pelos ares. — *Daremos o nosso melhor! Vamos arrasar cada um dos Caveiras!*

— *Morte aos Caveiras!* — Mae'e solta um grito de guerra.

— *Morte aos Caveiras!* — grita o povo de volta.

Seus gritos por sangue agitam os relâmpagos em minhas veias.

CAPÍTULO CINQUENTA E NOVE

TZAIN

A comemoração que se segue ao comício de guerra é diferente de todas as que já vi. Os novos-gaīanos dançam ao som de tambores carmesim, uivam para a lua cheia. Pratos dourados cheios até a borda com carne de porco cozida lentamente e arroz passam de mão em mão. As crianças mordiscam trufas de chocolate. As pessoas se juntam na praça do mercado, desocupada para que os novos-gaīanos se reúnam.

— *Vai! Vai! Vai!*

Passo por uma multidão que se formou em torno de Mae'e. Ela dança, fazendo as saias esvoaçarem e batendo os punhos e os pés. Seus cabelos pretos voam livremente. Tão linda que era quase insuportável vê-la ali.

Amari olha de fora do círculo, paralisada pela mulher à sua frente. Um novo brilho cintila em seus olhos âmbar, e um rubor se espalha em suas bochechas.

É o jeito que costumava olhar para mim.

Ao observá-la agora, penso em tudo o que deveríamos ter sido, enxergo a vida que pensei que viveríamos. O filho de um pescador com a futura rainha de Orïsha. De alguma forma, sempre pareceu perfeito demais para ser verdade.

— Tzain — Amari me chama.

Eu me junto a ela, vindo das margens da multidão. As sobrancelhas de Amari se erguem ao ver minha tatuagem de Lâmina: um machado de osso para substituir o do Caveira.

— Pronto para amanhã? — pergunta ela.

Apesar de tudo o que vamos enfrentar, faço que sim com a cabeça. Nos últimos nove dias, o treino com os Lâminas se transformou. Sem estar mais do lado de fora do grupo, os guerreiros me levaram além dos meus limites. Lutamos do anoitecer ao amanhecer.

— Você está? — pergunto.

Amari me mostra seu lado, e eu vislumbro a espada de obsidiana presa em sua cintura. Ela usa uma explosão de magia azul na mão, iluminando os cipós esculpidos que rodopiam pelo vidro preto. A garota que questionou seu lugar nessa luta havia desaparecido. A valente guerreira que conheço está aqui.

— Eles a pegaram uma vez — diz ela. — Não podemos deixar acontecer de novo.

Enquanto olhamos para o mar de novos-gaīanos, Amari apoia a cabeça no meu braço. Fecho os olhos e absorvo seu toque suave. Sua respiração tranquila. O cheiro de canela em seu cabelo.

Pouso a mão sobre o ombro dela, e seu corpo relaxa. O simples gesto me leva de volta no tempo. Ainda me lembro da primeira vez que a vi, do momento em que ela tirou a capa marrom da cabeça depois que a resgatamos de Lagos. Mesmo sem sua tiara, eu pude ver em seus olhos âmbar que ela era diferente.

O próprio ar que ela exalava era raro.

Tudo que eu queria era ser suficiente. Viver dia após dia presenciando aquele sorriso em seu rosto. Quando ela me disse que me amava, o sonho se tornou realidade.

Eu senti como se segurasse o mundo inteiro.

— Você viu minha irmã? — pergunto.

A multidão que rodeou Zélie depois do comício me aterrorizou tanto quanto os Caveiras. Ela não conseguiu sair de lá por horas, pois o povo de Mae'e a abraçou como se ela fosse um deles.

— *Aurélia!* — gritaram.

Na hora, eu não sabia o que isso significava. Mais tarde, Köa compartilhou a tradução: *Aurélia. A Dourada.*

—Acho que ela está no subsolo — responde Amari. — As Criadas Verdes a levaram para os alojamentos subterrâneos de cipós. Era o único lugar onde ela poderia ficar sozinha.

Concordo com a cabeça e começo a me afastar, mas alguma coisa me impede. Mesmo com o coração em frangalhos, deixo a dor de lado.

—Você... — eu pigarreio. É um esforço encontrar as palavras certas. — Você devia dizer para ela. — Aponto Mae'e com o queixo. Forço um sorrisinho no rosto.

Os olhos âmbar de Amari reluzem para mim como estrelas. Ela olha para a hierofanta antes de voltar a olhar para mim.

— Diga para ela. — Beijo sua testa uma última vez. —Você é perfeita, Amari. Eu sei que ela sente o mesmo.

Eu seguro as paredes de cipós enquanto caminho por baixo da cidade. Construído pelas Criadas Verdes, o novo túnel de videiras chega às profundezas do subsolo. Criaram um caminho dos campos flutuantes da cidade até a segurança das areias pretas de Nova Gaīa.

Uma parede de incenso me recebe quando chego ao fundo. Meus pés descalços passam pela pedra quente. Depois de um tempo, chego aos canais. Vitórias-régias gigantes flutuam rio abaixo, prontas para transportar as pessoas até um local seguro.

Minha irmã brilha ao final de um braço do canal. As águas azul-turquesa brilham contra sua pele escura. Mal consigo acreditar que conheço essa garota, que crescemos juntos nas montanhas de Ibadan.

— *Aurélia!* — sussurro.

Zélie se vira para mim com um sorriso irônico no rosto. Seus pés balançam nas águas, e eu me junto a ela na beirada, permitindo que meus pés deslizem também para dentro do canal.

O momento me traz de volta a quando éramos jovens. Vejo o lago na frente da nossa cabana de pedra. Naquela época, os únicos inimigos que eu tinha de enfrentar eram os meninos nas quadras de agbön.

— Você estava magnífica. — Eu a cutuco. — Baba ficaria muito orgulhoso.

À menção do nosso pai, lágrimas tomam conta dos olhos prateados de Zélie. Ela toma minha mão na dela. Apertamos a mão um do outro, sentindo o vazio de tudo o que perdemos.

— Acha que ele algum dia acreditaria que estávamos aqui? — sussurra.

— Acha que Mama acreditaria? — devolvo a pergunta.

Faz anos que não falo o nome de Mama, mas, nesta noite, o rosto dela é tudo o que eu vejo.

Não pude protegê-la naquela época, não era forte o suficiente para derrubar os guardas. Mas desta vez, com Zélie, é diferente, pois não sou mais um menino.

Sou um guerreiro.

Luto com a perseverança dos Caveiras. Batalho com o poder dos Lâminas. Por fim, sou forte o suficiente para proteger minha irmã.

Eu morro antes de deixá-la se machucar.

— Preciso que você me prometa uma coisa... — Os dedos de Zélie espalham-se sobre a tinta dourada em sua pele. — Se o pior acontecer...

— Não.

— Tzain...

— Não vou deixar você falar desse jeito.

Zélie afasta a mão e expira forte. Velas de tangerina tremeluzem sobre seu olhar prateado.

— Vamos acabar com eles — insisto. — Vamos voltar para casa.

Eu sei disso, eu sinto. No *fundo* do meu peito. Desta vez, temos a nação de Nova Gaïa nos apoiando, temos todos os planos de Inan.

— Olhe para mim — diz Zélie, agarrando meu punho cerrado.

Odeio o jeito que meus olhos ardem.

— Tzain, olhe para mim — sussurra ela. — *Por favor*.

Ela encaixa as mãos nas minhas bochechas. As lágrimas que cintilam em seus olhos fazem com que as minhas caiam.

— Se o pior acontecer, você vai ter que derrotá-los. Os Caveiras não vão parar em Nova Gaïa. Eles navegarão para Orïsha também.

— Não vou deixar nada acontecer com você.

— Mas se isso acontecer... — Zélie solta um suspiro trêmulo. — Jure que vai lutar. Jure que vai fazer tudo o que puder.

Embora eu não queira falar as palavras, me forço a concordar com a cabeça.

— Juro.

CAPÍTULO SESSENTA

INAN

Música e conversas ecoam do comício de guerra, viajando pelos vitrais da sala do trono do imperador Jörah. Examino os mapas espalhados pelo piso de cerâmica, buscando algo que perdi, qualquer coisa que possa garantir nossa vitória nesta guerra.

Em poucas horas, navegaremos até a costa de Baldyr. Segundo as minhas ordens, destruiremos sua frota. Mas, à medida que a noite passa, meus dedos ficam dormentes.

O destino de nossas duas nações recai sobre mim.

Toco o mapa de Baldeírik, tentando memorizar o reino em forma de coração. Os nomes dos seis territórios flutuam em minha mente: *Hlÿr, Faól, Hávar, Vídarr, Dóllyr* e *Iarlaith*. Cada colônia possui uma aldeia principal no centro, cercada por praças amplas que marcam campos de grãos e fazendas. No meio do mapa está sua forja sagrada, sem dúvida a fonte das máscaras e armas de metal sangrento.

Com mais recursos à minha disposição, sei que ataque eu prepararia. Anseio por liberar toda a ira de Orïsha. Em tempos melhores, os queimadores destruiriam seus suprimentos de comida, os cânceres atacariam suas aldeias, minha mãe e seus terrais devastariam as montanhas deles até ficarem no chão. Os Caveiras pagariam por cada vida de orïshano que tiraram.

Lamentariam o dia em que pisaram em nossas praias.

No entanto, com os novos-gaīanos, preciso me concentrar. O poder dos Lâminas e a agilidade das trança-cipós só podem resultar em um ataque. Passo os dedos sobre cada nome inscrito nos pergaminhos do imperador Jörah, sentindo o peso de cada vida sob meu comando. Embora eu já tenha supervisionado soldados antes, algo no dia de amanhã parece diferente. Não há espaço para erros.

Não posso arriscar conduzir os novos-gaīanos pelo caminho errado.

— Sabia que encontraria você aqui.

Eu me viro: Mae'e está parada à entrada imponente, com um brilho fresco de suor na pele marrom. As saias escarlate rodopiam ao seu redor mesmo na ausência de vento. Os cipós espalhados pelo chão estendem-se em sua direção, ímãs encontrando seu par.

Eu me curvo diante dela antes de apontar para seu olhar.

— Por causa da sua Visão?

Mae'e faz que não com a cabeça.

— Por causa *dela*.

A hierofanta me leva até a janela. Sigo bem no momento em que Zélie e Tzain saem dos túneis subterrâneos embaixo do palácio imperial. Ao ver Zélie, meu coração dispara. Sua beleza reluz através de seu véu bordado com joias.

— Você está tão concentrado em protegê-la — diz Mae'e. — Estou surpresa que você tenha se afastado desses mapas para participar do comício.

— Não poderia perder o comício — comento. — Você foi formidável. Acho que Yéva ficaria orgulhosa.

À menção de Yéva, Mae'e quase sorri, mas seus lábios se franzem.

— Yéva agora faz parte da Raiz-Mãe. Cada vez que visito, peço orientação dela. Quero saber o que ela faria.

— E conseguiu? — pergunto.

— Sempre que tento descobrir sobre a batalha, vejo apenas vocês dois.

— Por quê? — Ergo a sobrancelha.

— Não sei — responde Mae'e. Ela me examina com seu olhar de diamante. — É o que queria descobrir.

Observamos Zélie embarcar em uma vitória-régia de volta ao Monte Gaïa. No último momento, Tzain envolve a irmã nos braços. Alguma coisa pesada paira entre eles, Zélie parece lutar contra as próprias lágrimas quando parte.

— Agora Zélie partilha uma ligação com a montanha — continua Mae'e. — Desde que seu espírito ajudou Yéva e a mim a trazê-la de volta à vida, mas, pela forma como vocês dois se olham, acredito que Zélie compartilha uma ligação com você também.

Conforme Zélie desaparece no canal iluminado por velas, a paisagem de sonho surge na minha mente. Vejo a mata e as cachoeiras que outrora brotaram aos pés de Zélie, sinto o calor do corpo dela quando nos enroscamos nos juncos.

— Há um lugar — começo a falar, lentamente. — Um espaço que compartilhamos em nossas mentes.

— A paisagem dos sonhos? — Mae'e sorri.

— Você conhece?

Mae'e faz que sim com a cabeça, e seus dedos pousam sobre o coração.

— Tudo começou no dia em que nos conhecemos... — Minha voz desaparece quando penso no passado. — Nós dois trocamos olhares, e o tempo congelou. Um choque como um raio percorreu minhas veias. Desde aquele dia, estamos conectados. É como se nossos espíritos estivessem entrelaçados.

Mae'e pressiona a mão na janela maior, abrindo o vitral. A melodia de seu povo chega em um sopro da brisa quente. Mae'e fecha os olhos e inspira.

— Estou lhe dando meus melhores soldados — diz ela. — Minhas fronteiras ficarão enfraquecidas quando mais precisaremos de proteção. Se Yéva está me apontando a conexão que você e Zélie compartilham, então preciso da sua palavra de que você a usará. Preciso que você faça o que for necessário para deter os Caveiras.

— Eu lhe dou minha palavra. — Estendo minha mão para Mae'e e me curvo mais uma vez. — Não importa o que aconteça, farei tudo a meu alcance para eliminar os Caveiras.

CAPÍTULO SESSENTA E UM

INAN

As ondas batem contra a nossa videira. A lua cheia brilha acima. Penhascos irregulares cortam as águas escuras como facas serrilhadas. Nós os usamos como refúgio.

A névoa cobre a Baía Preta de Iarlaith, a vila portuária na costa oeste de Baldeírik. Os Caveiras estão em nossas terras há muito tempo.

Por fim, trouxemos o combate até eles.

Jörah me entrega uma luneta, e eu a uso para examinar a costa. Não há um sinal de vida. As casas construídas com madeira empilhada assentam sobre fundações de pedra. Camadas espessas de terra crua isolam os telhados. As habitações modestas margeiam as águas, separadas das propriedades maiores. Canoas menores flutuam nas docas. As lâminas esfarrapadas de um moinho de vento giram.

Na grande baía, a frota de cem navios flutua diante de nós, vulnerável ao nosso ataque. A silhueta de cada navio balança para cima e para baixo na água, pairando sobre nós como sombras escuras. À medida que examino cada embarcação, enxergo linhas familiares. A maior parte da frota corresponde ao navio do qual escapamos primeiro. Imagino os níveis mais baixos cheios de óleo explosivo, apenas esperando para o vazarmos.

A hora é agora.

Uma onda de determinação corre dentro de mim, pulsando através do meu sangue. Penso em todo o planejamento que nos trouxe a este momento, nas últimas noites estudando os diferentes mapas e diagramas roubados dos aposentos do Caveira Prateada. Nossa última chance de deter os Caveiras paira diante de meus olhos. Tudo o que deve ser destruído antes que o rei Baldyr morra.

Duas ondas separadas — é isso o que será necessário para dizimar a frota dos Caveiras. Nossa frota de trinta novas videiras nos cerca, cada navio aprimorado para triplicar sua velocidade. Será lançada a primeira onda de videiras, encarregadas de dispersar o óleo explosivo. Com apenas trinta embarcações em nossas forças, cada equipe terá que encharcar mais de três navios dos Caveiras.

É quando Zélie entra em cena.

Zélie, Amari e Mae'e vão avançar atrás de nós, esperando em uma videira trançada especialmente para ela atacar. Todas as oito Criadas Verdes ficam ao redor dela, protegendo sua hierofanta e trabalhando na embarcação. Zélie está sentada no centro do barco em forma de octógono, elevada sobre um pedestal de cipós e toda revestida de ouro. Os novos-gaïanos trabalharam a noite toda para criar um exoesqueleto dourado para ela. A armadura dourada sobe pelos braços e desce até as pernas.

Ao comando de Mae'e, as Criadas Verdes zarpam. Sua nave única lançará a segunda onda. As outras videiras recuarão enquanto Zélie invocará o raio dourado do fundo do coração.

Tudo que precisamos é de um ataque. Apenas um, e todos os navios explodirão. Quando o raio bater, a frota deles se transformará em cinzas.

A maior arma dos Caveiras contra nós será inutilizada.

Com nossas terras protegidas, atacaremos suas costas. Nós os devastaremos com o poder das trança-cipós e a ira dos Lâminas. Seu plano de conquistas morrerá com eles.

E você viverá...

Olho para Zélie e penso no voto que fiz. Imagino-a pisando em Orïsha, com a nova vida da qual poderá desfrutar.

— Você está pronta? — pergunto a ela, e ela faz que sim com a cabeça, uma convicção forte em seu olhar prateado.

Olhando para ela, não enxergo a garota que entrou em Lagos naquele fatídico dia. Não vejo a maji que incendiou minha cidade inteira. Nesta noite, vejo a maior combatente de Orïsha.

Vejo a garota com o sangue do sol.

Devolvo a luneta ao imperador.

— Tudo pronto — digo.

Um assobio baixo passa pelos cipós.

Prendo a respiração quando a primeira onda quebra.

CAPÍTULO SESSENTA E DOIS

TZAIN

Movendo-me pelas águas do inimigo, sinto o peso de tudo o que vamos enfrentar. Navegamos quase em silêncio. Os únicos sons que se elevam acima das marés pretas são os leves salpicos de água contra os cipós em movimento.

— Devagar.

Guio nossa trança-cipó enquanto ela faz nossa videira parar. Ancoramos diante da linha de navios mais próxima da costa negra. Examino cada embarcação flutuante. Dos cem navios que precisamos encharcar, sei que Köa e eu podemos destruir a maior parte.

A trança-cipó manipula as laterais da nossa embarcação para criar uma escada tramada. Os cipós grossos sobem pelo casco do navio. A escada se engancha na amurada, e eu subo. Köa e eu nos preparamos para embarcar.

Sinto as gotículas da água do mar aos meus pés enquanto subimos. Köa assume a frente, e meu coração começa a palpitar forte quando nos aproximamos do navio. Tenho que me lembrar de respirar.

Ele estende a mão e me puxa silenciosamente por cima da amurada. Meus pés pousam com um baque suave. As tábuas rangem sob os nossos passos.

— Por aqui. — Köa me segue quando atravessamos o convés.

Um arrepio percorre minha espinha. Embora o navio não seja idêntico àquele do qual escapamos, as lembranças daquelas longas noites começam a voltar.

Passamos pela porta em arco além dos botes salva-vidas, descendo a escada. Quando fico cara a cara com uma fileira de jaulas, eu congelo.

É demais para aguentar.

— O que foi? — pergunta Köa.

Por um momento, não consigo falar, meu corpo fica dormente. Vejo o Caveira que agarrou o pescoço de Udo, ouço os ossos que quebraram.

— Lute contra isso. — A dormência para apenas quando Köa encosta a testa na minha. — Você conseguiu sair da jaula. Você está aqui. Está vivo.

Köa segura minha nuca até que meu tremor diminua.

— Sua guerra está quase acabando. — Köa solta a minha cabeça. — É a nossa hora de vencer.

Conduzo Köa pelo segundo nível de jaulas, por canhões enferrujados e salas cheias de caixotes. No terceiro andar, descobrimos quatro barris de óleo explosivo embaixo da escada. Köa carrega dois para o outro lado do navio, eu carrego os outros para o topo do convés.

Prendo a respiração e me concentro. A luz verde faz cócegas quando chega às pontas dos meus dedos. Com isso, puxo o machado de osso tatuado em meu abdômen. A luz brilha enquanto a arma de marfim estala, desprendendo-se de mim.

Ainda não consigo superar aquela impressão, a sensação de empunhar uma parte real de mim. Com um arco rápido, estouro os barris. Óleo explosivo vaza no convés, encharcando as tábuas de madeira.

Köa volta logo para me encontrar, e seguimos para a amurada. A videira navega lá embaixo. A trança-cipó cria uma nova escada, ligando nossa amurada ao próximo barco. Atravessamos a escada com velocidade, tomando cuidado para não perder o equilíbrio.

Juntos, Köa e eu entramos em um ritmo constante. Passamos de navio em navio, a trança-cipó fazendo a ponte em nosso caminho. Enquanto trabalhamos, vejo as silhuetas dos demais Lâminas do outro lado da baía. À medida que a lua se move no céu, nossas forças coletivas vão trabalhando em todos os cem barcos.

Esmago os últimos barris de óleo explosivo quando Köa assobia para batermos em retirada. Eu me junto ao guerreiro na amurada. Köa desliza pela escada de cipós, balançando a videira ao aterrissar. Eu faço com que meu machado de osso entre de novo na minha pele antes de fazer o mesmo.

Enquanto navegamos de volta da costa, o cheiro de enxofre de todo o combustível vazado contamina o ar. Cubro o nariz e fecho os olhos, observando os borrifos oceânicos. Eu me preparo para tudo explodir...

— Tzain.

Meus olhos se abrem. Jörah me aponta um navio no meio da frota deles. Junto ao navio, dois Lâminas aguardam em suas videiras. As trança-cipós nos sinalizam, e nossa trança-cipó nos leva até lá.

Quando nos encontramos, os novos-gaīanos falam rapidamente em sua língua. Minha testa se enruga quando Köa traduz as palavras.

— O que foi? — pergunto.

Os Lâminas indicam a Köa um lugar acima da ponte.

— Venha junto. — Ele gesticula. — Tem alguma coisa lá que precisamos ver.

CAPÍTULO SESSENTA E TRÊS

TZAIN

Assim que entro no navio, alguma coisa não me parece certa. Todo o convés está vazio, os mastros da embarcação nem têm velas.

Uma única luz brilha no convés superior. Brilha de cima para baixo em vermelho. Köa puxa o cutelo das costas.

Meus dedos brilham em verde quando puxo meu machado de osso.

O que é isso?

As tábuas abaixo de nós rangem quando subimos as escadas. Meu estômago se retorce a cada passo. Os cabelos da minha nuca se arrepiam.

Quanto mais subimos, um barulho de arranhado constante fica cada vez mais alto. Algo pesado espreita no ar. Quando chegamos ao nível superior, a porta vermelha dos aposentos do capitão está entreaberta. Eu me atrevo a empurrá-la para abri-la. A luz da lua se espalha pelo chão.

Minhas mãos ficam amolecidas quando vejo a pele escura. Uma jovem maji está deitada nos ladrilhos de mármore com uma fenda raivosa em sua garganta. Uma poça de sangue escorre do pescoço.

Seu corpo é apenas o primeiro. Dezenas do meu povo se alinham no chão. Sigo a trilha de cadáveres até a pequena figura parada no fundo da sala.

— Pelos deuses...

Na parede oposta, uma *galdrasmiðr* está em pé, presa em um transe extático. Sua pele é pálida como gelo, e seus cabelos grisalhos são quebradiços como arame. Um crânio de animal com chifres cobre seu rosto.

Observo enquanto a mulher pinta com o sangue do meu povo. Minha alma se revolta com a visão. Runas retangulares cobrem os aposentos do capitão. Pingam das paredes de mármore.

As runas formam um mosaico complicado, criando a imagem de um homem se contorcendo em três correntes de magia embaixo de uma lua carmesim. Uma corrente mostra linhas de sangue e metal. A outra é feita de cipós e lava. Na terceira, vejo esqueletos ressuscitados e nuvens tempestuosas.

— *O que é isto?!* — ruge Köa em sua língua.

A mulher para. Seus dedos manchados tremem. Köa e eu recuamos quando ela se vira.

O horror estremece meus ossos quando ela sorri.

— Corra! — Tento agarrar Köa, mas o Lâmina corre em direção à luta.

Ele pega seu *barong* de marfim em um piscar de olhos, quebrando o crânio animal da *galdrasmiðr*.

Tinta preta se espalha pela ponte do nariz da mulher. Runas brancas caem de seus olhos como lágrimas. Köa avança sobre ela de novo.

A *galdrasmiðr* apenas levanta as mãos.

— *Ai!* — Um corte se estende pelo abdômen de Köa.

O guerreiro cambaleia até parar. Ele cai de joelhos, e a *galdrasmiðr* avança, agarrando-o pelos cabelos. Köa grita enquanto a mulher enfia a mão no ferimento aberto antes de voltar para seu mosaico.

— *Fyrir Föður Stormanna...*

Mergulho para a frente, jogando o corpo de Köa por cima do ombro. Saio a toda velocidade dos aposentos do capitão antes que a feiticeira possa atacar novamente. O sangue quente de Köa encharca meu peito.

— Aguenta firme!

Enquanto corro pelo convés superior, luzes vermelhas começam a brilhar por toda a baía. Um canto único começa a soar. Vozes estridentes enchem a noite, e as *galdrasmiðar* emergem de cada navio.

— *Fyrir Föður Stormanna, blóð tekit úr öllum áttum...*

O cântico cresce ao redor quando descemos as escadas. A *galdrasmiðr* vem logo atrás de nós. Seus pés não tocam o chão.

Enquanto corro, compreendo o que está acontecendo. Entendo o mosaico pintado na parede.

Não é uma ofensiva.

Entramos bem no meio do ritual deles.

CAPÍTULO SESSENTA E QUATRO

ZÉLIE

Onde você está?

A ansiedade revira meu estômago enquanto espero o retorno da primeira onda. Devagar, as videiras começam a voltar da frota.

Não vejo Tzain e Köa em lugar algum.

Desço do pedestal de cipós e caminho pelo perímetro da nossa videira enquanto esperamos. Nailah está sentada na parte de trás do barco, pronta para chegarmos à costa.

Estamos sentadas a léguas da primeira onda, no ponto mais distante da Baía Preta. Tento me concentrar no relâmpago em meu âmago. Mapeio os navios que precisarei atingir para fazer o restante explodir, mas, quanto mais esperamos, mais sinto dificuldade em negar o que sinto. Tempo demais se passou.

Alguma coisa está errada.

— Precisamos ir atrás deles. — Viro-me para Amari e Mae'e. — Tzain já deveria ter voltado.

— Tenha fé — insiste Mae'e. — Nosso povo está preparado.

Quero acreditar nela, mas a dúvida me corrói por dentro. O medalhão pulsa em meu peito, consigo sentir o calor da respiração do rei Baldyr no meu pescoço. É como se ele estivesse ao meu lado agora, observando a própria baía, do barco inimigo.

— Oya, por favor... — sussurro as palavras.

Meus dentes batem quando expiro. Minha deusa me salvou uma vez antes. Clamei por ela naqueles mares, ela me respondeu com sua tempestade.

Que este seja o fim, penso para o espírito dela. *Permita que meu irmão volte...*

— Você está vendo isso? — Amari aponta para a Baía Preta, mirando um único sinal vermelho que aparece através da névoa. Pisca ao longe, no nível superior de um dos navios.

— Acha que são os Caveiras? — questiona Mae'e.

Vou até a frente da videira, fazendo que não com a cabeça. Outra tocha vermelha brilha na linha de navios mais próxima da costa de Iarlaith. Mais luzes acendem-se por toda a baía. Uma por uma, as tochas se inflamam até queimarem em todos os navios.

Então, o cântico começa.

— *Fyrir Föður Stormanna, blóð tekit úr öllum áttum...*

Levo as mãos com tudo para minhas têmporas. O medalhão vibra em meu peito, o peso do ar se intensifica, ele puxa meu corpo para baixo como chumbo, me deixando de joelhos.

— O que foi? — Amari fica ao meu lado.

Eu me esforço para ouvi-la com todo aquele barulho. Tudo treme dentro de mim quando o coro cantante aumenta.

— *Komið saman á þessari helgu nótt, fyrir rauða tunglið...*

As veias saltam contra a minha pele, o sangue corre para minha cabeça, o mundo inteiro começa a girar.

Quando fecho os olhos, tudo que vejo é vermelho.

— Recuem! — arfo. — Diga para recuarem!

Amari começa a gritar, e suas palavras ecoam pelas trança-cipós. Um apito baixo soa, alertando a primeira onda para voltar. Rezo para que o sinal alcance todos a tempo.

Então, o litoral preto ganha vida.

Não...

Tambores pesados começam a ressoar na costa. Os Caveiras uivam como feras. O horror surge quando milhares de flechas flamejantes são disparadas ao mesmo tempo.

— Recuem! — grito, mas minha ordem não viaja rápido o suficiente. Uma longa trombeta soa, e todas as flechas voam.

CAPÍTULO SESSENTA E CINCO

TZAIN

Quando as flechas são lançadas, fico paralisado com a visão. Milhares voam livres ao mesmo tempo, um exército alçando voo para o céu. As flechas chamejantes formam um arco no alto, prontas para atingir a própria frota dos Caveiras.

O cântico da *galdrasmiðr* paira no convés superior. Ela abre os braços para o ataque, um sacrifício voluntário.

Corro para a borda do navio quando as primeiras flechas pousam.

KABOOM!

KABOOM!

KABOOM!

Um chacoalhão como nunca experimentei faz tremer meu esqueleto. A explosão arranca as tábuas do navio dos Caveiras. Ele estoura os ossos da *galdrasmiðr*.

O fogo irrompe ao nosso redor, a fumaça preta enche a noite. Köa é arrancado de minhas mãos.

O mundo é consumido pelo fogo quando eu voo pelo ar.

O que fizemos?

Em um instante, toda a paisagem muda. A armadilha preparada para nossos inimigos se volta contra nós mesmos. O ataque que esperávamos realizar evapora diante dos meus olhos.

A confusão me atormenta quando me choco com as águas geladas. A parte de trás do meu braço queima com o impacto, novos ferimentos ardendo com a explosão. Escombros em chamas caem nos mares. Os corpos tatuados dos Lâminas passam flutuando por mim.

Köa!

Vejo o cutelo de osso do líder antes de avistá-lo. Queimaduras graves devastam o corpo do guerreiro, destruindo o arsenal tatuado em sua pele marrom-avermelhada. A culpa me atinge como uma âncora. Forço meu corpo ferido a nadar, agarrando-o antes que ele afunde.

Acima, videiras singram o caos, avançando para arrastar os sobreviventes para fora da baía. Grossos cipós envolvem meu peito, trazendo-me de volta à superfície das águas escaldantes.

Quando deixo Köa no chão, a trança-cipó puxa o bravo guerreiro para um abraço. A dor dela ameaça afundar a embarcação. O carmesim cobre seu rosto quando ela uiva com a morte dele.

A baía está banhada com o sangue dos maji sacrificados, dos novos-gaīanos e das *galdrasmiðar* dos Caveiras. Não consigo compreender a destruição até que as águas comecem a brilhar.

Zummmmmmm!

Um zumbido denso reverbera pelo ar. O sangue se junta na água, formando um círculo giratório na baía. O brilho do círculo se intensifica à medida que ganha velocidade. Os mares começam a se agitar.

De repente, a temperatura cai. Uma onda vermelho-escura sangra na superfície. A noite fica vermelha.

Meu queixo cai quando encaro lá em cima a Lua de Sangue.

CAPÍTULO SESSENTA E SEIS

ZÉLIE

Está aqui...

O momento que temi se concretiza diante dos meus olhos.

Na Lua de Sangue, o medalhão de Baldyr acende. As veias douradas dele se espalham profundamente na minha pele. Relâmpagos crepitam por dentro, mais fortes do que nunca.

Cânticos estrangeiros enchem meus ouvidos enquanto as águas ao nosso redor sobem. A lua parece aumentar de tamanho, pairando sobre a baía em chamas.

— Protejam a hierofanta! — grita uma trança-cipó.

Ao nosso redor, os cipós começam a se contorcer. O pânico me atravessa como uma faca. Tzain ainda está preso na luta.

Uma única tocha vermelha se acende no litoral preto dos Caveiras. Em seguida, outra. Depois, uma dúzia. Tochas tremeluzem em meio à névoa, logo às centenas, depois aos milhares.

As luzes das tochas avançam para dentro do território, criando uma trilha na escuridão. Um imponente penhasco montanhoso vem à luz.

Então, eu o vejo.

Sinto o rei Baldyr como o vento. Ele está atrás da linha de tochas acesas, sua máscara de caveira viva na noite caótica. As veias douradas do medalhão crescem, arranhando-me até o queixo. Mae'e assiste à cena em transe. A noite vermelha cobre sua pele acobreada.

— Não! — Cambaleio para a frente.

Amari me agarra antes que eu mergulhe no mar. As trança-cipós entram em ação. Nosso barco sai em disparada.

Não pode ser. Não podemos deixar o rei Baldyr vencer. A visão de uma Orïsha em chamas passa na minha mente. Não tenho escolha. Preciso fazer tudo o que for possível para vencer esta luta.

Precisamos detê-lo aqui. Aqui e agora. Seu sangue será derramado no território dele.

Não vou permitir que ele invada o nosso!

— Me solte! — Eu me afasto do alcance de Amari. Corro até a trança-cipó à minha esquerda. — *Por favor* — falo na língua delas. — Me leve até as linhas de frente!

Apesar dos meus apelos, a trança-cipó ignora cada palavra. Seus cipós chicoteiam a água em alta velocidade, carregando-nos para mais longe da batalha.

— Você tem que detê-los. — Eu me viro para Mae'e. — Precisamos atacar!

— O lugar mais seguro para vocês duas é Nova Gaīa... — começa Amari.

— Nenhum lugar é seguro! — interrompo. — Não até que esse rei esteja morto!

Mae'e olha alternadamente entre nós. Seu olhar se volta para o litoral cada vez menor. Os Caveiras uivam noite adentro, louvando a Lua de Sangue.

— Lembre-se do que Yéva falou — insisto. — Lembre-se do que você viu!

Mae'e encara o medalhão em meu peito. Amari agarra as mãos da hierofanta.

— Mae'e, não! — Amari me empurra, tirando-me do caminho. — Se você for, estará apenas fazendo o que ele deseja.

— Há duas maneiras de isso terminar. — Lágrimas brotam dos olhos de Mae'e. Ela cerra os punhos, parecendo invocar alguma coisa do seu íntimo. — Ou nós o matamos agora, ou ele matará todos aqueles que amamos.

Mae'e...

— *Todos*. — Mae'e toca as bochechas de Amari com suas mãos delicadas, e o rosto de Amari mostra pavor ao sentir a mensagem por trás daquelas palavras. — Você não é a única que corre o risco de perder aqueles que ama.

Sem avisar, Mae'e puxa a ex-princesa para um beijo. Meus olhos se arregalam quando elas se abraçam. Os dedos da hierofanta se enterram nos cachos escuros da outra. Quando se afastam, Amari fica atordoada.

— Me perdoe — sussurra Mae'e.

Amari inclina a cabeça. Suas mãos tocam os lábios, apressadas.

— O que você está...

Os olhos de diamante de Mae'e cintilam. Então, cipós grossos brotam por baixo.

Cada cipó ataca como uma víbora, estalando contra todas as pessoas ao nosso redor. Mae'e ainda agarra os cipós que flanqueiam nossa embarcação, evitando que venham atrás de nós.

Quando as trança-cipós gritam, novos cipós crescem, enrolando-se na boca de cada uma delas. Com outro aceno de mão de Mae'e, o pequeno círculo de cipós que nos rodeia se destaca do restante da videira, criando uma embarcação apenas nossa.

Os gritos abafados de Amari ficam fora de controle. Mae'e lhe dá uma última olhada colocando as mãos no chão tramado.

Com um solavanco, o barco brilha, avançando na direção das costas escuras dos Caveiras.

CAPÍTULO SESSENTA E SETE

INAN

Onde foi que eu errei?

A Lua de Sangue despertada reina acima de nós. Cobre a noite preta de vermelho. As águas da baía continuam a se agitar enquanto o círculo carmesim espirala abaixo.

Os avisos da profecia de Yéva voltam à mente. Temo a noite que lutamos para evitar.

Se não podemos impedir Baldyr como rei, como, pelos céus, iremos detê-lo como um deus?

Minha mente gira em círculos quando olho para a baía em chamas. As poucas videiras que resistiram à explosão bateram rapidamente em retirada. As embarcações tramadas carregam os sobreviventes feridos, corpos arrasados por queimaduras violentas.

Os cadáveres dos Lâminas caídos flutuam pelas águas. Não aguento o cemitério dos meus erros. Devíamos ter dizimado os Caveiras.

Devia ter sido o fim da frota de Baldyr.

Como ele sabia? Faço que não com a cabeça. Nós nos jogamos diretamente nas mãos do Caveira. O rei já tinha os maji que precisava sacrificar, e eu entreguei os novos-gaīanos para ele também.

Se o rei Baldyr colocar as mãos em Zélie e Mae'e, estaremos acabados. Não haverá como parar seu ataque. Precisamos escapar enquanto ainda podemos. Precisamos criar outro plano.

— Temos que ir! — Corro até o imperador Jörah.

As chamas dançam diante da mandíbula quadrada do líder. Jörah encara a destruição, a lâmina de dente de tubarão cerrada em suas mãos trêmulas.

Uma nova onda de culpa pesa sobre meus ombros. Os novos-gaianos confiaram a mim o que tinham de melhor. Não apenas falhei com eles aqui.

Deixei a nação deles vulnerável ao ataque dos Caveiras.

— Seu povo precisa de você — insisto. — Não há tempo a perder.

O imperador Jörah abaixa a cabeça, a angústia contorce as rugas de seu rosto. Mas Jörah desliza a arma de volta para a pele. Com um grito agudo, ele dá a ordem, e nossa videira zarpa.

Pense. Eu me obrigo a montar uma nova estratégia. Com as melhorias nas videiras, atravessamos os mares a uma velocidade sobrenatural. A jornada de volta a Nova Gaīa levará apenas algumas horas. Até mesmo Orïsha está ao nosso alcance.

Olho para a Lua de Sangue. Em nossas terras, sei que eles precisam ver esse prenúncio da desgraça. Temos que encontrar uma maneira de voltar.

Precisaremos de todos para impedirmos o ataque do rei Baldyr...

— *Socorro!*

O som de gritos abafados nos faz parar. Ao longe, o luar vermelho ilumina um emaranhado de cipós. É uma porção de videiras atadas umas às outras. Mais videiras envolvem as trança-cipós da cabeça aos pés, mantendo-as presas no lugar.

O medo entorpece meus dedos quando reconheço o pedestal vazio onde Zélie estava sentada. Ao primeiro sinal de problema, Zélie e Mae'e foram instruídas a bater em retirada. Mas a videira parece ter sido atacada por um dos nossos.

— Rápido! — digo.

O imperador Jörah ecoa o comando. As trança-cipós colocam-nos lá dentro. Outra videira chega antes de nós à embarcação confinada.

Tzain desembarca quando eu subo. Ele começa a libertar os reféns.

— Amari?

Minhas sobrancelhas levantam-se quando vejo minha irmã se debatendo. Corro para o lado dela. Ela luta contra as amarras dos cipós, os olhos âmbar arregalados de preocupação.

Tzain é rápido para cortar os cipós que a prendem. Com um suspiro, Amari cai em meus braços. Ela me empurra e cambaleia até a borda da embarcação, examinando a névoa ardente.

— Onde elas estão? — pergunta Tzain.

Amari aponta de volta para o litoral dos Caveiras.

— Eles foram para a linha de frente. — Sua voz falha. — Estão levando a luta até o rei!

CAPÍTULO SESSENTA E OITO

ZÉLIE

O círculo de cipós de Mae'e nos impulsiona através da Baía Preta. Eu me preparo para o que está por vir. Singramos mares agitados. O círculo carmesim gira abaixo de nós, captando a carnificina em sua corrente.

As chamas ainda atingem o convés dos barcos. Detritos voam dos navios explodindo. Os cipós esmeralda de Mae'e se erguem e nos cercam, rebatendo os dejetos para longe.

Os corpos que flutuam diante de nós me deixam doente. Incontáveis maji enchem a baía. Eles boiam pelas águas em espiral com os olhos vazios e gargantas cortadas.

Baldyr sacrificou meu povo como gado. Tudo para invocar sua Lua de Sangue. Não vou permitir que ele conclua sua colheita.

Não vou deixá-lo vencer!

O raio dourado que treinei para comandar cresce dentro de mim, uma tempestade pronta para cair. Nuvens escuras rodopiam no horizonte. Uma força violenta ondula através do vento.

Mais de mil homens esperam além da névoa, raivosos em seus clamores. O rei Baldyr está atrás deles. A raiva me invade quando me preparo para acabar com ele de uma vez por todas.

— *Mais rápido!* — grito para Mae'e.

A hierofanta abusa de seus limites. Suas mãos tremem, e ela cerra os dentes. Cada músculo de seu corpo fica tenso quando avançamos. Seus cipós espiralam em direção ao litoral.

À medida que avançamos, penso na maneira como Baldyr me segurou no chão. A forma como me envenenou com o seu medalhão e a sua coroa de majacita. Penso nos incontáveis maji que arrastou pelos mares. Cada sacrifício que fez para colher o poder dentro de mim.

Não me importo se o rosto dele for a última coisa que verei. Não vou permitir que ele machuque mais meu povo. Vou me vingar de cada vida que ele ceifou.

— *Me levem até lá!*

Os cipós de Mae'e envolvem meu abdômen. Com um forte solavanco, elas me lançam para trás antes de me catapultar pelos ares. Saio cortando a névoa, voando na direção da praia preta.

Relâmpagos dourados explodem de minhas mãos, fendendo a noite em faixas radiantes. Com o poder da Lua de Sangue, o relâmpago responde ao meu comando. Uma onda quente me preenche enquanto eu cavalgo os raios crepitantes pelo céu.

Abaixo de mim, Mae'e chega à praia. O exército de Caveiras corre na direção dela. A hierofante abre os braços e solta um grito ensurdecedor. Doze vozes berram ao mesmo tempo.

Cipós pretos brotam em massa da areia, criando uma floresta. Os cipós grossos liberam toda a sua ira quando atacam, espiralando pelo litoral, matando todos Caveiras.

Mais à frente, o rei Baldyr permanece em pé, desafiador. Marcas pretas espreitam além de seu crânio dourado. Seu cabelo castanho está preso em tranças desgrenhadas. Seu corpo carrega novas cicatrizes.

Vejo a carne queimada onde meu raio o atingiu na última vez. A visão me estabiliza enquanto me preparo para a explosão final.

— *Blóðseiðr*.

Meu corpo estremece quando o rei Baldyr invoca o juramento de sangue. Seu poder sobre mim chega em ondas, meus músculos ficam tensos enquanto luto contra seu domínio.

Luto para manter o controle.

Relâmpagos dourados envolvem meu esqueleto. Uma descarga elétrica se espalha entre as pontas dos meus dedos. O trovão faz o ar tremer quando uma chuva vermelha começa a cair.

O tempo acelera quando levanto as palmas das mãos. Eu as alinho com o coração do rei Baldyr.

Por Orïsha, e penso no maji caído.

Eu liberto o relâmpago...

Com um rugido, o rei Baldyr ergue o terceiro medalhão. Ele segura no alto diante do meu ataque. De repente, meu relâmpago fica descontrolado, espalhando-se pelas areias negras, errando o alvo.

Embora os Caveiras fritem lá embaixo, o rei Baldyr permanece ileso. O medalhão brilha em sua mão quando assume o controle do meu.

Ele sussurra o comando novamente, e meus olhos se arregalam. É como se aquela mão apertasse meu coração.

Tremo quando despenco pelos ares.

— *Não!* — grita Mae'e.

Cipós saem da areia, envolvendo minha barriga. Eles me salvam do impacto total quando rolo pela areia. Um estalo agudo percorre minhas costelas. Agarro meu peito, incapaz de respirar.

Atrás de mim, os gritos de Mae'e ficam estridentes. Seus cipós murcham à medida que mais Caveiras se aglomeram. O mundo se fecha enquanto sou forçada a ouvir sua captura.

À minha frente, botas rangem no cascalho. O rei Baldyr se agacha até que sua caveira dourada fique visível.

— *Merle.* — Ele acaricia meu rosto. — Nossa hora finalmente chegou.

PARTE V

CAPÍTULO SESSENTA E NOVE

ZÉLIE

Perdemos.

Tudo o que lutamos para impedir se desenrola na minha mente. Eu vejo as chamas engolindo a costa de Orïsha, a terra árida que minha nação se tornará. Sinto o peso de cada esqueleto que jazerá nas cinzas, da magia que nunca mais reinará. Sinto uma forte dormência em meu íntimo.

Falhei com todos que amo.

O rei Baldyr me aperta contra seu peito enquanto avançamos pelas planícies iluminadas por tochas, montados em uma fera gigante. O urso branco blindado galopa com uma força poderosa. A terra voa de suas garras salientes.

Um grupo de guerra selvagem nos flanqueia nos dois lados. Os Caveiras tocam seus tambores carmesim. Suas tochas vermelhas nos cobrem com uma névoa grená. Seus gritos ecoam pelos meus ossos.

Enquanto seguimos, sinto a magia deles que preenche as terras ao nosso redor. Imponentes árvores brancas ganham vida diante dos meus olhos. Rostos que me espreitam de forma maliciosa através da casca enquanto seus galhos sem folhas se retorcem em direção ao céu.

Estátuas enormes alinham-se na trilha principal, formadas do mesmo metal-de-sangue de suas armas. Machados cobertos de musgo saem da terra. Outras homenageiam os ursos que servem de montaria. Uma estátua é a imagem de um Caveira poderoso. Ela ergue uma coleção de pedras sobre o ombro manchado, criando um caminho por onde podemos seguir.

As vozes dos antepassados deles nos cercam, passando pelos ventos cortantes. Seus gritos reverberam através do solo sob os nossos pés.

Seus sussurros ásperos preenchem meus ouvidos.

— *Sua tempestade pela dele...*

Pelo caminho, os guerreiros cantam. Um Caveira Prateada lidera o grito de guerra.

— *Todos saúdam o rei Baldyr!*

— *Todos saúdam o rei Baldyr!* — ecoam os Caveiras.

— *Pai das Tempestades!*

— *Pai das Tempestades!*

O canto se espalha dos guerreiros aos aldeões que se enfileiram nas ruas. Aldeões deixam suas tribos, saindo de modestas cabanas construídas com troncos, subindo até o topo de seus poços de pedra. Outros escalam telhados triangulares cobertos de turfa e palha.

Pela primeira vez, vejo as pessoas que compõem suas tribos. Seus caçadores. Seus comerciantes. Suas esposas. Todos usam uma máscara feita de madeira que cobre tudo, exceto os olhos gelados.

Uma jovem corre para a estrada de terra, segurando as saias da mãe. Não sei o que sentir quando trocamos olhares. Os cachos ruivos da garota balançam ao vento quando passamos.

O rei Baldyr segue à frente, sem se deixar afetar pela adoração de seu povo, pelo louvor de seus homens. Mantém seu foco no penhasco montanhoso iluminado por tochas. Na encosta da montanha, a escultura de uma caveira gigante se estende do mar preto até o pico da falésia. No topo, silhuetas de estátuas tortas se projetam embaixo da Lua de Sangue.

Quando chegamos ao fundo, Baldyr para e salta de seu urso branco. O rei me levanta na direção do céu como um troféu.

— Prepare as meninas! — grita Baldyr.

As *galdrasmiðar* atacam juntas. Não há nada que Mae'e e eu possamos fazer para combatê-las. Elas usam uma porção de peles brancas. Cobrem os rostos com crânios de animais esculpidos.

As mesmas runas gravadas no corpo de Baldyr brilham em suas máscaras. As marcas ancestrais brilham em vermelho embaixo da Lua de Sangue.

Cantos ressoam enquanto nos afastam dos guerreiros para nos arrastar até as cavernas iluminadas por tochas. Mãos enrugadas me puxam de todas as direções. Seus dedos batem na minha pele como gelo. Lançam o exoesqueleto dourado em uma fogueira estrondosa. Arrancam as tranças do meu cabelo. Tiram todas as peças de roupa que uso até que fico tremendo, completamente nua no ar gelado.

— *Pelo Pai das Tempestades...* — resmunga uma anciã.

A mulher aponta, e as *galdrasmiðar* me arrastam para uma banheira de madeira cheia de sangue. Engasgo quando me jogam ali dentro, mantendo minha cabeça embaixo da superfície escura.

As *galdrasmiðar* me empurram para dentro do líquido vermelho repetidas vezes. Enquanto cantam, o banho carmesim começa a borbulhar. Esfregam até meu cabelo branco ficar manchado de vermelho, esfregam para limpar tudo o que eu sou.

Quando finalmente me tiram ali de dentro, suspiro de alívio. Meus pulmões queimam. Dói respirar. Mal consigo enxergar através da neblina. Minha cabeça pende quando jogam meu corpo contra uma laje de pedra.

Alguém usa uma corda para me amarrar. Os cordões ásperos prendem meus pulsos e tornozelos, forçando-me a ficar imóvel. Uma anciã se aproxima de mim com um osso talhado. Ela chega perto, deixando-me cara a cara com o crânio do animal.

— *Argh!*

Eu grito quando ela me corta com o osso. Alguém enfia uma tira de pelo de animal na minha boca. Mais mãos forçam minha cabeça para trás, me obrigando a ficar parada.

A anciã começa na minha têmpora. Ela é cruel com cada golpe que dá. Eu tremo quando ela talha runas retangulares em mim, as mesmas marcas irregulares que percorrem a pele clara do rei Baldyr.

Atrás de mim, Mae'e grita. Seus berros podiam quebrar vidros. Ela invoca Mamãe Gaīa.

Reza para que tudo acabe.

Ajude-nos.

Elevo as palavras a quem possa atender meu chamado. Meu corpo se contorce contra a pedra. Depois de um tempo, não consigo mais chorar.

A cada nova runa, mais vozes entram na minha cabeça. O medalhão brilha em vermelho. As veias douradas em meu corpo engrossam, ganhando força.

A anciã não para até que as runas cubram todo o lado esquerdo do meu corpo — desde a coroa preta em meu crânio até a planta dos meus pés. Quando termina, ela solta o osso afiado. Nem consigo enxergar direito, de tanta agonia, mas sigo o caminho do osso pelo chão de pedra.

Quando me libertam, já não existo mais. Eles me soltam, e eu desmorono ali mesmo. O osso afiado está ali, parado, além dos meus dedos. É tudo o que posso fazer para mantê-lo por perto. Seguro-o entre os dedos, escondendo-o no cabelo antes que me levantem.

As *galdrasmiðar* me vestem com um manto de seda esfarrapado. Prendem uma máscara feita de ossos dourados sobre o meu nariz. Quando tudo termina, resta apenas um item para cada uma de nós: lenços de seda branca para amarrar no pescoço.

— *Não faça isso* — chia Mae'e na língua deles.

A hierofanta é apenas um arremedo da mística sagrada que conheço. Seu corpo inteiro treme. O sangue das novas runas cortadas em sua pele pinga no chão.

— *Eu imploro* — arfa Mae'e. — *Rezo para você. Salve-nos.*

Cada *galdrasmiðr* fica encarando-a, mas a mais velha se separa do bando. Ela retira a máscara de caveira de animal, permitindo-nos ver seu rosto talhado. Uma faixa de tinta preta cobre o alto do nariz, acentuando os olhos de boneca.

A anciã amarra o lenço no pescoço de Mae'e, fitando diretamente o olhar de diamante da hierofanta.

— *Não reze para ser salva.* — A voz dela falha. — *Reze para renascer.*

CAPÍTULO SETENTA

AMARI

Quando chegamos à costa, as areias escuras estão vazias. Caveiras foram mortos por cipós pretos. O sangue deles ainda vaza na areia. Fragmentos de vidro irregulares com a forma de um relâmpago brilhante se enfileiram na praia. Apenas os mortos se alinham na praia.

Zélie e Mae'e desapareceram.

Isso não pode estar acontecendo.

O pânico ameaça desligar meu corpo. Cada vez que imagino Mae'e ou Zélie nas mãos do rei Baldyr, minha garganta se contrai. Ainda não consigo acreditar nas palavras que Mae'e me disse. Sinto o fantasma de seus lábios contra os meus, a sensação de calor que me dá um arrepio na espinha.

O jeito que ela me beijou... Nada antes me pareceu tão certo quanto aquele beijo.

Agora já não sei se voltarei a desfrutá-lo.

Pelo que sei, Mae'e talvez já esteja morta.

Não. Pego minha lâmina de obsidiana. Arranco o pensamento traiçoeiro da minha cabeça. Tem que haver uma maneira.

Não vou perder Mae'e e Zélie para os planos de Baldyr.

— Onde elas estão? — rosna Tzain.

É tudo o que ele consegue fazer para manter a cabeça fria. Agarra seu machado de osso com mãos trêmulas, pronto para cravá-lo no peito do inimigo.

Inan pega o mapa de Baldeírik e o estende na areia. Sua testa se enruga enquanto examina o pergaminho amassado, sem saber que direção seguir. Observo os pequenos vilarejos, os acampamentos dos Caveiras, a capital, Iarlaith. A comuna do rei Baldyr fica no centro da nação, marcada por muralhas fechadas por portões.

Pense, Amari. Fecho os olhos, repassando tudo o que Mae'e já havia compartilhado. Lembro-me da ligação que ela tem com toda Nova Gaīa, da forma como os cipós se movem para recebê-la.

Eu me levanto do chão, retornando aos cipós pretos que a hierofanta sagrada convocou nas terras inimigas. Passo os dedos pelos talos manchados de sangue. Os cipós ainda estão quentes. Chamo as Criadas Verdes ao longo da praia, forçando-me a falar a língua delas.

— *Mae'e criou isso.* — Eu olho seus rostos aterrorizados. — *Podemos usá-los para encontrá-la?*

Dou um passo para trás quando as criadas se aproximam. Elas pousam a palma das mãos no tronco grosso. Eu me preparo enquanto se concentram, canalizando a Raiz-Mãe.

Uma a uma, a dor marca seus rostos. Uma criada cai de joelhos. Agarra o lado esquerdo do corpo, tocando a pele como se sangrasse.

— *Lá.*

A criada aponta para a trilha principal. Uma coleção de luzes bruxuleantes ilumina o longo caminho até o interior, viajando para cima até um penhasco.

A Pedra Velha. A profecia de Yéva volta à minha mente. O pavor percorre minha espinha quando entendo que é o local de sacrifício de Baldyr. A Lua de Sangue paira sobre nós.

Nosso tempo está se esgotando.

Tzain assobia para Nailah, e a leonária pula da embarcação, saltando pelas areias. Ele monta nela e me estende a mão. Inan me impede antes que eu suba.

— Espere! — Ele levanta os braços. — Se nos apressarmos dessa maneira, também viraremos prisioneiros.

— Não temos tempo! — Tzain insiste.

— Existe uma maneira melhor. — Inan estuda o mapa mais uma vez e passa o dedo pela costa. — Elas conseguem usar os cipós para escalar a estátua na encosta da montanha?

Faço o possível para transmitir o plano de Inan às trança-cipós. Quando eles fazem que sim com a cabeça, embarcamos de novo na videira. Os cipós giram ao decolarmos.

Faço uma oração silenciosa quando corremos para salvar as garotas.

CAPÍTULO SETENTA E UM

ZÉLIE

Quando nos levam ao topo da montanha, preparo-me para encontrar o meu fim. Um altar de pedra fica no cume. Esqueletos estraçalhados se enfileiram em suas colunas gastas pelas intempéries.

Abaixo de nós, um mar de Caveiras canta. Seus louvores são furiosos.

— Todos saúdam o rei Baldyr! — Suas vozes ecoam pela noite vermelha. — *Pai das Tempestades!*

O próprio rei de quem falam aguarda no centro do altar, em pé entre duas estacas pintadas. Sua máscara dourada brilha sob a lua carmesim. Todo o seu ser está marcado para o ritual.

Runas frescas foram talhadas no lado direito de seu corpo. O sangue que escorre de sua pele chia ao atingir a pedra. Onde o sangue cai, sobe um vapor, enchendo o altar de fumaça.

Baldyr nos observa enquanto subimos, com uma fome diferente nos olhos tempestuosos. Sinto nas minhas entranhas.

Ele esperou por esse momento a vida inteira.

Uma filha das tempestades da Grande Mãe...
Uma filha da forja da Grande Mãe...
Um pai criado do sangue...

As palavras de Yéva voltam à mente quando as *galdrasmiðar* me amarram a uma das estacas pintadas. A profecia que ela compartilhou no círculo da cidade de Nova Gaïa ressoa em meus ouvidos, reacendendo todos os medos.

Antes da Lua de Sangue, todos os três se unirão.
Na Pedra Velha os corpos serão sacrificados.
Ele sentirá de novo o toque da Grande Mãe.
Os céus se abrirão mais uma vez,
E um novo deus nascerá.

O peso de tudo o que virá se instala, pressionando meus ombros. Quando as *galdrasmiðar* se separam, eu agarro o osso afiado que usaram para gravar as runas em mim. Agarro-me à última esperança do meu povo.

Só há uma maneira de impedir os planos do rei Baldyr.

Mais *galdrasmiðar* sobem as escadas, as peles brancas dos animais balançando a cada passo. Duas carregam um enorme tanque de metal-de-sangue fervente. Outras carregam o baú ornamentado que Baldyr levou pela primeira vez ao navio dos Caveiras.

Baldyr remove a chave de ouro do pescoço, a entrega às *galdrasmiðar*, e elas a usam para abrir a tampa. Os dois medalhões restantes brilham em ouro antigo.

À minha frente, os olhos faiscantes de Mae'e se arregalam. O rei Baldyr seleciona o medalhão à esquerda. Ele o levanta até o peito dela. Preciso desviar o olhar quando avança.

— *Não!* — Os gritos estridentes de Mae'e cortam a noite.

O rei Baldyr enterra o medalhão em seu esterno. A hierofanta se debate contra a estaca pintada. Tremores violentos sacodem seu corpo e percorrem toda a terra.

Veias brotam do medalhão imediatamente, criando uma rede em espiral que se espalha por sua pele marrom-clara. O medalhão começa a pulsar. Os olhos de diamante de Mae'e brilham, vermelhos.

O rei Baldyr sorve aquela visão como se fosse a melhor taça de hidromel. Sinto o sorriso que se espalha embaixo de sua máscara. Ele caminha até Mae'e e agarra o rosto dela, inspecionando seu corpo semiconsciente da mesma forma que me inspecionou.

Baldyr deixa o altar por completo, movendo-se até a borda da montanha para ficar diante de seus homens. Com uma gargalhada grave, ele abre bem os braços.

— *A hora chegou!* — grita Baldyr.

A presença dele deixa seus homens enlouquecidos. Os Caveiras rugem em resposta. Suas tochas vermelhas dançam abaixo de nós, criando um mar de chamas ardentes.

O rei Baldyr retorna ao altar, tomando seu lugar entre nós duas. Uma *galdrasmiðr* derrama um círculo de óleo ao nosso redor e o acende com uma tocha, envolvendo-nos em um anel de fogo. O calor das chamas lambe minha pele ensanguentada.

Os cantos vindos de baixo alcançam novos patamares. Orações fracas saem dos lábios de Mae'e. Baldyr toma o último medalhão nas mãos. Ele o levanta até sua máscara dourada, encara o metal antigo como se o artefato fosse um recém-nascido, um que lhe dará o mundo nas mãos.

Com um grito poderoso, ele o crava em seu coração.

Então, tudo acontece ao mesmo tempo.

— *ARGH!* — uiva o rei Baldyr com a força que desbloqueia.

O medalhão queima sua carne, cravando-se em seu esqueleto. Uma luz vermelho-escura brilha através das runas retangulares em sua pele. Seu ser se transforma à medida que o metal-de-sangue jorra de seu corpo em fluxos complexos.

Mae'e grita quando seu medalhão é ativado. Novos cipós brotam espiralando de seu abdômen e se despejam de suas mãos. Uma chama escura atravessa sua pele marrom-avermelhada. A pedra abaixo dela começa a esquentar. Pedras derretidas espalham-se ao redor de seus pés.

Sua magia se entrelaça como um fio, tramando-se na pele mutante de Baldyr. Minha magia se junta, drenando-me para alimentar o rei.

O medalhão em meu peito acende, inundando o topo da montanha com luz dourada. Grito enquanto a força dele pulsa em meu sangue. Relâmpagos crepitam ao redor do meu corpo em uma violenta tempestade.

Com um solavanco repentino, um raio dispara para o céu. Ele se divide na noite vermelha. Ao meu redor, espíritos dos mortos se levantam, seus corpos, como volutas de fumaça prateada. Os mortos dos Caveiras usam as runas gravadas em minha pele como um portal. Meu corpo se debate quando entram em mim de uma vez.

O rei Baldyr ruge quando seu corpo derretido é alçado pelos ares. A máscara dourada se funde com seu rosto. O chão abaixo de nós treme, e o cosmos gira acima de nossa cabeça.

Baldyr vira um deus diante dos nossos olhos.

De cima, ele posiciona as mãos trêmulas sobre nossos corações e as levanta. Nossos corpos são arrancados das estacas pintadas. Mae'e e eu somos erguidas, levitando cada vez mais alto enquanto nossa magia penetra no rei.

— *Todos saúdam o rei Baldyr!* — Os gritos de seus homens ecoam pelas pedras da montanha.

Relâmpagos e cipós giram ao redor dele. O metal-de-sangue continua a subir por sua pele, e a rocha derretida se ergue para cobrir seus pés. Os espíritos dos mortos avançam em correntes, deixando-me para entrar no seu rei.

Com a nossa magia, não haverá como pará-lo. Ninguém será capaz de se opor aos Caveiras. Se ele concluir este ritual, acabou para todos.

Para Orïsha.

Para Nova Gaīa.

Para o mundo.

— Zélie! — Ouço o grito.

Tzain vem cavalgando das montanhas do leste, cruzando a pedra nas costas de Nailah. Uma legião de trança-cipós retrabalha a videira como uma montaria encouraçada. Os dois cipós cruzam a rocha quando avançam em seu caminho até nós.

Tzain...

O que resta do meu coração me dá coragem para o que devo fazer. Não vou condená-lo a viver em um mundo onde o rei Baldyr governa. Não permitirei que os maji sofram essa dor.

— Lembre-se do que você me prometeu! — grito.

Tenho que acabar com isso agora, enquanto ainda tenho chance.

Ergo o osso talhado no ar.

— Zélie, não! — grita meu irmão.

Eu me permito dar uma última olhada nas estrelas antes de cravar o osso no meu coração.

CAPÍTULO SETENTA E DOIS

TZAIN

O tempo para.

Tudo o que conheço se dissolve de uma vez. A força que lutei para construir evapora, desconectada da sua fonte orientadora.

A silhueta de Zélie fica suspensa quando ela crava a lâmina no próprio coração. O sangue vaza de seu peito em faixas. Os olhos prateados se arregalam quando ela engasga.

Falhei com você...

Todo o ar do mundo evapora. Em um piscar de olhos, todo o meu ser se transforma. Ouço a risada que nunca mais ouvirei. Vejo o dia em que Zélie nasceu, o cobertor roxo em que Mama envolveu seu corpo.

No momento em que Mama a colocou no meu colo pela primeira vez, eu não sabia o que sentir. Então Zélie agarrou a gola da minha camisa. Seu narizinho se enrugou quando ela me puxou para perto. Encostei minha testa contra a dela e fitei aqueles olhos prateados.

Não sabia que um dia ela se tornaria tudo o que tenho.

Mas agora...

Uma caverna se abre dentro de mim, a vergonha rasga o que resta do meu coração. Todos os votos que fiz para protegê-la viraram pó.

Minha irmãzinha se foi.

O relâmpago que envolve o corpo de Zélie fica descontrolado.

Uma carga gigante emana de seu medalhão quando seu corpo fica inerte. A explosão atinge o rei Baldyr bem no peito.

— *Vernið Föður Stormanna!* — grita um Caveira na multidão.

Baldyr uiva de dor. Os braços dele voam para trás com a força. Os fios de magia que giram em torno dele param de uma vez. O corpo mutilado do rei está suspenso entre deus e homem.

Mais gritos ecoam quando o ritual falha, a confusão se espalha pela multidão lá embaixo. Baldyr gira no ar, despencando de cabeça no mar de Caveiras.

Com Baldyr caído, Zélie e Mae'e despencam sobre o altar. Os corpos rolam contra a pedra dura. O anel de fogo ao redor delas se extingue. As *galdrasmiðar* vestidas de peles atacam.

— Deixem-na em paz! — grito. Agarro as rédeas de Nailah, e minha leonária galopa o mais rápido que consegue. Amari e Inan me seguram firmemente quando avançamos a toda velocidade.

Nailah salta de plataforma em plataforma, diminuindo a distância entre nós e o altar. Tropas de trança-cipós nos acompanham. Usam os cipós rolantes para se catapultarem pelo ar.

Um grupo de *galdrasmiðar* de Baldyr aparece em nosso caminho. As runas retangulares em suas máscaras começam a brilhar. Com golpes rápidos, Amari crava sua lâmina de obsidiana no peito de cada *galdrasmiðr*. O vermelho respinga aos nossos pés enquanto Nailah dá o salto final.

Quando pousamos no topo da montanha, pulo das costas de Nailah. Caio de joelhos, tomando minha irmã nos braços. Seus olhos prateados estão abertos, o corpo esfriando a cada segundo.

Mesmo tendo-a em meus braços, não parece real. Pouso a mão sobre a ferida em seu coração. Seu sangue quente escorre pelos meus dedos. Puxo-a para perto do meu peito.

— Me desculpe — sussurro em seus cabelos brancos.

Sinto cada pessoa que perdi.

Mama

Baba.

Zélie.

Não tenho mais ninguém.

Inan está de pé, acima de mim. Não consegue falar. Ao redor do altar, a batalha continua, Caveiras lutam para reaver as garotas, seus berros cruéis ressoam enquanto atacam. As Criadas Verdes nos encerram em um círculo de cipós giratórios. Os guerreiros que tentam passar são atirados da montanha.

Dentro do círculo, Amari avança. Ela fecha os olhos e levanta as mãos. A luz azul jorra de suas palmas em ondas, deixando as *galdrasmiðar* que ainda restavam de joelhos. Mas mais Caveiras avançam pelas cavernas a cada segundo que passa. São muitos para lutarmos contra eles.

— Temos que ir embora! — grita Amari para mim.

Embora tudo pareça estar entorpecido, forço-me a levantar. Agarro Zélie nos braços e volto para Nailah, subindo em sua sela. Inan e Amari seguem o exemplo, os dois carregando o corpo de Mae'e.

Com um giro único de braços, as Criadas Verdes rompem o círculo de cipós, abrindo o caminho para corrermos.

Nós nos afastamos de Baldyr e de seu exército de Caveiras, descendo a montanha rochosa.

CAPÍTULO SETENTA E TRÊS

TZAIN

— Ainda há uma chance. — Amari tenta me confortar quando avançamos pelos mares. Novos cipós cruzam nossos torsos e nossas cinturas, mantendo-nos atados à lateral da embarcação.

As Criadas Verdes vão além de seus limites naturais, usando os cipós para se agarrar a formações rochosas e arquipélagos a léguas de distância. Cada vez que encontram uma nova âncora, nossa videira se lança ao céu. Nós nos catapultamos sobre as ondas do oceano, rumo a Nova Gaïa, em tempo recorde.

À medida que subimos, agarro o corpo de Zélie contra o peito, incapaz de afrouxar o aperto. A dormência batalha contra o poço da tristeza que ameaça jorrar.

Devíamos voltar para casa.

Minha irmã devia viver.

Por favor. Fecho os olhos. Eu me atrevo a agarrar o único fragmento de esperança que existe dentro de mim. Os novos-gaïanos conseguiram salvá-la uma vez, mas isso foi quando Yéva reinava. E também Mae'e estava forte o suficiente para intervir.

Agora, a hierofanta sagrada jaz inconsciente, amarrada ao fundo da embarcação por um cobertor de cipós trançados. Sua pele marrom tinha ficado pálida. Não há vida em seu olhar faiscante.

Zélie pode ter interrompido o ritual, mas Baldyr sugou toda a vida das veias de Mae'e.

O pensamento do rei mutilado me assombra, a confusão de metal-de-sangue e carne humana. Vejo a caveira dourada retorcida fundida na forma dele, não mais apenas uma máscara. Zélie não deixou que ele se tornasse um deus. Mas que poder Baldyr ainda tem?

HA-WOOOOOOOOOO!

Eu me viro quando uma trombeta toca alto. Dezenas de silhuetas pretas aparecem no horizonte, brilhando sob a Lua de Sangue. Fabricados em metal-de-sangue, cada cargueiro é enorme. Eles têm cinco vezes a largura de qualquer navio que já vi. Os cargueiros não têm mastros nem velas, mas se movem com velocidade incomparável.

Centenas de Caveiras estão em posição de sentido em cada base plana dos cargueiros. Pela primeira vez, testemunho a força coletiva do seu exército. Os homens corpulentos esperam em longas fileiras, prontos com seus machados, martelos e achas.

— Quem são aqueles? — sussurra Amari.

Ao meu lado, Inan pega os mapas roubados. Ele examina os esquemas das naves dos Caveiras em busca de uma correspondência. Suas mãos ficam moles quando ele compreende tudo. Inan solta os pergaminhos, permitindo que voem com o vento.

— Por isso destruíram a antiga frota — responde ele.

Observamos, silenciados pela nossa derrota. Runas gigantescas queimam em vermelho embaixo dos cascos das embarcações, gerando uma força que lhes permite atravessar os mares. Alimentadas pela Lua de Sangue, as embarcações gigantescas atravessam léguas inteiras em minutos. O próprio oceano treme abaixo deles. Mas um cargueiro especial aguarda no meio dos outros.

Nuvens escuras estalam no alto.

Baldyr...

Uma massa de nuvens de tempestade engole o cargueiro do rei, escondendo-o de vista. Um redemoinho gira em torno da embarcação gigante. Os mares ao redor estalam, abrindo fissuras que vomitam rocha derretida.

Uma trombeta toca, e o cargueiro de Baldyr para. As duas fileiras de cada lado dele se separam. Metade das embarcações segue para oeste, em direção a Orïsha. A outra metade navega para o sul, em direção a Nova Gaīa.

Jure que vai lutar. As palavras de Zélie retornam. *Jure que vai fazer tudo o que puder. Se o pior acontecer, os Caveiras não vão parar em Nova Gaīa. Eles navegarão para Orïsha também.*

Lágrimas ardem em meus olhos quando olho para o cadáver da minha irmã. Eu a odiei por falar essas palavras. Mas vendo os navios avançarem, penso em todos que ficaram em Orïsha — Kenyon, Khani, Nâo, os maji e os kosidán.

Pela forma como suas embarcações se movem, os Caveiras cruzarão o oceano em poucas horas. A batalha deles por Orïsha ocorrerá antes do nascer do sol.

Eu não consegui te salvar... Pousei a mão na bochecha mutilada de Zélie. *Não consegui impedir o rei deles.*

Algo sangra no fundo do meu coração. Sem minha irmã, não sei se isso vai parar.

Mas vou cumprir a promessa que fiz a você, Zélie.

Abraço-a pela última vez. Cipós envolvem seu corpo quando eu a deito no chão da videira.

Volto-me para as Criadas Verdes e as trança-cipós, estudando como seus cipós se ancoram, se soltam e se lançam. Aponto para os cargueiros que rumam para Orïsha.

— O que será preciso para se prender àquela embarcação?

CAPÍTULO SETENTA E QUATRO

AMARI

Meu coração dispara quando a ilha de Nova Gaĩa aparece. Um novo círculo de cipós envolve as fronteiras da ilha, criando uma barreira flutuante para impedir a entrada de qualquer um.

Cada videira que conseguiu voltar do nosso ataque fracassado flutua nas águas agitadas. Os novos-gaĩanos esperam pelo inimigo, com armas de osso em punho e rostos marrons sombrios.

A frota de Baldyr surge à distância.

Não demorará muito para que os Caveiras cheguem à sua costa.

— *Liberem o caminho!* — grita uma Criada Verde no seu idioma.

A muralha flutuante de cipós se abre de uma vez. Navegamos pelas muralhas entrelaçadas, seguindo direto para o rio principal.

Seguro as mãos frias de Mae'e e Zélie quando passamos pela densa vegetação rasteira e pela floresta esmeralda. Nossa videira percorre as planícies exuberantes. Não há uma única alma nos campos de arroz ao redor. Até os elefantários haviam sido levados dali.

Quando atravessamos a cachoeira para entrar no centro da cidade, toda Nova Gaĩa está de armas em punho. A histeria varre a cidade como um incêndio, espalhando-se das fazendas flutuantes até o palácio do imperador. Os novos-gaĩanos fogem em todas as direções, o pânico impulsionando cada passo que dão. As lágrimas fluem livremente, gritos agudos enchem o ar.

Restam apenas algumas trança-cipós para orientar sua evacuação. Elas lutam para controlar as massas. As pessoas aglomeram-se quando correm para entrar na nova rede de cipós. A cidade de centenas de milhares move-se para o subsolo, fugindo dos Caveiras que se aproximam.

A todo o momento, a lua carmesim sangra lá no alto, banhando de vermelho as montanhas sagradas da cidade. Sombras escuras cobrem o rosto de Mamãe Gaïa. Quando passamos por baixo dela, os cipós que rastejam sob os olhos parecem lágrimas.

Chegamos à base do Monte Gaïa, e a videira com que navegamos se desfaz de uma só vez. Metade das Criadas Verdes levanta Mae'e e Zélie em padiolas de tecido. Os outros correm para a montanha trêmula.

Na ausência de Yéva, são necessários esforços combinados para abrir o túnel na base da montanha. Os discos de pedra se separam, revelando a escadaria de vidro de obsidiana.

Viro-me para Inan, que espera no sopé da montanha. Ele fica olhando para as Criadas Verdes. Quase consigo sentir a brasa de esperança que está dentro do seu coração.

De repente, Inan me envolve em seus braços, e eu abraço meu irmão com força. Cada medo que luto para controlar ganha vida.

— Eu realmente pensei... — A voz de Inan falha. — Não sei o que farei se ela não acordar.

— Não diga isso. — Faço que não com a cabeça. — Temos que acreditar. Ainda há uma chance...

KABOOM!

Nós nos separamos quando nuvens de fumaça preta sobem no céu ao longe. O ar ecoa com tiros de canhão e com os gritos distantes da língua brutal dos Caveiras.

Eles atracaram...

Vou até o sopé da montanha. Estendo a mão para pegar minha lâmina de obsidiana.

— Vá até elas. — Inan me orienta para avançar. — Ainda temos tempo.

Desço correndo os degraus em espiral, encontrando a parede de vapor adiante.

Quando chego ao fundo, Zélie e Mae'e já estão flutuando na nascente natural. Faixas vermelhas vazam nas águas cintilantes.

As Criadas Verdes circulam ao redor delas. As esmeraldas tremeluzem a seus pés. De repente, elas juntam as mãos. Prendo a respiração quando começam a cantar.

Mamãe Gaīa, ouça-nos agora.
Exigimos seus fogos curativos.
Suas águas sagradas precisam de você agora...

As águas começam a se agitar com as palavras das criadas. O vapor ascendente gira em torno do círculo delas. Os apelos das criadas ecoam pela montanha, que estronda. Uma nova pressão aumenta no ar, forçando-me a ir ao chão.

As veias saltam ao longo dos braços das Criadas Verdes. Os corpos tremem com o poder que invocam. Mas todas começam a entrar em colapso. Não contam com a força de Yéva nem de Mae'e.

Não sei se têm poder suficiente.

Por favor. Fecho os olhos, rezando com toda a fé que tenho. Penso em Mamãe Gaīa, em seu espírito poderoso correndo por essas terras. Imagino os Caveiras se reunindo nas costas de Nova Gaīa, suas botas de couro invadindo a cachoeira principal. Não podemos enfrentar essa luta sozinhos.

Precisamos que Zélie e Mae'e renasçam...

De repente, uma pulsação irradia da base da montanha. A pedra preta se aquece abaixo de mim, queimando meus pés descalços. A última Criada Verde desmaia de exaustão. Uma luz esmeralda surge do fundo da fonte natural, envolvendo Zélie e Mae'e.

Protejo meus olhos quando a luz brilhante percorre as têmporas delas e sobe pelos pés, encontrando os medalhões no peito das duas. Ela brilha através das runas gravadas em sua pele. Passa pelo corte no coração de Zélie.

Por favor! Eu rastejo. A terra abaixo de nós treme com nova força. Fragmentos de vidro preto caem do alto. Uma rachadura se abre bem acima.

— Por favor! — grito, chorando alto.

As águas brilham tanto que queimam.

Então, as duas garotas desaparecem sob a superfície.

O alívio me atinge como os raios do sol quando Mae'e emerge.

— *Ah!* — Mae'e inspira fundo, apertando o peito.

Sua cabeça vira de um lado para o outro com tudo, quando ela observa o que está ao seu redor, com uma expressão de perplexidade no olhar de diamante.

— Mae'e!

Não consigo impedir as lágrimas que caem. Passo meus braços em volta do pescoço dela e a abraço com força. O medalhão no peito pulsa no ritmo do coração que despertou de novo.

Movo-me para abraçar Zélie, mas ela não emerge das águas. Solto Mae'e e avanço. O pânico toma conta de mim quando puxo o corpo de Zélie para a superfície da fonte.

— Zélie? — sussurro o nome dela.

Um mundo que eu não estava preparada para enfrentar desmorona diante dos meus olhos. Embora as feridas delas estejam curadas, seu corpo continua inerte.

Não funcionou...

Cada parte de mim fica dormente de uma vez. O som fica abafado em meus ouvidos. Barras fecham-se ao meu redor, prendendo-me dentro de um pesadelo do qual não consigo escapar.

Lembro-me da primeira vez em que vi seu rosto, há muitas luas, no mercado de Lagos. Sinto a dor de cada batalha que travamos. Toda vez que segurei a mão dela.

Não sei o que significa lutar sem ela ao meu lado.

Mae'e aproxima-se de mim. Pousa a mão sobre o medalhão no peito de Zélie. A testa de Mae'e se enruga, e ela olha para a montanha em meio a tremores.

— Onde está o seu irmão? — pergunta a hierofanta.

CAPÍTULO SETENTA E CINCO

INAN

Ao pé do Monte Gaīa, sinto o mundo se fechando cada vez mais. Tudo o que lutei para impedir foi desencadeado pela Lua de Sangue. A cidade tramada se estende diante dos meus olhos.

Os novos-gaīanos continuam a clamar no subsolo. Gritos ressoam quando as pessoas lutam para liberar os canais. Os aldeões saltam de um campo para o outro. As poucas trança-cipós dentro das muralhas da cidade se apressam para levar os mais jovens para a linha de frente.

Diante das montanhas da cidade, a violência dos Caveiras aumenta. Suas botas ribombam em conjunto, o som do ferro se chocando preenche o ar. O fogo arrasa a floresta fora do centro da cidade, ardendo à medida que o inimigo se aproxima.

Penso em Tzain e nas trança-cipós se aproximando do *front* de Orïsha. Em Mae'e e Zélie lá embaixo.

Se ela não acordar...

Minha mente me traz de volta à jaula onde encontrei Zélie. A noite que passamos na ilha. Prometi mantê-la em segurança.

Prometi que ela veria sua terra natal de novo.

O ataque de Baldyr se intensifica, mas eu não sei onde lutar, não sei aonde ir. O peso dos meus fracassos ameaça me arrastar até o chão...

KABOOM!

Eu me viro de uma vez. Uma série de explosões ressoa além da entrada da montanha de Nova Gaïa. Outra explosão ressoa, e a cachoeira estrondosa para de cair. Colunas de fogo sobem noite adentro.

Com uma explosão final, a montanha desmorona diante dos meus olhos. Mesmo à distância, o calor queima meu rosto. Pedregulhos em chamas mergulham nos canais.

Então, centenas de Caveiras avançam através da fumaça preta.

Não...

Gritos de batalha ecoam quando os Caveiras seguem. Avançam em embarcações esculpidas em seu metal-de-sangue, usando-as para navegar pela civilização flutuante.

Tochas vermelhas incendeiam os campos flutuantes de cipós. Martelos brilhantes destroçam templos ornamentados e cabanas quadradas. Os Caveiras puxam as granadas dos cintos, lançando bombas por toda a cidade. Nuvens no formato de cogumelos se erguem quando um par de Caveiras atravessa os tijolos vermelhos de uma escola.

O horror me sufoca enquanto a cidade de Nova Gaïa incendeia. Os Caveiras assumem o controle dos canais. Um grupo de barcos passa pelo centro da cidade em direção ao Monte Gaïa.

Minhas mãos formigam quando invoco minha magia. Não sei quantos Caveiras posso pegar de uma vez, mas não vou deixar que cheguem aos outros.

Mesmo que me custe a vida.

Uma pulsação repentina ondula sob meus pés. Fico de joelhos quando a montanha inteira treme. Um estalo poderoso ecoa pela noite vermelha. Meus lábios entreabrem-se enquanto olho para a escultura de Mamãe Gaïa. As esmeraldas se iluminam nos olhos da escultura.

Fique bem. Meu coração palpita forte no peito quando corro para a escadaria. O vapor sobe da entrada. Um calor novo queima a obsidiana.

Mae'e e Amari sobem com dificuldade os degraus pretos, a montanha e seus tremores dificultando a subida delas. Cada uma segura um dos braços de Zélie ao redor do pescoço. Seu corpo pende inerte entre elas.

Avanço, tomando-a nos braços. Todas as feridas foram curadas, mas ela ainda está fria ao toque.

— O espírito dela não se foi. — Mae'e agarra as mãos de Zélie. — Eu a senti quando acordei. Um pedaço dela ainda está com Mamãe Gaïa. Ela está ligada à nossa Raiz-Mãe desde que Yéva e eu a trouxemos de volta.

— Sua visão? — pergunto.

Mae'e estende a mão para mim, roçando minha mecha branca.

— Quando acordei, vi você de novo. Entendo a conexão que vocês compartilham!

Olho para Zélie, sabendo que é assim que deve ser. Se é assim que nossa batalha vai terminar, cabe a ela derrotar o rei Baldyr. Apenas ela pode enfrentar a força monstruosa dele.

— Vá. — Mae'e aponta para a trilha sinuosa. — Leve-a até o topo da montanha. Implore para Mamãe Gaïa. Troque o fôlego de vida dela pelo seu!

Amari fica assustada e agarra meu braço.

— Inan, espere!

— Não temos tempo.

Dou um passo para trás, permitindo que compreendam a destruição. Mae'e caminha até a beira da montanha. As chamas de sua cidade se refletem em seu olhar de diamante.

Uma raiva que eu ainda não tinha visto tomou conta da hierofanta. Grossos cipós giram ao redor dela como lâminas. Eles a levantam no ar quando uma corrente de rocha derretida se espalha embaixo dos pés de Mae'e, pronta para ser liberada.

Lá em cima, o Monte Gaïa ruge. Uma montanha prestes a explodir. Amari olha de mim para os Caveiras que se aproximam. Lágrimas cintilam em seus olhos âmbar.

Deixo Zélie no chão e puxo Amari para perto quando uma luz azul envolve suas mãos.

— Me desculpe — falo as palavras com a boca encostada em seus cabelos. Em seguida, tomo Zélie de volta em meus braços.

Firmo o corpo enquanto luto para chegar ao cume da montanha.

CAPÍTULO SETENTA E SEIS

TZAIN

Os ventos fortes atingem meu corpo como um aríete. A força sacode meus ossos. Cerro os dentes quando agarro o cipó que prende nossa pequena embarcação ao cargueiro dos Caveiras, esforçando-me para me segurar.

Duas trança-cipós estão sentadas de cada lado de mim, enviadas por sua hierofanta para ajudar em nosso ataque. As quatro novas-gaïanas olham adiante, preparadas para enfrentar os Caveiras.

Em poucas horas, seus cargueiros terão percorrido toda a extensão dos mares. Dividiram o oceano como um machado. A costa denteada de Orïsha já surge à distância.

— Prontas? — Olho para os trança-cipós.

O cipó que nos prende ao cargueiro nos puxa. Outro cipó envolve meu torso. Com um estalo, o cipó avança, lançando-me no ar. Meus braços circulam pelo vento enquanto estou em pleno voo.

Por Zélie.

Rolo pelo convés da embarcação. Meus dedos brilham verdes enquanto recupero meu machado de osso. Com um grito, libero tudo o que tenho na fileira interminável de Caveiras. A tristeza alimenta cada movimento meu.

— *Rá!* — A sensação que costumava me preencher com o machado da Caveira retorna, mas dessa vez irradia do meu íntimo.

Chove sangue enquanto meu machado de osso corta gargantas. Cravo sua lâmina no peito nu dos Caveiras.

Brilhantes lâminas vêm na minha direção de uma vez. As lições de Köa guiam meus passos. Sinto o peso de Lâmina quando rolo pelo convés. Quando um grupo de guerreiros ataca, jogo-me no chão, deixando que os Caveiras se digladiem enquanto eu me esquivo.

Atrás de mim, videiras rastejam para dentro do cargueiro. Espalham-se como aranhas gigantes, prendendo os Caveiras em uma teia inquebrável. Mais videiras se enroscam nas águas agitadas, criando um monstro nos mares. Oito pernas giram juntas para formar um braço gigantesco, lançando Caveiras ao mar.

Varremos esse cargueiro antes de nos lançarmos para dentro de outro. As máscaras caem aos nossos pés enquanto lutamos, fazemos tudo o que podemos para enfraquecer a frota deles. Mas assim que entramos nas baías de Orïsha, a primeira bomba explode.

— Recuem! — grito para as trança-cipós.

Elas me cercam quando corremos até a borda do cargueiro. Sem tempo a perder, salto da embarcação, e os cipós me envolvem, agarrando-me antes de eu pousar.

As trança-cipós reformam nossa videira, e nós giramos ao redor dos cargueiros enquanto bombas flutuantes são detonadas na baía de Orïsha. As ondas de choque percorrem o oceano. O vapor de água sobe noite adentro.

Diversas bombas explodem ao mesmo tempo, destroçando o primeiro cargueiro. As explosões rompem o metal-de-sangue brilhante. Estilhaços voam com os Caveiras.

Alarmes soam em Lagos. De repente, as forças de Orïsha se reúnem. Uma emoção percorre meu corpo enquanto os maji, os tîtán e os soldados correm pelos portos.

— Atacar! — grita Kâmarū.

O terral lidera a investida com uma nova armadura, que combina com sua perna de metal. Uma legião o segue por uma ponte de pedra recém--construída, criando uma passarela dentro da baía.

Os maji cantam em uníssono, e uma luz verde irrompe de seus braços. O fundo do mar treme enquanto picos rígidos emergem da terra. Eles disparam através da superfície da água, empalando o casco dos cargueiros, como se fossem anzóis.

Os espinhos elevam-se tão alto que erguem os cargueiros dos mares, pendurando-os no ar. Caveiras caem do convés como pedras. O metal-de-sangue range ao se romper.

A água voa quando os cargueiros destroçados despencam de volta na superfície do oceano. Observo com admiração quando nosso navio chega às docas.

Nas margens, os queimadores se encaixam em canhões especiais soldados para envolverem seus dois braços. Meu peito infla quando vejo Kenyon no centro deles.

— Atirar! — ordena o mais velho.

Rajadas de fogo disparam como cometas, perfurando os cargueiros mais próximos das docas. Kenyon dá a segunda ordem, e os queimadores atacam de novo. O fogo espalha-se em um fluxo interminável, incinerando os Caveiras que se enfileiram no convés.

— Empurrem-nos para trás! — grita Nâo.

Atrás dela, o exército de mareadores organiza o ataque. Os músculos projetam-se ao longo dos braços da mais velha enquanto lidera uma fileira de mareadores para dentro da água. Eles elevam os braços em um cântico combinado.

A luz verde-azulada reúne-se ao redor deles. O mar quebra em seus pés. Uma onda poderosa surge do oceano. O fundo do mar revela-se à medida que a onda atinge o seu ápice, erguendo-se a um quilômetro de altura no céu.

Com um grito poderoso, os mareadores liberam a onda. Ela cai sobre os cargueiros com toda a força, retorcendo o metal-de-sangue como se fosse um pergaminho. As poderosas embarcações colidem umas com as outras como peças de dominó, chocando-se quando caem para trás.

Eles derrubam meia dúzia de cargueiros, mas não conseguem deter todos.

— Preparem-se! — ruge Nâo.

Eu estou pronto quando o primeiro navio atraca.

CAPÍTULO SETENTA E SETE

INAN

A DETERMINAÇÃO FORTALECE cada passo que dou. Não me permito olhar para trás. Luto para subir a montanha que balança, apertando Zélie contra o peito.

Os estrondos vêm bem lá de baixo. Pedras pretas despencam da encosta da montanha. O próprio chão infla aos meus pés. Vapor cinzento vaza da rocha partida, formando nuvens que se acumulam no ar.

O Monte Gaïa desperta com a destruição de suas terras. Uma chama cresce dentro dele como o fogo que arde lá embaixo. Mas apesar de sua força, eu não desacelero, não sinto medo.

Volto no tempo, revendo tudo o que me trouxe até aqui.

Lembro-me de minhas primeiras manhãs com minha mãe, do modo como caminhávamos pelos corredores dourados do palácio, de mãos dadas. Foram tantos momentos passados ao longo da parede de retratos reais, compartilhando histórias de governantes falecidos muito tempo antes.

Vejo os intermináveis dias treinando com o almirante Kaea e os soldados, as paredes de alabastro do nosso quartel. Ouço o choque de ferro contra ferro enquanto lutávamos nos círculos de treinamento. Vejo o selo brilhante de Orïsha, a armadura que mal podia esperar para trajar. Lembro-me de momentos tranquilos passados no palácio à noite, diante do trono que sonhava ocupar.

Relembro os dias que costumava compartilhar com minha irmã, muito antes da Ofensiva. Sempre que minha mãe organizava uma festa de gala, eu encontrava Amari debaixo da mesa, guardando travessas de banana e bolinhos de feijão.

Lembro-me das velhas governantas que enganávamos, de todas as distrações causadas para que pudéssemos fugir. Ouço sua risada estridente, aquela que parou no dia em que minha espada cortou suas costas. Penso no irmão que ela deveria ter tido.

Penso em como nossa vida poderia ter sido.

Mas quando penso no meu pai, todas as minhas outras memórias parecem murchar. Sinto como meus ombros se curvavam sob o peso eterno de seu olhar, a queimadura do peão de sênet que ele largou em minhas mãos. A dor de seu punho contra o meu rosto. Ouço cada palavra que gritou comigo, tudo o que me ensinou a pensar. Sinto o gosto do veneno que costumava subir pela minha garganta ao ver os maji.

Lembro-me do príncipe que queria varrê-los deste mundo.

E, então, lá estava você...

Olho para Zélie, observando sua forma etérea. Meus dedos mergulham em suas mechas brancas, e eu sinto a noite em que minha mecha apareceu. O dia em que tive certeza de que minha vida acabaria.

Vejo o dia em que a vi pela primeira vez no mercado de Lagos, o momento em que os nossos caminhos se cruzaram. Nunca tinha visto algo tão terrível. Tão bonito.

Tão selvagem.

— Você me mudou — sussurro, rezando para que seu espírito consiga ouvir.

Lembro-me de sua dança no festival dos maji, a visão de Orïsha que havia nascido. Ela era a única razão por que pensei que poderia ser um tipo diferente de rei.

Sonhei com uma vida inteira passada com ela nos braços.

Fiz uma promessa para ela naquela jaula. Jurei que viveria para ver nossa terra natal. Não posso impedir o rei Baldyr, não posso lutar contra todos os Caveiras.

Mas ainda posso oferecer isso a ela.

Implore para Mamãe Gaīa. As palavras de Mae'e voltam quando chego ao topo da montanha. *Troque o fôlego de vida dela pelo seu!*

Luto para chegar ao centro da cratera. A força da montanha trêmula faz com que eu fique de joelhos, cada respiração queima minha garganta. Eu engasgo com as nuvens de gás tóxico.

— Por favor! — arfo em meio a um ataque de tosse.

Busco a pulsação de Mamãe Gaīa, cada força divina em Orïsha. A Lua de Sangue vem de cima, um lembrete de tudo o que perdemos.

— *Por favor!* — grito aos espíritos, os mesmos seres que fui criado para rejeitar. Lágrimas escorrem pelo meu rosto quando nuvens escuras se acumulam no alto.

Assim que um relâmpago estala, ergo aos céus o corpo de Zélie. Ofereço-a à tempestade.

— Salve-a... — sussurro as palavras para quem possa atender minha prece.

Tudo fica branco quando a montanha explode.

CAPÍTULO SETENTA E OITO

ZÉLIE

Quando abro os olhos, verde é tudo o que vejo, samambaias brilhantes com folhas emplumadas; os longos e estreitos caules do capim aromático. Prados de hortelã se estendem ao longe, enchendo o ar com seu aroma fresco e revigorante. Um campo interminável de juncos se espalha diante de mim, fazendo cócegas em meus pés descalços enquanto caminho.

Não pode ser...

Não há sol acima. Uma névoa suave me envolve como uma fina camada de neblina. O choque faz meu corpo ficar dormente, como se picado por finas agulhas. Viro-me devagar, absorvendo tudo.

Embora eu inspire, não respiro ar, não sinto a rajada do vento. Flutuo em meio a paredes brancas, levada de volta a um lugar que nunca pensei que veria novamente.

— Você está aqui.

Olho para trás: Inan está em pé, parado. Vestido com um kaftan de seda branca, um sorriso brilhante se espalha por seu rosto. Uma paz suave irradia ao seu redor, tão tangível quanto a luz.

Ele me mantém sob seu olhar gentil, muito distante do medo. Muito além da dor.

Embaixo de seus olhos âmbar, o peso do mundo desaparece.

— Nós estamos...

A pergunta que tenho muito medo de fazer está na ponta da língua. Mas Inan faz que não com a cabeça. Ele corre os dedos pelos juncos.

— Mae'e veio até mim antes da batalha — explica ele. — Ela continuou tendo visões de nós dois e me disse para trazê-la ao topo da montanha. Que aqui em cima poderíamos trocar o sopro da vida.

Inan se aproxima do meu corpo, entrelaçando os dedos nos meus. Então vejo nossa diferença: a cada expiração que Inan libera, seu corpo desaparece um pouco. Sua pele fica mais transparente a cada segundo. A minha fica cada vez mais opaca.

— O que você fez? — sussurro.

— Cumpri a promessa que fiz para você.

Observo, perplexa, enquanto nossas vidas são transferidas. Minha conexão com o Monte Gaïa pulsa através de mim como outro batimento cardíaco. A montanha sagrada ancora nossa troca.

— Ainda precisamos de você. — Embora seu espírito desapareça, o sorriso de Inan permanece. — Baldyr começou seu ataque. Não posso impedi-lo, mas você tem uma chance.

As lágrimas fazem meus olhos arderem. Luto contra o desejo de deixá-las correr livres. Inan segura meu rosto entre seus dedos desbotados. Não sei se alguma vez já me abraçou com tanta ternura. Com tanta graça.

Ele encosta a testa na minha, e eu sinto seu perfume almiscarado. Sinto, em sua carícia, cada momento que compartilhamos. Treinando com ele nas montanhas perto de Gombe. Ensinando-o a usar seu dom. Correndo pela floresta com ele no festival dos maji.

A primeira vez que nos beijamos.

As cicatrizes que criou com suas traições. As feridas que só seu toque poderia apagar. Deveríamos criar um novo amanhecer.

Deveríamos mudar o destino de Orïsha.

—Você ainda pode. — Inan me aperta, interrompendo meus pensamentos. — A Orïsha pela qual você vai lutar é diferente daquela que deixamos para trás. É onde você poderá reinar. — A voz de Inan fica tensa, e sinto uma força em minha alma. A sua respiração está diminuindo a cada momento.

Nosso tempo está se esvaindo.

— Encontre o rei Baldyr — instrui Inan. — Derrote-o de uma vez por todas. Assuma o comando da nação e crie a Orïsha com que sonhamos tanto. Aquele que poderá se defender de qualquer reino estrangeiro.

— E se eu não for forte o suficiente? — sussurro.

— Você é a força mais potente que conheço.

Inan segura a coroa de majacita e, com um solavanco, ela se desprende da minha têmpora. A luz roxa vaza da minha cabeça como sangue, aquecendo-me ao atingir minha pele.

— A morte não destrói você, Zélie — continua Inan. — Ela liberta você. Ela atende ao seu chamado.

À medida que a luz roxa percorre meu corpo, sinto o poder antes perdido. A capacidade de ressuscitar os mortos. A magia que faz parte do meu sangue.

— Eu te amo — expira Inan.

Desvio o olhar, incapaz de compreender as palavras. Um soluço escapa da minha garganta. A névoa ao nosso redor se intensifica, apagando nosso mundo.

Apesar de todas as vezes que fui contra ele, de cada momento em que tive sua vida em minhas mãos, algo forte fisga em meu peito. Não estou pronta para dizer adeus.

Não estou pronta para o fim da nossa história.

Inan encaixa uma trança atrás da minha orelha, e minha pele começa a brilhar. Sua força vital se mistura em meu ser. Um calor intenso enche meus pulmões enquanto eles se expandem, voltando a respirar.

— Inan, eu...

Ele me beija e, por um momento perfeito, o restante do universo congela. Seu amor invade meu coração, queima através das minhas lágrimas.

O mundo ao nosso redor desaparece quando nossos lábios se separam pela última vez.

Embora ele desapareça, eu o ouço dentro da minha alma.

— *Eu sei.*

CAPÍTULO SETENTA E NOVE

AMARI

— *Ataquem!*

Não há fim para os Caveiras que fervilham no sopé do Monte Gaïa. Os guerreiros singram as águas em seus longos navios de metal-de-sangue, com uivos de vitória ecoando na garganta.

A cidade de Nova Gaïa queima atrás deles, criando uma névoa laranja embaixo da Lua de Sangue. Montes de escombros substituem os templos vibrantes que costumavam brilhar ao sol. Campos flutuantes de cipós queimados afundam no lago da montanha.

Quando os primeiros Caveiras atracam, uma luz azul-escura me envolve, queima quando atravessa minha pele. A dor me atinge por dentro, me impulsionando a lutar, me impulsionando a vencer.

— Rá! — Eu estendo minhas mãos.

Esferas de luz azul disparam das palmas das minhas mãos como canhões, atingindo os Caveiras em cheio no peito. Gritos ecoam enquanto cravo minha magia em sua cabeça.

Minha mente estremece com lembranças — os olhos vazios das primeiras pessoas mortas pelos Caveiras, as lâminas que usam para arrancar os ossos de seus rostos. Vejo os arsenais onde criam suas máscaras. Sou levada de volta ao altar de pedra do qual escapamos, o mesmo lugar onde fazem seus juramentos de sangue e recebem suas armas.

Atravesso a cabeça dos Caveiras, destruindo suas lembranças como se pudesse despedaçá-los membro por membro. Minha magia deixa os guerreiros no chão de pedra, paralisados enquanto encaram a Lua de Sangue lá em cima.

Quando ataco, as Criadas Verdes golpeiam, retornando das fontes naturais para se juntarem à luta. Apesar do custo de ressuscitar sua hierofanta sagrada, as guerreiras dão tudo de si para defender sua terra natal.

Os cipós disparam como chicotes, agarrando os Caveiras pela garganta. As criadas quebram pescoços como gravetos. Outras erguem os Caveiras no ar, vendo-os engasgar.

Um Caveira atravessa as massas, rápido demais para que eu possa invocar minha magia. Ele desfere um golpe contra minha cabeça com seu machado de batalha, a lâmina carmesim iluminada pela luz vermelha. Mas antes que eu consiga puxar minha lâmina de obsidiana, cipós se enrolam em seus pulsos com um estalo. Outras envolvem seus tornozelos. O Caveira grita quando uma das criadas o suspende, deixando-o vulnerável ao meu ataque.

Avanço e enfio minha lâmina de obsidiana em sua barriga. Torço-a com fúria, querendo que ele sinta toda a dor que causou. Mas, apesar de toda a nossa batalha, nada se compara à guerra que Mae'e trava sozinha.

A hierofanta faz sua batalha na baía, os cipós a elevam pelos ares. Um redemoinho de cipós gira ao seu redor em velocidade violenta, cheio de espinhos enormes como presas serrilhadas.

Com um aceno de seus braços, as plantas letais golpeiam, destruindo Caveiras que tentam passar. Corpos voam para dentro do lago da montanha, manchando as águas azul-turquesa de vermelho. Mais trepadeiras atravessam as entranhas de Caveiras, acumulando cadáveres nos longos caules. Outras envolvem o abdômen dos inimigos e os puxam, arrastando-os para fora de seus longos navios. Os cipós forçam corpos que se debatem embaixo d'água, mantendo-os no fundo até que se afoguem.

Mas os cipós que Mae'e controla são apenas a primeira parte de seu ataque. O medalhão de Baldyr ainda pulsa em seu peito, concedendo-lhe uma nova força. Rios de rocha derretida se unem embaixo de seus pés, formando grandes pilhas. O olhar de diamante de Mae'e reluz em vermelho, e torrentes de lava disparam em todas as direções, incinerando tudo o que tocam. Os Caveiras que ela atinge explodem em chamas, e seus ossos evaporam.

A hierofanta sagrada transforma-se diante dos meus olhos, uma fera violenta que ruge nos céus. Juntas, evisceramos os Caveiras em ondas. Lutamos além da nossa exaustão, superamos cada dor que nos acomete.

Mas, enquanto guerreamos, o chão treme abaixo de nós. A pedra parte-se aos nossos pés. Rochas gigantescas caem pela encosta da montanha, explodindo como bombas, ao aterrissarem. Quando vejo nuvens escuras se movendo lá no alto, minhas mãos amolecem.

— *Para a praia!* — grita uma criada.

Antes que eu possa reagir, cipós me envolvem, levando-me para longe do sopé da montanha. As Criadas Verdes alçam voo, usando os cipós para planar. Eu me preparo quando estou no ar.

— Mae'e! — grito.

Mas a hierofanta não para com sua destruição. Uma fissura densa irrompe na parte de cima, e Mae'e abre os braços, recebendo neles a erupção iminente.

As criadas passam pelos templos, atravessando as florestas tropicais que crescem nas encostas da montanha. Seus cipós empurram de tronco em tronco, catapultando-nos através da densa folhagem. O vento bate em meu rosto quando elas avançam a toda velocidade para o litoral.

A ilha inteira treme quando o Monte Gaīa explode.

KABOOOOOOOOOM!

A explosão arranca árvores, cortando os cipós que usamos para planar. Com um solavanco, caio em queda livre, despencando nas areias pretas.

O calor queima minha nuca, meus ouvidos zumbem com força ensurdecedora. Apoio-me nos cotovelos, incapaz de acreditar naquela visão.

Colunas de cinzas se elevam aos céus, escurecendo a noite vermelha.

Relâmpagos vibrantes irrompem da cratera, girando como um tornado. Os relâmpagos formam um círculo acima do topo da montanha, caindo em tons dourados brilhantes, roxos impressionantes e vermelhos furiosos. Uma lava brilhante corre livre, descendo como chuva sobre as pedras da montanha.

— *Mamãe Gaia...* — As Criadas Verdes ao meu redor caem de joelhos e se curvam.

Um pulso poderoso atravessa as areias pretas. Mais estalos afiados irrompem pelos ares.

Então, as próprias montanhas se erguem.

Pelos céus...

Olho para cima, incapaz de falar. Cada figura esculpida na cordilheira que rodeia Nova Gaïa ganha vida, criando um exército de seres colossais.

Pedregulhos despencam de seus corpos, como chuva. A lava passa pelas rochas em padrões ramificados, criando veios. As figuras imponentes esmagam os Caveiras abaixo deles em um piscar de olhos. Os Caveiras deixados em seu rastro berram até a morte.

Nas profundezas do centro da cidade, o corpo de Mae'e se eleva tão alto que conseguimos vê-la da costa. A lava que se espalha embaixo dela cobre todo o seu ser. Cipós derretidos emergem da floresta, cada um tão grosso quanto suas árvores.

Os cipós derretidos atacam os Caveiras em luta ao longo da praia de Nova Gaïa, queimando sua carne. Eles envolvem os cargueiros atracados nos mares. Os cipós apertam com tanta força que as poderosas embarcações quebram ao meio.

Incêndios aumentam quando chegam ao metal-de-sangue. As embarcações fumegantes afundam nas águas. Mae'e aproveita a erupção do Monte Gaïa, varrendo o inimigo de sua terra natal.

Um zumbido irrompe do cume. Meus olhos arregalam-se quando a ceifadora que eu conheci levanta voo. Zélie emerge das cinzas vulcânicas, relâmpagos girando em torno de sua forma brilhante.

Ventos rugem sob seus pés. Sua cabeleira branca estala livremente. De repente, os céus se abrem. Uma enchente poderosa desaba.

Mas se ela está aqui...

Levo as mãos ao coração quando compreendo. Não consigo impedir as lágrimas que brotam.

—Você se foi. —Atrevo-me a falar as palavras em voz alta, e elas atravessam meu coração, cortando como vidro.

A dor me deixa de joelhos quando Zélie pousa em meio ao mar revolto.

CAPÍTULO OITENTA

TZAIN

— Recuem! — grita Nâo.

Eu me junto aos maji enquanto os Caveiras chegam à terra. Corremos pelos caminhos de madeira, voltando ao bairro dos mercadores.

Tábuas voam quando o cargueiro dos Caveiras bate nas docas. O metal-de-sangue passa rompendo o porto inteiro. Atravessa as muralhas fortificadas, destruindo os canhões especiais e os armazéns ao longo da costa. Nuvens de poeira sobem quando o cargueiro estraçalha o porto.

Os Caveiras saltam da borda da embarcação, balançando os braços quando caem na terra partida. Erguem as armas e gritam. A luz vermelha envolve suas lâminas, alimentando-se de seu sangue.

O cargueiro é apenas o primeiro a passar, as dez embarcações remanescentes seguem seu caminho. Com um rugido poderoso, milhares de Caveiras atacam ao mesmo tempo.

O chão treme com a força do ataque deles.

— Lembre-se do plano! — grita Nâo.

As trança-cipós e eu a seguimos pelos prédios em tons pastel do bairro dos mercadores. Os domadores esperam no final da estrada de terra com armaduras rosa esculpidas em seus corpos. Meus ouvidos vibram com seus cantos unificados. A luz rosa envolve suas mãos.

— *Ọmọ ògún igbó, ẹ dìde báyìí…*

De repente, montarias selvagens saem dos prédios vazios, a mesma luz rosa girando em torno de suas cabeças. Incontáveis pantenários avançam, sua pelagem escura brilhando sob a lua vermelha. Um mar de serpentes com escamas de arco-íris desliza livremente. Bandos de gorílios atravessam enfurecidos a estrada de terra. Guepardanários de um chifre mostram as presas de marfim. Na'imah lidera a debandada, atacando montada nas costas de um elefantário de presas pretas.

— Atacar! — grita Na'imah.

A infantaria animal enfrenta a primeira onda diretamente. As serpentes liberam seu veneno como dardos. As presas do pantenário afundam na carne. Gorílios de peito branco derrubam Caveiras no chão.

Na próxima divisão, queimadores estão de prontidão, marcados por sua armadura vermelha brilhante. Quando os maji em retirada passam, os queimadores golpeiam. Suas vozes se soltam em uníssono.

— *Iná jó, iná fǫnká, iná jó, iná fǫnká...*

Brasas centelham na ponta dos dedos, flutuando pelas frestas das vitrines tampadas com tábuas. Um por um, os edifícios pegam fogo, explodindo como peças de dominó enfileiradas.

A próxima onda de Caveiras é pega na explosão. O fogo assola o bairro dos mercadores enquanto os corpos voam.

— Tzain? — chama Kenyon quando viro a esquina. Em um instante, sou puxado para seus braços. Um momento é tudo o que temos em meio ao caos. Os Caveiras avançam em seu ataque.

Kenyon observa as trança-cipós, minha cabeça raspada, o machado de osso tatuado em meu abdômen.

— Vá em frente! — Ele acena para avançarmos. — Os soldados estão esperando no mercado!

Meu peito arfa enquanto corremos pela cidade, lutando para chegar ao centro. O número de Caveiras se multiplica atrás de nós. Maji e tîtán trabalham juntos, lançando novas defesas em cada posto de controle.

Terrais abrem a terra, engolindo legiões inteiras de Caveiras, soldadores arremessam colunas cobertas de pontas brilhantes. Ossos estalam quando esmagam Caveiras nas paredes dos prédios.

Ventaneiros ficam em telhados vazios, gerando poderosas lâminas de ar que fatiam os Caveiras. Os cânceres atingem o inimigo em seguida, criando nuvens laranja de gás tóxico.

Quando por fim chegamos ao mercado, descubro que toda a área foi limpa. Centenas de soldados se reúnem em fileiras, preparados para enfrentar os Caveiras restantes. Cada um deles empunha novas armaduras e escudos, esculpidos por soldadores para absorver os golpes dos Caveiras.

Barricadas de metal estendem-se atrás dos soldados, prédios desabados formam um arco ao redor deles, fechando-os.

— Lutaremos até a morte! — grita uma general. — Lutaremos até o último suspiro!

Diante de nós, as botas dos Caveiras barulham cada vez mais alto. Seus uivos ecoam pelo ar. Alguém joga novos escudos para mim e para as trança-cipós. Libero meu machado de osso, juntando-me à última defesa de Orïsha.

— Por Orïsha! — A general levanta a espada.

— Por Orïsha! — O grito de guerra ecoa na boca de cada soldado. Todos nós corremos adiante quando os Caveiras invadem o beco, em massa.

O ar ecoa com nosso confronto. Metal colide com metal. A armadura dos soldados resiste à força bruta dos Caveiras, dando ao meu povo uma chance de lutar.

Um Caveira gigante avança em minha direção, com o machado de batalha erguido. Levanto meu escudo, atenuando o ataque. A força reverbera através do metal esculpido à mão, enviando ondas de choque pelo ar.

O Caveira volta a atacar, e eu saio do alcance dele. Cerro os dentes enquanto golpeio, decepando seu braço. Com outro giro, eu passo a lâmina em seu pescoço.

Mais dois Caveiras entram no meu raio de alcance. Lanço-me ao chão e rolo por ele. Grito enquanto bato com meu machado nos joelhos dos dois. O sangue espirra quando eles caem na terra.

Diante de mim, um nova-gaïana se move para conter um Caveira, fazendo os cipós amarrarem os pulsos do homem. Mas ele reverte o ataque, agarrando-se aos cipós e puxando a trança-cipó para perto.

Corro pelo campo quando o Caveira levanta o martelo e, antes que ele possa atacar, arremesso meu machado para o alto, atingindo-o no meio do peito.

Nossa batalha se estende por Lagos, desde o porto destruído até o mercado abandonado. Lutamos com tudo o que temos, mas, não importa quantos Caveiras derrotamos, mais se espalham pelos becos.

À minha esquerda, martelos atingem soldados bem no peito, fazendo-os voar para dentro das barricadas. À minha direita, um Caveira agarra dois soldados pelo pescoço, apertando-os até que se quebrem.

Outro derruba uma fila de soldados no chão. Com um golpe violento, sua lâmina brilhante se crava em seus abdomens. Os Caveiras gigantescos atacam sem remorso, cortam ao meio o selo de Orïsha nas couraças de peito de nossos soldados, forçando-os a recuar.

Continuem! Esse é o meu desejo, insistindo mesmo com os músculos queimando. Não sei por quanto tempo mais conseguiremos manter a batalha. Não há fim à vista...

KABOOOOOOOOOOOM!

A força de um choque explode no ar, soprando através dos edifícios desertos diante de nós com uma simples brisa. Eu me protejo dos escombros que caem sobre mim. A fumaça que desaparece revela uma visão completa do mar.

Os céus abrem-se como se rasgados ao meio. Uma chuva cai forte. Uma série de relâmpagos ondula através da noite vermelha vinda do leste. Os raios dançam no alto em uma chama vibrante, com linhas douradas estalando soltas.

Zélie...

Reconheço o poder dela. Eu a sinto nos ventos fortes. Meus olhos ardem quando as linhas costeiras de Orïsha se transformam. É como se um furacão fosse lançado sobre os mares.

Ondas monstruosas engolem os cargueiros restantes por inteiro. Os Caveiras que invadem o beco não existem mais, seus corpos voam quando são carregados, puxados para dentro da tempestade violenta.

Levanto o rosto para a chuva torrencial, permitindo que ela lave o sangue da minha pele. Ergo meu machado no ar e solto meu rugido.

Os soldados juntam-se a mim com força total.

CAPÍTULO OITENTA E UM

ZÉLIE

No momento em que pouso nos mares agitados, as águas começam a brilhar. A energia branca ondula através das correntes. Pulsa lá embaixo.

Todo o meu corpo treme com a força despertada no meu íntimo, a eletricidade ressoa em cada embarcação, relâmpagos saem dos meus lábios. Vozes entoando cânticos preenchem meus ouvidos.

Abro os braços para a noite quando volto a ouvir o chamado dos meus antepassados...

— *Ti ìjì ati òòrùn...*

Fecho os olhos e sou levada de volta ao topo das montanhas de Ibadan. Mama está diante de mim, com a cabeça erguida para a tempestade de Oya. Os rostos dos ceifadores, há muito caídos, circulam ao nosso redor, com vestes de um roxo forte esvoaçando ao vento. Eles abrem os braços, pousando as mãos em meus ombros, pescoço e têmporas.

Enquanto cantam, meu esqueleto treme. O choque reverbera através do meu ser. Um calor familiar corre em minhas veias. Inspiro quando a magia da vida e da morte retorna com força total.

— *Oya, kún mi nínú!* — grito para minha deusa.

O ar uiva em resposta. Nuvens ondulantes se juntam acima de mim, bloqueando a Lua de Sangue. As nuvens espiralam sobre minha cabeça, criando o olho de um furacão. A chuva cai em torrentes fortes.

Nada fica no meu caminho enquanto corro pelos mares.

Isto termina aqui.

O brilho branco viaja pelo oceano quando avanço pela superfície, espalhando-se muito além do horizonte. Alcanço cada espírito que caiu, cada corpo lançado ao mar pelos Caveiras, penso em cada maji que perdemos em seus navios, em cada novo-gaīano que ficou flutuando na Baía Preta. Nenhuma vida será perdida em vão.

Teremos nossa vingança hoje.

O cargueiro de Baldyr navega em minha direção, a toda velocidade, a maior embarcação de sua frota aniquilada. A força do furacão rasga as nuvens que cercam o navio, permitindo-me testemunhar o monstro no qual ele se transformou.

Quase o dobro do tamanho que tinha antes de eu conhecer o efeito do poder que Baldyr sugou de nossas veias. A fera de um rei ruge em seu lugar, uma confusão de sangue e ferro. Relâmpagos vermelhos crepitam em torno de seu esqueleto de metal deformado, a máscara retorcida se fundiu à sua pele. Rocha derretida serpenteia por seu corpo, escorrendo como uma ferida aberta. Ele está em uma plataforma elevada, acima de um exército de Caveiras.

Baldyr abre os braços, e uma fenda divide os mares. A água do oceano se despeja na divisão quando as nuvens gigantescas de lava voam livremente. Deslizo até parar, no momento em que a onda derretida forma um arco sobre minha cabeça.

— *Ẹ̀mí òkú, ẹ gbé mi wò...*

Levanto as mãos, e os espíritos da morte atendem ao meu chamado. Sombras pretas se elevam como flechas retorcidas criando uma abertura através da parede vermelha escaldante. A cinza cai diante de mim quando a onda derretida começa a desabar. O vapor sobe pelos ares, criando uma nuvem densa.

— *Você me custou tudo o que eu tinha!* — urra Baldyr.

Cerro os dentes quando ele se eleva para os céus e relâmpagos vermelhos crepitam em suas palmas, aumentando de tamanho.

— *Ẹ̀mí òkú, ẹ fún mi lágbára yín, ẹ jáde wá nínú òjìji tuntun...* — entoo de novo, conjurando novas sombras da morte.

Os espíritos saem em explosões das minhas costas, permitindo-me voar através dos mares.

Giro sob o primeiro raio que Baldyr lança, espiralo para evitar o próximo. Mas Baldyr berra noite adentro. Um rio de relâmpagos se liberta de seu peito deformado.

— *Rá!* — invoco meu raio dourado, envolvendo meu corpo nele, em uma esfera.

A parede elétrica se mantém firme quando os raios de Baldyr crepitam ao redor do meu corpo. Quando isso se dissipa, luto para chegar até o rei.

Baldyr ataca com tudo o que tem, todo o poder roubado do ritual fracassado. Cipós de metal-de-sangue são lançados nos ares, espinhos como lâminas. Esferas derretidas disparam contra mim como canhões. O magma forma um arco no ar como garras.

— Você não pode me impedir! — grito para o rei desfigurado.

Com minhas sombras da morte, desvio todos os ataques. Não há como bloquear meus golpes violentos.

Eu sou a deusa que renasceu.

Quando chego ao cargueiro, lanço a cabeça para trás. Urro com a ira dos meus deuses.

O oceano inteiro se agita.

Então, o primeiro reanimado irrompe das ondas.

Finalmente!

Mãos prateadas passam pela água, abrindo caminho até a superfície. Os cadáveres de maji nas águas se erguem, uma legião de almas trazidas de volta à vida.

Dezenas de reanimados se transformam em centenas. Em um piscar de olhos, são milhares. Os espíritos do meu povo lutam pelos mares brilhantes, rasgando as ondas estrondosas.

Os reanimados se lançam em massa para cima do cargueiro de Baldyr, rastejam até o convés, liberando toda a força de sua ira. Os Caveiras gritam quando as almas ressuscitadas atacam. Suas lâminas brilhantes não têm nenhum efeito para impedi-las. Os reanimados cobrem os Caveiras em seu enxame mortal, dilacerando os guerreiros estrangeiros membro a membro.

Mais reanimados surgem sob mim como uma montanha, erguendo-me no ar. Eles aumentam embaixo de mim até chegar à altura de Baldyr, no mesmo nível da fonte do meu desespero.

— *Baldyr!* — grito o nome do velho rei em meio à tempestade crescente.

Ele invoca todo o poder que existe dentro de si. Sangue e relâmpagos espiralam acima de sua cabeça. Metal derretido jorra de seu peito como facas de arremesso. São catapultados em minha direção como estrelas cadentes.

— *Demônio!* — ruge Baldyr, liberando seu bombardeio.

Lanço a cabeça para trás quando levanto minhas mãos para o céu. Os mares formam um arco ao nosso redor, fechando-nos em um redemoinho branco.

Mil relâmpagos despencam de uma vez, roubando o que resta da vida do rei.

EPÍLOGO

— Aí está.

Amari se levanta dos braços de Mae'e para se juntar a mim na frente da videira. Novas lágrimas marcam seu rosto. Caem em um fluxo interminável desde o sacrifício de Inan.

Ela se junta a mim diante da embarcação tramada enquanto observamos o litoral de nossa terra natal. A visão faz minha garganta ficar apertada. Não consigo acreditar!

Depois de tudo, finalmente voltei.

Os destroços do ataque dos Caveiras estão no porto, os cargueiros remanescentes semissubmersos na baía. Nuvens de fumaça se erguem por toda a cidade desolada. Os edifícios foram destruídos.

Uma figura aguarda perto do porto arruinado. Em um instante, reconheço sua constituição poderosa. O machado tatuado em seu abdômen brilha sob o sol. O amor tecido em sua postura rígida arde à distância.

— Lá! — Aponto para as trança-cipós que conduzem nossa embarcação.

Ela não consegue me transportar rápido o suficiente. Navegamos entre escombros e corpos flutuando nas águas turvas. Inúmeras máscaras de caveira nos encaram quando passamos.

Assim que consigo atracar, salto da videira, pulando nos braços do meu irmão. Tzain me abraça com tanta força que meu corpo dói, mas não luto contra seu abraço.

O peso do ritual paira entre nós. O toque que pensei que nunca mais sentiria. Agarro-me ao meu irmão enquanto ele me coloca no chão. A magia da minha terra vibra por minha pele.

Atrás de nós, um grupo de maji se reúne. Meu coração se enche de alegria pelos mais velhos e pelos membros restantes dos dez clãs. À frente, Nâo abre um sorrisinho para mim. Kenyon e Na'imah esperam de mãos dadas.

— *Jagunjagun!* — Mári avança, correndo. Minha pequena ceifadora lança-se em meus braços. Enquanto mergulho a cabeça em seus cachos, não consigo conter as lágrimas. Os membros do meu clã me cercam, dando-me as boas-vindas de volta à casa.

Mas os maji não são os únicos a encher as ruínas de Lagos. Soldados e tîtán sobreviventes perambulam pelas ruas vazias. Todos trabalham juntos, e sua união é fortalecida pelo ataque.

Nehanda e os terrais limpam os escombros, os queimadores cremam os Caveiras restantes. Khani e os curandeiros cuidam dos feridos. Maji, tîtán ou soldado — ninguém fica de fora.

À nossa chegada, o círculo ao nosso redor aumenta. As pessoas se reúnem, esperando saber mais sobre a guerra. As divisões entre nós parecem evaporar. Até Nehanda toma Amari pela mão.

Na multidão que se forma, vejo as sementes dos sonhos que um dia compartilhei com o principezinho. Uma Orïsha onde os maji estão seguros, uma terra onde não precisamos ter medo. Podemos reconstruir tudo o que perdemos, criando uma verdadeira nação além das nossas guerras e ofensivas brutais.

— Está acabado? — pergunta Mári.

Retiro a máscara do rei Baldyr da minha bolsa e ergo a caveira dourada no ar.

Uma onda de esperança percorre meu corpo quando toda Orïsha comemora.

Quando voltamos a nossas terras, choramos.
As lágrimas que choramos formam rios através das montanhas.
Nossa tristeza nos deixa ocos de dentro para fora,
deixando-nos com nada além de nossas cicatrizes.
Mas não choramos por aqueles que perdemos,
não choramos pelos horrores que enfrentamos.
Choramos porque somos guerreiros.
Choramos porque, contra todas as probabilidades, vencemos.
Nas nossas terras sagradas, encontramos a verdade
— o poder que nenhum rei pode apagar,
um poder esculpido nos vales de nossos corações,
uma força que nenhum inimigo pode acorrentar.
Choramos porque nossa magia é eterna.
Choramos porque nossos deuses reinam.
Choramos porque sentimos os ancestrais que nos olham de cima,
esperando até o dia que nos elevaremos para encontrar nossos mortos.

AGRADECIMENTOS

Escrever este livro e toda a série foi uma jornada como nenhuma outra. Embora já tenham se passado anos desde que *Filhos de sangue e osso* foi lançado, e Zélie, Tzain, Inan e Amari viraram personagens que existiam fora da minha cabeça, ainda não consigo acreditar em tudo o que aconteceu, ou entender todo amor e apoio que vocês demonstraram a mim e a esta série. Nunca terei palavras o suficiente para agradecer por me permitirem contar a história do meu coração e por abraçar o mundo de Orïsha. No entanto, quero aproveitar este momento para compartilhar minha imensa gratidão e amor com vocês.

Para quem me leu até aqui: vocês nunca farão ideia do lugar especial que ocupam em meu coração. O amor, o incentivo, a criatividade e a paixão que vocês têm dividido comigo nos últimos sete anos me levam muitas vezes às lágrimas. Amo vocês e sou muito grata a cada um. Vocês fazem parte dos meus sonhos mais loucos que se tornaram realidade.

A professoras e professores, bibliotecárias e bibliotecários, livreiras e livreiros que levaram Zélie para suas salas de aula e compartilharam esta série com suas comunidades. Obrigada por divulgar esta história e ajudá-la a encontrar tantos lares incríveis. Nada disso seria possível sem vocês, e serei eternamente grata pelo apoio que vocês demonstraram.

Para minha família: vocês celebraram comigo meus melhores momentos e estiveram ao meu lado para me amar durante os mais difíceis. Vocês, mais do que ninguém, sabem o quanto toda essa jornada foi um desafio. Obrigada por me acompanharem, sempre. E obrigada por me amarem quando eu fui realmente chata. Amo vocês e sou muito grata por ter escrito esta série com o apoio de vocês.

Para minha tia Yemi: você conhece a jornada especial pela qual este livro e eu passamos. Obrigada por caminhar comigo e rezar por mim até o fim. E a todas as minhas tias, obrigada por suas orações e seu amor.

Aos meus tradutores do iorubá: tio Segun Sanni, tio Oke Champion e tio Abbey Salami, obrigada pelas inúmeras horas e noites que dedicaram para dar vida a esses encantamentos. Eu não poderia ter criado toda a magia desta série sem vocês!

Para toda a equipe da Macmillan: não há palavras para o carinho e a paixão que vocês dedicaram ao compartilhar esta história com o mundo. Quando um dia sonhei em publicar um livro, nunca poderia imaginar trabalhar com uma equipe tão atenciosa e solidária como a de vocês. A Jean Feiwel, Jen Besser e Jon Yaged, obrigada por se arriscarem tanto comigo e com a história de Zélie. Serei eternamente grata pela jornada e pelo impacto que conseguimos causar no mundo. A Tiffany Liao e Christian Trimmer, obrigada por todo o trabalho incrível que vocês fizeram para dar vida aos dois primeiros romances. A Mariel Dawson, Molly Ellis, toda a equipe de marketing e publicidade e a equipe de vendas da Macmillan, obrigada por tudo o que fizeram para levar essas histórias às massas. Vocês levaram as aventuras de Zélie para mais de um milhão de mãos e mudaram minha vida para sempre.

E a Ann Marie Wong e Mark Podesta: obrigada por conduzirem com entusiasmo este manuscrito até a linha de chegada. Sinto que tenho muita sorte por ter concluído esta jornada com vocês e sou muito grata por toda a paixão e dedicação que vocês empenharam para encerrar esta trilogia.

Para Margaret Miller: obrigada por nutrir as sementes iniciais desta história. Você foi a primeira a me informar que eu tinha uma aventura emocionante em mãos, e eu fico muito grata por todos os pensamentos e todas as sugestões que você compartilhou.

Para Lola Idowu, Samira Iravani e Keith Thompson: obrigada pela arte deslumbrante que vocês criaram para dar ao capítulo final de Zélie a bela despedida que ela merece.

Para Lauren Poyer e Solimar Otero: obrigada por trazer sua experiência para moldar os novos mundos desta história. A paixão e a imaginação que vocês compartilharam ajudaram a dar vida a Nova Gaīa e a Baldeírik.

Ao meu empresário, Ronke Champion: eu não teria conseguido sem você. Obrigada por seu amor, seu apoio e sua crença constantes em mim e em meus sonhos. Realmente não sei onde eu ou esta série estaríamos sem sua orientação e apoio.

Aos meus agentes, Kevin Huvane, Carlos Segarra e Mollie Glick, Matt Martin, William Brown, Michelle Weiner, Jesse e Ryan Nord, Humble, Brandon, Elvira e toda a equipe do *Filhos de aflição e anarquia*: obrigada por me apoiarem até o fim desta jornada! Agradeço a orientação e fico muito animada com as aventuras que estão por vir.

A Roxane, à equipe da Curtis Brown e a todos os editores internacionais: obrigada pela paixão e apoio que demonstraram nesta história. Nunca superarei a emoção de ver o rosto de Zélie em línguas estrangeiras, e agradeço profundamente a possibilidade de ter leitores no mundo inteiro.

Para Alexandra Machinist e Hilary Jacobson: obrigada por defenderem a mim e a esta série e por iniciarem minha carreira editorial com força total.

Aos meus amigos: vocês ouviram como fiquei neuroticamente preocupada com cada livro desta trilogia durante anos; eu amo vocês e não poderia ter feito nada disso sem vocês. Obrigada por me fazerem rir, obrigada por estarem presentes quando precisei chorar e obrigada por me animarem como ninguém mais poderia. E para minha *habibi*, minha irmã de alma, meu coração — te amo para todo o sempre.

Para Grizzly: minha pequena Nailah. Você ficou aos meus pés por muitas daquelas minhas longas noites. Obrigada por ser minha cachorrinha. Você foi a melhor amiga que eu poderia ter tido.

E, por último, mas certamente não menos importante, a Deus: obrigada por me dar o dom das histórias e por me abençoar com esta oportunidade de reparti-las com o mundo.

Impressão e Acabamento:
GEOGRÁFICA EDITORA LTDA.